本书受到云南艺术学院出版资助专项经费资助出版

徐嘉瑞的文学思想与文学实践研究

以"平民文学"为中心视点的一种考察

吴婉婷 著

中国社会科学出版社

图书在版编目（CIP）数据

徐嘉瑞的文学思想与文学实践研究：以"平民文学"为中心视点的一种考察／吴婉婷著．—北京：中国社会科学出版社，2019.7

ISBN 978-7-5203-4800-3

Ⅰ.①徐… Ⅱ.①吴… Ⅲ.①徐嘉瑞(1895-1977)—文学研究 Ⅳ.①I206.7

中国版本图书馆 CIP 数据核字(2019)第 155872 号

出 版 人	赵剑英
责任编辑	郭　鹏
责任校对	刘　俊
责任印制	李寡寡

出　　版	中国社会科学出版社
社　　址	北京鼓楼西大街甲 158 号
邮　　编	100720
网　　址	http://www.csspw.cn
发 行 部	010-84083685
门 市 部	010-84029450
经　　销	新华书店及其他书店
印　　刷	北京明恒达印务有限公司
装　　订	廊坊市广阳区广增装订厂
版　　次	2019 年 7 月第 1 版
印　　次	2019 年 7 月第 1 次印刷
开　　本	710×1000　1/16
印　　张	14.5
字　　数	201 千字
定　　价	69.00 元

凡购买中国社会科学出版社图书，如有质量问题请与本社营销中心联系调换
电话：010-84083683
版权所有　侵权必究

序　言

徐嘉瑞先生是云南省的著名学者和作家，也是一位进步的政治活动家。20世纪40年代，他曾担任过云南大学文史系主任。中华人民共和国成立后，他先后担任过云南省人民政府委员、云南省教育厅厅长、云南省文联主席等职务。他是一位著作等身的学者，他的《中古文学概论》《近古文学概论》《云南农村戏曲史》《大理古代文化史》《金元戏曲方言考》等，在学术界都有较大影响。此外，他还十分关注对少数民族民间文学作品的收集、整理、研究工作，并为之做出了很大贡献。

我和徐嘉瑞先生可算是忘年之交。我在读大学时就喜爱文学创作，徐嘉瑞先生在筹组云南省文联时，我也经常去参加一些活动。徐嘉瑞先生对我们那一代年轻的文艺爱好者，非常爱护、扶持。1959年前后，我受命作为白族文学调查队的队长，带队去搜集、整理白族文学，最后主持编写了《白族文学史》初稿。我亲自送初稿到云南省文联审稿，徐嘉瑞先生亲自审读，还主持了几次讨论会。我和徐嘉瑞先生接触的机会较多，对他的学术思想尤其是"平民文学"思想也有一定了解。

当吴婉婷准备对徐嘉瑞先生的"平民文学"思想进行研究时，我非常赞成，鼓励她对老一代学者进行研究。经过两年多的勤奋努力，她已完成了全书的写作。她对徐嘉瑞的文学思想发展，作了"鸟瞰式"的全景扫描，把徐嘉瑞的"平民文学"思想，放在"五四"以来的中国文学嬗变的大背景下去考察，从理论上肯定了"平民文学"思想在近百年间中国各种文艺思潮中，保持了它的现实主义本色而占有的重要地位。无论是"五四"时期在"德先生"和"赛先生"影响下的新文学，还是抗日战争时期的爱国主义抗战文学；也无论是提倡为工农兵服务的大众文艺，还是徐嘉瑞先生提倡的"平民文学"，都是以"人民"为主体的"文学"。上述种种文艺思想，无疑都是在我国近百年间的社会现实生活土壤上形成的。今天，我们来研究徐嘉瑞的"平民文学"思想，不仅可以帮助我们认识"五四"运动以来我国文艺思想的变迁和传承，更有助于我们在实现中华民族伟大复兴的社会主义建设事业中，更好地继承和发展我国优秀的文化传统，发扬老一代学者们留给我们的优秀文化遗产和"明道""立德"的学风。我在这里借题发挥，简述浅见，如有不妥，请读者不吝赐教。

张文勋

2019年7月于云南大学龙泉苑

目　录

导　论 …………………………………………………………（1）

第一章　"平民文学"思想 ……………………………………（36）
 第一节　关切民间 …………………………………………（38）
  一　主要思想渊源 ………………………………………（38）
  二　"关切民间"的思想主张 …………………………（50）
 第二节　注重阶级性 ………………………………………（56）
  一　主要思想渊源 ………………………………………（56）
  二　"阶级区分"的思想主张 …………………………（65）
 第三节　强调真实 …………………………………………（73）
  一　主要思想渊源 ………………………………………（73）
  二　"强调真实"的思想主张 …………………………（78）
 第四节　旨在实用 …………………………………………（87）
  一　主要思想渊源 ………………………………………（88）
  二　"旨在实用"的思想主张 …………………………（93）

第二章　基于"平民文学"思想的文学史观 ………………（100）
 第一节　文学史观的主要思想基础 ………………………（103）
  一　进化论对徐嘉瑞的文学史观的影响 ……………（103）
  二　人道主义对徐嘉瑞的文学史观的影响 …………（106）
 第二节　"三线文学观" ……………………………………（108）
  一　"三线文学观"的主要内容 ………………………（109）
  二　"三线文学观"的理论创新 ………………………（118）

第三节　徐嘉瑞论"平民文学"对中国古代正统文学发展
　　　　　　的影响 …………………………………………（122）
　　　　一　徐嘉瑞研究佛教对"平民文学"发展的影响 ……（123）
　　　　二　徐嘉瑞研究"平民文学"推动中国古代正统
　　　　　　文学的发展 ………………………………………（129）

第三章　基于"平民文学"思想的文学实践 ………………（149）
　　第一节　文学创作和改编体现的"平民文学"思想 ……（149）
　　　　一　徐嘉瑞的文学语言体现的"平民文学"思想 ……（150）
　　　　二　徐嘉瑞的文学内容体现的"平民文学"思想 ……（158）
　　第二节　"平民文学"思想指导下的文学翻译活动 ……（174）
　　　　一　译文体现的"平民文学"思想 ……………………（176）
　　　　二　翻译语言体现的"平民文学"思想 ………………（178）
　　　　三　翻译功能体现的"平民文学"思想 ………………（181）
　　第三节　民间文学搜集、整理和研究中体现的"平民文学"
　　　　　　思想 ………………………………………………（182）
　　　　一　徐嘉瑞前期的民间文学搜集整理和研究的活动 ……（183）
　　　　二　徐嘉瑞后期的民间文学搜集整理和研究的工作 ……（189）

结　语 ………………………………………………………（196）

附录　徐嘉瑞小传 …………………………………………（202）

参考文献 ……………………………………………………（213）

后　记 ………………………………………………………（225）

导　　论

一　研究对象及研究意义

（一）研究对象

1. 徐嘉瑞的生平与创作

徐嘉瑞（1895年2月—1977年10月），字梦麟，是中国现代著名的文学大家，其集文学家、理论家和文史家于一身。徐嘉瑞以其深厚的学术功底和开阔的学术视野，在学术研究时，广泛涉及戏剧、历史、文学、民间文艺等多个领域，并在其所涉及的研究领域，都取得了较高水平。在《徐嘉瑞全集》的著作目录中可见，徐嘉瑞著述有三十多种，他共完成学术著作十部，出版诗集十本，创作长诗五部，创作戏剧八部，翻译西方戏剧两部，翻译诗歌十首，翻译学术论文三篇，整理云南民间文学十部，另外，发表研究论文三十二篇和杂文数十篇等，主要学术著作有《中古文学概论》《近古文学概论》《中国文学史大纲》《诗经选读》《离骚统笺》《楚辞研究》《大理古代文化史》《云南农村戏曲史》和《金元戏曲方言考》等。云南历史学家和民族学家马曜评价徐嘉瑞说："他是五四运动以来在云南倡导新文学运动的主要代表，又是最早研究和整理云南民族民间文学的先驱，是云南文坛无可替代的一面旗帜。"[①]

[①] 马曜著，马曜主编、徐演执行主编：《徐嘉瑞全集·序言》，《徐嘉瑞全集》（卷一），云南出版集团公司2009年版，第1页。

徐嘉瑞出生于书香之家，自幼跟随父亲学习，深受中国传统思想熏陶。徐嘉瑞成长于动荡年代，20世纪初中国多元交汇碰撞的话语，点燃了他学术思想的火花。徐嘉瑞的学术思想受到儒家诗教思想、"五四"新思想、西方现代思想和以毛泽东文艺思想为代表的中国共产党文艺思想的影响，无论他接受何种思想影响，他的"学术思想始终贯穿了'民本'思想"[①]，"先生在史学、新诗、戏剧、音乐、杂文、时评等众多领域的写作实践无不贯穿'平民文学'这一信条，且终生孜孜不倦、从未舍弃，是为一大楷模"[②]。徐嘉瑞在1923年出版了自己第一部学术专著《中古文学概论》，其中明确地将文学分为"贵族文学""文人文学""平民文学"，初步蕴含了其重视"平民文学"的文艺思想，胡适为此书作序，称其为"开先路的书"。徐嘉瑞的《近古文学概论》为《中古文学概论》的姊妹篇，延续了徐嘉瑞重视"平民文学"的思想，"从诗歌、音乐、词曲、唱本、戏曲直到舞蹈，都做了从平民文学到贵族文学的详细研究"[③]。徐嘉瑞对"平民文学"的重视在以下两部专著中表现得更为突出：1940年成书的《云南农村戏曲史》以云南民间花灯为研究对象，使原来难登大雅之堂的民间小戏正式登上了艺术的殿堂，此书一问世就成了国内研究云南戏曲的第一部史书，也是第一部研究地方戏剧的史书。[④] 徐嘉瑞于1948年出版的《金元戏曲方言考》对金元戏曲中的方言俗语进行整理和解释，此书出版后被列为"中国俗文学研究会丛书"。此外，徐嘉瑞的文学实践基于"平民文学"思想，重视文学作品的实用功能，他先后创作了一大批反映社会现实的文学作品："七·七事变"后，他创作了《炮声响了》表达全面抗战的思想；在抗日战争形势严峻

[①] 黄尧：《徐嘉瑞略传·序》，《徐嘉瑞略传》，云南民族出版社2013年版，第4页。
[②] 同上。
[③] 徐演：《徐嘉瑞略传》，云南民族出版社2013年版，第118页。
[④] 马曜主编、徐演执行主编：《徐嘉瑞年谱》，《徐嘉瑞全集》（卷四），云南出版集团公司2009年版，第650页。

的时期，他创作了《台湾》，用清末抗日名将刘永福的事迹鼓舞民众；中华人民共和国成立后，他创作了花灯剧《姑嫂拖枪》号召群众消灭残余的反动势力；他在中华人民共和国成立后更深入民间，在白族民间传说故事的基础上，改编创作文学作品，如《望夫云》和《蛇骨塔》等，塑造了新时期的劳动人民形象。

徐嘉瑞是一个学术研究的多面手，他在"平民文学"思想指导下开展文学史研究和文学创作，这是他倾注心血最多的领域。从徐嘉瑞"平民文学"思想的形成和发展来看，他的学术活动大致可分为三个阶段：第一阶段是从1895年至1920年，这是徐嘉瑞"平民文学"思想的积累期，他从受到的传统教育和亲身生活经历中萌发了最初的"平民文学"思想，具备了初步的民间关切的意识，他的"平民文学"思想此时并不具有清晰的认识和严密的逻辑。第二阶段是从1922年至1949年，这是徐嘉瑞"平民文学"思想的成熟期，最能体现其思想的代表作、研究论文和文学创作均在这一时期完成。徐嘉瑞在此期间受到"五四"新思想影响，为"平民文学"思想寻找到了理论的依据和方法的指导，逐渐形成完善的"平民文学"思想。后又在左翼文学思潮影响下，徐嘉瑞进一步完善发展了"平民文学"思想的内涵。第三阶段是从1950年至1977年，这是徐嘉瑞"平民文学"思想的曲折发展期，受到主流政治思想影响，徐嘉瑞的"平民文学"思想带有了较强功利色彩，强调文学要为政治服务，文学要为新中国的工农大众服务。

2. 20世纪上半叶的"平民文学"观

"平民文学"出现于"五四"新文学运动中，"五四"新文学提倡"人的文学"。胡适在文学革命宣言《文学改良刍议》中认为，要是文章没有人的情感和思想，"便如无灵魂无脑筋之美人，虽有秾丽富厚之外观，抑亦末矣"。[①] "人的文学"主张把被封建道德束缚的人

---

① 胡适著，朱德发、赵佃强编：《文学改良刍议》，《国语的文学与文学的国语——五四时期白话文学文献史料辑》，人民出版社2013年版，第7页。

性解放出来，使"人"成为具有丰富内涵的现代之"人"，认为文学可以自由表达人的自然情欲和启蒙人的思想，从而实现全社会的思想解放。底层百姓是社会中受压迫最多的群体，"人的文学"不仅关注普通民众的个性解放，更关注社会底层百姓的解放和思想启蒙。"人的文学"是"五四"新文学的主调，"平民文学"是"人的文学"的具体化。

"平民文学"在"五四"时期的文学研究中使用频繁，但由于"平民"一词指代不清，既可以指文学创作的主体，也可以指文学创作的受众，还可以指文学作品的内容和风格，所以存在使用混乱的情况。有的是"平民文学"的概念内涵和外延界定不一致；有的是将"平民文学"与一些相似概念混用，如与"民间文学"和"俗文学""大众文学"和"民众文学"等概念混用，这种术语混用情况是"五四"新文学发端时期的普遍现象。本书论题是"以平民文学为中心视点的一种考察"，有必要先对20世纪上半叶的"平民文学"观进行梳理，尤其是厘清徐嘉瑞对"平民文学"的界定，这是论文展开的基础。若把徐嘉瑞的"平民文学"观与其他学者提出的观念笼统地混用，将无法清晰地认识徐嘉瑞提出"平民文学"思想的历史背景和其文学思想的特点。下文将按时间顺序，对20世纪上半期的学者们提出的"平民文学"观进行梳理。

通过资料搜集可见，"早在1903年，中西书局译印日本笹川种郎的《历朝文学史》中，作者就较早提出平民文学和贵族文学的对立和离异"。[①] 日本学者对文学类型的划分对中国学者起到了示范性影响。

陈独秀作为文学革命的发起者之一，未直接提出"平民文学"的理论，但也较早地关注到文学平民化的问题。1917年，陈独秀发表

---

① 周忠元：《20世纪上半叶的"俗文学研究"》，山东人民出版社2012年版，第20页。

的《文学革命论》中通过"三大主义"主张建设"国民文学":"余甘冒全国学究之敌,高张'文学革命军'大旗,以为吾友之声援。旗上大书特书吾革命军三大主义:曰推倒雕琢的阿谀的贵族文学,建设平易的抒情的国民文学。曰推倒陈腐的铺张的古典文学,建设新鲜的立诚的写实文学。曰推倒迂晦的艰涩的山林文学,建设明了的通俗的社会文学。"[①] 陈独秀认为"国民文学"是与"贵族文学"相对的通俗易懂的文学作品,他主张新文学要建设平易抒情的"国民文学"。

周作人是国内第一个从理论上提出"平民文学"的学者,他对"平民文学"的阐述可分为三个阶段。第一阶段,周作人于1918年4月19日在北京大学文学研究所发表了《日本近三十年小说之发达》的演讲,首次提出"平民文学"。周作人为了促进中国新小说发展,梳理了日本近三十年小说的变迁以供中国建设新文学借鉴。周作人看到日本文学的特点是"创造的模拟",认为日本文学不仅受到中国文学影响,也有他们自己富有生气的创造,他在例证中提到日本江户时代的俳句、川柳、小说一类文学属于"平民文学",周作人列举了其中的八类小说:假名草子、浮世草子、实录物、洒落本、读本、滑稽本、人情本和草双纸。从周作人对这些作品的分析来看,他这时提出的"平民文学"主要是指由底层民众创作的、迎合底层百姓心理的、在民间流行的作品,可以等同为"民间文学"。第二阶段,周作人对"平民文学"有了更细致的分析,他于1919年1月19日以仲密为笔名,在《每周评论》上发表《平民的文学》,正式提出了"平民文学"的概念,并明确了"平民文学"的主张。周作人在文中认为:"平民的文学正与贵族的文学相反……并非说这种文学是专做给贵族或平民看,专讲贵族或平民的生活,或是贵族或平民文学自己做的,

---

[①] 陈独秀著,朱德发、赵佃强编:《文学革命论》,《国语的文学与文学的国语——五四时期白话文学文献史料辑》,人民出版社2013年版,第14页。

不过说文学的精神的区别,指他普遍与否,真挚与否的区别……平民文学应该着重与贵族文学相反的地方,是内容充实,就是普遍与真挚两件事。第一,平民文学应以普通的文体,写普遍的思想与事实……第二,平民文学应以真挚的文体,记真挚的思想与事实。"①该文也将"平民文学"与"贵族文学"对立看待,但主张两者的区分不在于创作主体、文学内容或文学语言方面,而在于文学精神"普遍与否","真挚与否",周作人从人道主义立场出发,认为文学要表现"个人主义的人间本位主义",作家不是高高在上的身份,要在创作中真正具有民间关怀,"平民文学绝不是慈善主义的文学……慈善这句话,乃是富贵人对贫贱人所说,正同皇帝的行仁政一样,是一种极侮辱人类的话。平民文学所说,是在研究全体的人的生活,如何能够改进,到正当的方向,绝不是说施粥施棉衣的事"。②周作人同时认为"平民文学"创作的目的不是简单地反映平民的生活,"平民文学绝不是通俗的文学……因为平民文学,不是专做给平民看的,乃是研究平民生活——人的生活——的文学。他的目的,并非想将人类的思想趣味,竭力按下,同平民一样,乃是想将平民的生活提高,得到适当的一个地位"。③周作人认为要通过"平民文学"提升平民的思想境界,这是他顺应"五四"文学思潮倡导"平民文学"的目的所在。第三阶段,周作人在1922年发表了《贵族的与平民的》一文,该文继续完善了"平民文学"的概念,他在文中调和了"平民文学"和"贵族文学"的对立关系,他认为"平民文学"并非一定优于"贵族文学","文艺当以平民的精神为基调,再加以贵族的洗礼,这才能够造成真正的人的文学……从文艺上说来,最好的事是平民的贵族化"。④周作人的"平民文

---

① 周作人:《平民的文学》,《周作人自编集:艺术与生活》,北京十月文艺出版社2011年版,第6页。
② 同上书,第7—8页。
③ 同上书,第7页。
④ 周作人:《贵族的与平民的》,《周作人自编集:艺术与生活》,河北教育出版社2011年版,第14—16页。

学"观对徐嘉瑞的启发在于,周作人没有局限于二元对立的学术思想,而是随着思想发展对"平民文学"客观的辨析,对徐嘉瑞提出"三线文学观"有启发性,并且他主张通过文学提升平民的思想,对徐嘉瑞的"平民文学"思想在中后期主张通过"平民文学"来教化普通百姓的观点有一定的启发。值得注意的是,"平民文学"在国内虽由周作人最早提出,但"平民文学"并非周作人文学思想的核心概念,只是其"人的文学"的组成和具化。

胡适通过《国语文学史》《白话文学史》等论著和《四十年来的文学革命》《五十年来中国之文学》等文阐发了对"平民文学"的认识。胡适与周作人同是"五四"新文化运动的主将,两人界定"平民文学"的角度却不同,周作人从文学精神方面来认识,胡适从文学语言角度来界定。胡适认为"平民文学"是中国自古以来民间的文学,他说:"痴男怨女的欢肠热泪,征夫弃妇的生离死别,刀兵苛政的痛苦煎熬,都是产生平民文学的爷娘。"①胡适进一步说:"小孩睡在睡篮里哭,母亲要编只儿歌哄他睡着;大孩子在地上吵,母亲要说个故事哄他不吵;小儿女要唱山歌,农夫要唱曲子;痴男怨女要歌唱他们的恋爱,孤儿弃妇要叙述他们的痛苦;征夫离妇要声诉他们的离情别恨;舞女要舞曲,歌伎要新歌——这些人大都是不识字的平民,他们不能等候二十年先去学了古文再来唱歌说故事。所以他们只真率地唱了他们的歌;真率地说了他们的故事。这是一切平民文学的起点。"②胡适认为由"不识字的平民"用通俗的语言真率地唱出的歌谣、讲出的故事就是"平民文学",这里"平民文学"等同于"民间文学"。胡适对"平民文学"的界定与徐嘉瑞早期的"平民文学"思想相近,两人学术思想也颇多契合之处,所以当胡适读完徐嘉瑞的《中古文学概论》后,会欣然应允为其作序。不过,徐嘉瑞的"平民

---

① 胡适:《国语文学史》,安徽教育出版社2006年版,第9页。
② 胡适:《白话文学史》,上海古籍出版社2009年版,第21页。

文学"思想并未只停留在"民间文学"的层面，随着社会时局和文学思潮变化，他的思想在不断深化发展，"平民文学"的概念内涵也在继续拓展。

胡适对文学革命的突出贡献在于倡导了"白话文运动"，主张从语体的变革进行文学的革新。胡适看到"平民文学"是老百姓用通俗白话创作的，于是把"平民文学"视为"白话文学"的一个有机组成部分，但在胡适的文学思想中，"平民文学"并非"白话文学"的全部内容。胡适说："我把'白话文学'的范围放得很大，故包括旧文学中那些明白清楚近于说话的作品……我认定《史记》《汉书》里有许多白话，古乐府歌词大部分是白话的，佛书译本的文字也是当时的白话或很近于白话，唐人的诗歌——尤其是乐府绝句——也有很多的白话作品。"① 可见，除来自民间的"平民文学"外，胡适所指"白话文学"还包括文人用白话写成的通俗文学，他认为《水浒传》《三国演义》《西游记》《红楼梦》《金瓶梅》《儒林外史》和《儿女英雄传》等由文人用通俗话语创作的文学作品，都属于"白话文学"的范畴。胡适对"白话文学"的界定是从语体学角度进行的，其创作主体包括了普通百姓和文人作家，由此看来，与徐嘉瑞"平民文学"思想早期认为文学的创作主体主要是底层百姓有较大区别。徐嘉瑞的"平民文学"思想与胡适的"平民文学"思想相互影响，他在1923年出版的《中古文学概论》中第一次从文学史角度提出"平民文学"，早于胡适1928年出版的《白话文学史》，胡适曾为该书作序，给予较高评价，该书的一些观点应对胡适文学史的写作产生过影响。同时，胡适是中国"五四"时期重要的学者，是"五四"新文学的领袖之一，徐嘉瑞的"平民文学"思想在发展过程中，又继续受到胡适思想的影响，他在1936年出版的《近古文学概论》中就常用引用胡适的观点印证自己的思想。

---

① 胡适：《白话文学史·自序》，上海古籍出版社2009年版，第7页。

郑振铎的"平民文学"观与胡适观点相近，他认为"平民文学"就是"俗文学"，就是民间文学，是"出生于民间，为民众所写作，且为民众而生存的。她是民众所嗜好，所喜悦；她是投合了最大多数的民众之口味的。故亦为之平民文学"。① 在郑振铎的《中国俗文学史》中，他将"平民文学"称为"俗文学"，认为其中包含了中国民间的诗歌、小说、戏曲、讲唱文学和游戏文章五类，他在该书中认为"俗文学"与中国正统文学关系密切，许多正统文学都由"俗文学"发展而来。更值得欣赏的是，郑振铎为中国古代民间文学写史，肯定它们的地位，但对"俗文学"的评价也较为中肯，看到民间的"俗文学"是"有她的许多好处，也有许多缺点"。郑振铎是徐嘉瑞的好友，两人在1924年便有频繁的联络往来，徐嘉瑞曾在郑振铎担任主编的《小说月报》上发文多篇，也在郑振铎介绍下加入了"文学研究会"。郑振铎的《中国俗文学史》出版于1938年8月，晚于徐嘉瑞的《中古文学概论》（1923年）和《近古文学概论》（1936年），从两人交游情况和郑振铎在《中国俗文学史》中对"俗文学"特征的界定来看，郑振铎将"平民文学"视为民间的"俗文学"在一定程度上是受到了徐嘉瑞文学思想的影响。郑振铎的民间文学思想形成完备体系后，反之又对徐嘉瑞的"平民文学"思想产生了影响，徐嘉瑞在1940年完稿的《云南农村戏曲史》中多次引用郑振铎《中国俗文学史》中的观点和材料，如他在讨论云南旧花灯音调的来历时，引用了郑振铎对《急催玉》的"首首珠玉，篇篇可爱"的评价，还引用了《中国俗文学史》中"挂枝儿"的曲目。

李大钊作为中国共产主义的先驱，在向往平民社会、提倡"平民主义"之时论及"平民文学"。李大钊在《平民主义》中说："现代有一绝大的潮流遍于社会生活的种种方面：政治、社会、产业、教育、美术、文学、风俗，乃至衣服、装饰等等，没有不著他的颜色

---

① 郑振铎：《中国俗文学史》，商务印书馆2009年版，第3页。

的。这是什么？就是那风靡世界的'平民主义'"①，"这种主义所向无前底趋势，不独在政治上有然，在产业上、思想上、文艺上，亦莫不有然。从前文学上的古典主义，是不适应于德谟克拉西的，平民文学，乃是带有德谟克拉西底精神的，所以平民文学与古典文学相遇，平民文学就把古典主义的文学战胜了"②。李大钊在这段论述中强调了新文学应带有民主、平等的精神。

鲁迅提出"平民文学"时间较晚，他在1927年为黄埔军校做的题为《革命时代的文学》的演讲中论及"平民文学"，认为只有革命胜利后真正体现工农思想的文学才是"平民文学"。鲁迅对"平民文学"概念的辨析与胡适有较大区别，胡适认为中国自古已有"平民文学"，鲁迅却否认中国封建社会存有"平民文学"。鲁迅所指的"平民"是革命胜利后建立的平民社会中的"平民"，真正"平民文学"是要反映工农阶层的思想，他说："现在中国自然没有平民文学，世界上也还没有平民文学……在现在，有人以平民——工人农民——为材料，做小说写诗，我们也称之为平民文学，其实这不是平民文学，因为平民还没有开口。这是另外的人从旁看见平民的生活，假托平民口吻而说的。眼前的文人有些虽然穷，但总比工人农民富足些，这才能有钱去读书，才能有文章；已看好像是平民所说的，其实不是；这不是真正的平民小说……现在的文学家都是读书人，如果工人农民不解放，工人农民的思想，仍然是读书人的思想，必待工人农民得到真正的解放，然后才有真正的平民文学。"③鲁迅以犀利的眼光和理想的心态对之前的"平民文学"的含义进行了批判，期盼着真正的"平民社会"中出现真正的"平民文学"。鲁迅的这一思想为徐嘉瑞"平民文学"思想的深化，及"平民文学"的受众的具化提

---

① 中国李大钊研究会编：《李大钊全集》第四卷，人民出版社2006年版，第114页。
② 同上书，第1—2页。
③ 鲁迅：《革命时代的文学——四月八日在黄埔军官学校讲》，《鲁迅选集·评论卷》，湖南文艺出版社2004年版，第114—115页。

供了思想资源,徐嘉瑞在20世纪30年代后也未只将"平民文学"等同于"民间文学",更发展为一种"无产阶级文学"。

"平民文学"概念提出后,以对底层民众的关切和尊重为核心,这一观念不仅在"五四"时期的学者们中流行,也受到无产阶级革命家的关注,只是他们对"平民文学"的阐述多从政治角度和阶级立场进行,与"五四"时期的"平民文学"观有较大不同。毛泽东在1940年的《新民主主义论》中评价"五四"新文化运动说:"这个文化运动,当时还没有可能普及到工农群众中去。它提出'平民文学'口号,但当时的所谓'平民',实际上只能限于城市小资产阶级和资产阶级的知识分子,即所谓市民阶级的知识分子。"从中可见,毛泽东从阶级论的角度对"平民"成分进行分析,认为他们只是城市小资产阶级,不是真正的工农大众,所以"五四"时期的"平民文学"也不是真正的工农兵文学,这种界定大大压缩了徐嘉瑞使用"平民文学"的空间,使其文学思想在后期出现了曲折发展的状态。这一观点在毛泽东的《在延安文艺座谈会上的讲话》(以下简称《讲话》)中得到强化,他的《讲话》是对"五四"以来的文学活动的总结,认为当时文艺工作最重要的问题是要解决"我们的文艺是为什么人的",他从文学应为工农兵及其干部服务的立场出发,批评国统区的革命文学的受众具有局限性:"工作对象问题,就是文艺作品给谁看的问题……在上海时期,革命文艺作品的接受者是以一部分学生、职员、店员为主。在抗战以后的国民党统治区,范围曾有过一些扩大,但基本上也还是以这些人为主,因为那里的政府把工农兵和革命文艺相互隔绝了。"[1] 这段论述虽未直接提及"平民文学",仍把上海时期文学作品的主要受众看作城市小资产阶级的市民阶层。毛泽东作为中国共产党的领袖和中华人民共和国的领导人,加上徐嘉瑞又是老

---

[1] 毛泽东:《在延安文艺座谈会上的讲话》,《毛泽东选集》(第三卷),人民出版社2009年版,第849页。

中国共产党党员，毛泽东对"平民文学"的观点对徐嘉瑞"平民文学"思想在中后期的发展有较大影响，表现在以下两个方面。首先，毛泽东从受众的阶级成分分析，认为"平民文学"不是真正的工农兵文学，对其评价较低，徐嘉瑞在中华人民共和国成立后虽然持续关注民间文学，但未直接在文章和论著中提到"平民文学"。其次，毛泽东从政治角度对文学进行分析，要求文学要绝对服从政治。徐嘉瑞受此影响，他文学思想在中后期，尤其是中华人民共和国成立后，也体现出较强的政治性和阶级性，他此时多以阶级性为标准评价文学作品，如他在1950年发表的《花灯的积极性》中便以阶级的立场评价云南花灯，"我以为老花灯是代表贫雇农民阶级的艺术；新花灯是代表小市民手工业阶级的艺术"。[①]

从这一时期的"平民文学"的整体使用情况来看，学者们多从自己文学思想和立场出发，使"平民文学"为己所用，又经常将"平民文学"与相似概念混用，学界未对"平民文学"概念进行清晰、统一的界定，从而造成了"平民文学"概念内涵与外延的模糊，各人对"平民文学"理解不同的情况。

3. 徐嘉瑞的"平民文学"观

1919年，"五四"新文学运动的浪潮影响到云南，多位在昆明的学者开始创办进步报刊宣传"五四"新思想，如《尚志》《救国日刊》《澎湃》等。徐嘉瑞是云南较早投入"五四"新文化运动的学者，是云南宣传"五四"新思想的代表人物，当时即使没有稿酬，他也经常在《救国日刊》等进步报刊上投稿发文。[②] 徐嘉瑞在"五四"新文化思潮的背景下提倡"平民文学"，既受到当时"人的文学"思潮的影响，也具有他自己的独特理解。

[①] 徐嘉瑞著，马曜主编、徐演执行主编：《花灯的阶级性》，《徐嘉瑞全集》（卷四），云南大学出版社2008年版，第227页。

[②] 这段历史主要依据《救国日刊》创办者张天放的回忆文章《昆明的〈救国日刊〉与昆明的五四运动》中的记录。

胡适、周作人等学者在"五四"时期频繁使用"平民文学"的同时,"平民文学"思想也传入、影响了云南学界。施章是云南昆明人,他除了对中国古典文学有深厚修养外,还完成了《农民文学概论》《农民杂剧十五》《新文学论丛》等书,他在这些著作中都表现出鲜明的"平民文学"思想,他认为"新的文艺是人民的喉舌","新兴文学的本源是大众生活","新文学的建设要从民众文学中汲取营养"。熊裕方的《中国今日应提倡的是何种文学》也肯定了"平民文学"的价值。1933年创刊的云南本地报刊《昆潮》,专门采集民歌民谣、民间传说和民俗风情,对"平民文学"做出了真正的实践。徐嘉瑞是当时云南学者中的佼佼者,他较早地在文学史中提出"平民文学",很多云南学者的"平民文学"观均到受其影响,如他曾指导过施章的《农民文学概论》的写作,"指导施章对云南杂剧进行收集、整理、研究,为施章的《农民杂剧十五种》写序言并加以校对。施章在《近代民众杂剧自序》中也说,他所采杂剧'缺讹的地方很多,幸得梦麟师……替我下了一番校正的工夫'"。①

徐嘉瑞在论著中是把"平民文学""民众文学""民间文学"等词语交叉使用,这对其概念内涵的梳理带来了一定的难度。徐嘉瑞提倡的"平民文学"的核心思想是尊重底层民众,重视普通百姓的价值和创造力,认为文学作品对平民百姓具有思想教育作用,在这一核心思想下,其具体内涵随着时代变化和徐嘉瑞思想发展在不断发展。换言之,"平民文学"概念并非是徐嘉瑞于一时一地提出的,不能以一种静态的、单一的观点简单诠释,需放在具体的历史语境中,既要关注20世纪初的社会时局、文化思潮的演变,也要关注徐嘉瑞的思想变化,由此才可见出徐嘉瑞的"平民文学"观的全貌。对徐嘉瑞的"平民文学"观的理解,需分为早、中、晚三个时期。

早期,徐嘉瑞最早在1923年出版的个人第一部学术著作《中古

---

① 蒙树宏:《云南抗战时期文学史》,云南教育出版社1998年版,第209页。

文学概论》中提出了"平民文学"的概念,该书从内容、形式、作者身份和音乐四个方面对"平民文学"进行了界定:认为"平民文学"是在内容上"取材于社会,取材于民间,摹写人生";在形式上"无一定方式,写实的、生动的";在作者的身份上是"非知识阶级,非官僚,无名者";在音乐上"可协之音律"。胡愈之于1921年在《妇女杂志》上发表的《论民间文学》应是中国最早的专论民间文学的论文,他认为"民间文学的意义……是指流行于民间的文学;像那些神话、故事、传说、山歌、船歌、儿歌等等都是"。①两者对比来看,徐嘉瑞早期对"平民文学"的界定与"民间文学"的概念十分接近,且《中古文学概论》中的"平民文学"作品的选材上也多是民间的诗歌和歌谣小调,如汉魏时期的《鼓吹曲辞》《横吹曲辞》《相和歌辞》等,徐嘉瑞认为这些作品不只出自一人之手,没有具体的作者,符合民间文学的集体性的特点。另外,徐嘉瑞从1929年开始写作的《中国文学史大纲》也认为"平民文学"是指"民间文学",如他认为《诗经》中"风"是"各国民俗歌谣之诗"。中期,徐嘉瑞于1936年出版了《近古文学概论》。一方面,书中延续了《中古文学概论》中提出的"平民文学"是民间文学的观点,有意识地将"平民文学"与"通俗文学"进行区分,他说"平民文学一语,久已流行。然其观念甚为暧昧,盖多流于形式分类:以为浅易明白之文学,即平民文学;能作浅易明白之文章者,即为平民文学家;此大谬也"。②徐嘉瑞再次强调了"平民文学"的"民间性":"这民众文学的特点,是集体的,非个人主义的,所以找不出作家主名;是普遍的,平凡的,所以非常浅近明白,容易流行;是共通的,社会的,所以具有类型性;是从作家生活里呼喊出来的,所以还没有分工,还没

---

① 胡愈之:《论民间文学》,《妇女杂志》1921年第7卷1号。
② 徐嘉瑞著,马曜主编、徐演执行主编:《近古文学概论》,《徐嘉瑞全集》(卷一),云南大学出版社2008年版,第77页。

有成为文人学士专有的职业……民众文学,尚有一特殊之性质,即口耳相传是也。"① 从民间文学具有的集体性、口头性、传承性和变异性的特点对照来看,徐嘉瑞在此书中仍是把"平民文学"和"民间文学"等同起来。另外,徐嘉瑞在20世纪40年代作为讲义的《诗经选读》中认为《诗经》中的"风"也是"平民文学",是民间歌谣。另一方面,值得注意的是,在同一时期,当徐嘉瑞将"平民文学"等同于"民间文学"时,认为"平民文学"还指"大众文学"。徐嘉瑞的《近古文学概论》出版于1936年,"五四"文学运动已经退潮,左翼文学思潮成为20世纪三四十年代的中国文坛的主流,"文学大众化"运动是左翼文学的重要内容之一,徐嘉瑞作为较早加入中国共产党的进步学者,他的学术研究不可避免地会受到影响。徐嘉瑞虽在《近古文学概论》《诗经选读》等著作中仍认为"平民文学"主要指民间文学,但他在1938年和1939之间发表了多篇关于"文学大众化"的文章,如《诗歌和民族性》《"九一八"后中国新诗运动的路标》《高兰的朗诵诗》《大众化的三个问题》和《悼"海的歌手"邵冠祥》,在这些文章中,"平民文学"的内涵更多地与革命的"大众文学"联系在一起,强调文学作品要为人民大众服务,要表达大众的生活、思想和意识,要用大众的语言和形式进行文学创作。可以这么说,这一时期徐嘉瑞的"平民文学"既指"民间文学",更指由进步的文学家使用通俗的形式和语言创作的、能为普通民众接受的革命的"大众文学"。后期,中华人民共和国成立后,由于建立了人民民主政权,不再存在平民和贵族阶层的对立,同时也由于新的历史条件下的政治思想影响,徐嘉瑞在中华人民共和国成立后不再直接使用"平民文学"一词,"平民文学"向以工农兵为主要接受者的文学转变,但"平民文学"作为徐嘉瑞文学思想的底色仍在延续,表现为以下

---

① 徐嘉瑞著,马曜主编、徐演执行主编:《近古文学概论》,《徐嘉瑞全集》(卷一),云南大学出版社2008年版,第76页。

三方面。首先，徐嘉瑞重视对云南民族民间文学作品的搜集、整理和研究。其次，徐嘉瑞延续了对平民的生活现实的关注，针对社会生活中的大小事件发表了多篇短文。最后，徐嘉瑞在这一时期还创作多部以普通百姓为主角的文学作品，如《望夫云》《和振古歌》。可见，徐嘉瑞的"平民文学"观在中华人民共和国成立后受到政治思想影响以潜在形式延续，他也在思想中持续了对普通民众的关切和尊重，但在具体文章的概念表述中，"平民文学"为"工农兵文学"或"人民文学"所取代。

综上所述，徐嘉瑞的"平民文学"观是对20世纪上半叶以来，"五四"新文化运动的"人的文学"的文学思潮、"文学大众化"运动和新中国文艺方针政策的呼应和具化。在不同的历史语境下，"平民文学"观的内涵从文学创作主体，到文学作品本身，到文学作品的受众等进行了多方面的拓展，包含了以下三个层面的内容：早期，徐嘉瑞的"平民文学"是指来自民间的，由底层百姓集体创作的、内容真实和情感自然的文学作品，"平民文学"的创作主体是底层平民，接受主体既有平民，也有文人士大夫，其含义接近"民间文学"。中期，受到左翼文学思潮及其中"文学大众化"运动的影响，徐嘉瑞的"平民文学"观在延续了前一阶段思想，指为民间文学的同时，也指革命文学中由进步知识分子采用大众化语言和形式创作的，反映工农大众生活和心声的，对民众有教育作用的文学作品。这里"平民文学"的创作主体可以是大众出身的作家，也可以是进步的知识分子作家，主要强调他们创作的风格、形式和语言是来自民间的、大众化的，文学作品的接受主体以普通百姓为主。在第二阶段中，徐嘉瑞的"平民文学"观在创作主体和受众方面有所发展变化。后期，徐嘉瑞的"平民文学"观在中华人民共和国成立后变化较大，首先是既由于受新中国文艺方针和政策的影响，也由于已建立人民当家做主的新中国，不再有阶级对立的存在，所以徐嘉瑞在文章中不直接使用"平民文学"一词；其次是对文学作品的创作主体和受众的指代对象上发生了较大变化,由原指社会普通平民,变为指工以农兵为代表的中国广大无产阶级。

梳理徐嘉瑞的"平民文学"观,有以下三点值得思考:第一,福柯说,每个时代的话语场各不相同,不同时代的陈述对应不同时代的话语场。徐嘉瑞的"平民文学"思想是特定时代和文学思潮的产物,他对"平民文学"的界定随着社会发展而不断变化,内涵较为丰富,关注徐嘉瑞的"平民文学"观,需注意不同的历史、空间语境对"平民文学"产生的影响。第二,徐嘉瑞提出的"平民文学"有特殊时代背景,其概念内涵发展具有一定的合理性和现实性。不过站在今天文学的角度反思,20世纪上半叶中国动荡的社会局势是徐嘉瑞提出"平民文学"的背景,所以其文学思想具有较高的社会责任意识,也由于太强调文学的实用性,强调文学为政治服务的目的,忽略了文学审美性的本质,使文学更多地变成了一种教化的工具。尤其在中华人民共和国成立后,在国家主流意识形态的影响下,徐嘉瑞的文学思想的政治色彩更加浓郁。虽然在不同历史时期,文学会被赋予不同的功能和价值,尤其在社会动荡时期,文学的教化价值更会被强化,但对"平民文学"概念的界定必须回归文学本身,要抓住文学的核心功能和价值,即体现文学的审美价值。在挖掘"平民文学"的功能和价值时,应注重其鲜活自然生动的审美价值,无须使其过度承担社会政治责任。第三,徐嘉瑞的"平民文学"观的内涵和外延界定存在不清晰之处,"平民文学"思想虽贯穿了徐嘉瑞学术研究的始终,但他并未随着自己每一个阶段思想的变化给予"平民文学"一个准确的界定,尤其对"平民"内涵界定模糊。"平民"是"平民文学"概念中的关键词,在社会历史变迁过程中,"平民"并非一个封闭不变的社会阶层,随着社会发展,"平民"的构成亦发生变化,徐嘉瑞并未随着社会政治局势发展对"平民"成分予以清晰分析,明确"平民"的构成和性质,致使对其"平民文学"观梳理带来了一定难度。

(二) 研究意义

第一，从文学史的角度，系统地梳理徐嘉瑞的文学思想。作为中国现代著名的文学家、文学史家，徐嘉瑞的文学研究和文学实践内容丰富，通过文献资料搜集整理，可见对徐嘉瑞学术思想的系统研究较少，尤其是对其文学思想的研究较少。本书将徐嘉瑞的文学思想放在现代文学转变的大背景下，把握徐嘉瑞学术思想的渊源，通过对他的文学论著和单篇论文系统阅读，梳理其文学思想的概貌，揭示徐嘉瑞文学思想在中国文学史方面的影响和地位。

第二，本书紧扣徐嘉瑞"平民文学"思想的核心，不求对其学术思想面面俱到的研究，着重梳理徐嘉瑞的文学思想，发现他在文学思想内涵、文学史观和文学实践等方面的特点。借助美学、文艺学、语言学、艺术学和历史学的方法论，揭示其思想创新和不足，并试图摆脱被研究者的理论权威，从今天文学的立场，提出笔者自己的观点和看法，展现徐嘉瑞文学思想和文学实践的全貌。

第三，完善中国现代文学史研究。云南的现代文学是中国现代文学史的重要组成部分，而中国现代文学史的传统书写均是关注重要作家的代表著作，往往忽略了边疆地区的文学发展。云南文学的现代性起步较早，许多学者在清末已经接触到西方的先进思想；有识之士们在"五四"时期和20世纪三四十年代创办了多份进步报刊；大批学者在抗日战争时期迁往昆明使云南成为当时的文学重镇。艾芜在为梅绍农新诗集写的序中说道："中国南边极远的土地上，曾经有过一些青年，用文艺的形式，表现了那时一些人的灵魂和感情，并不是在五四那样大浪潮中，完全无声无息的。他们大声呐喊过，沉痛地诅咒过，失望地悲伤过，热忱地向往过美好的未来，是一批优秀的文艺工作者。"[①] 遗憾的是，由于云南的现代文学一直不是中国现代文学史关注的重点，研究资料较为匮乏，云南现代文学极有被埋没的危险，

---

① 梅绍农著、艾芜作序：《奢格的化石》，楚雄州文联1983年版，第2页。

这也是中国现代文学史的一块空白。罗宗强先生指出："研究文学批评家的思想，是研究文学思想史的一个重要内容。"① 徐嘉瑞是云南现代知名的学者和文学家，他主要的学术活动是在云南开展的，他代表性的学术著作也是在云南写成的，同时他更是"唯一一位经历了云南现代文学全过程的作家"②，通过对其文学思想的研究，可以一窥云南现代文学发展的概貌，亦可以在一定程度上填补云南文学在中国文学史上未得到充分认识的空白。

第四，徐嘉瑞的"平民文学"思想对当代文学的"底层写作"具有一定价值和地位。在市场经济转型的今天，社会阶层分化加剧，底层百姓的诉求易被忽视，代表底层百姓利益的知识分子也易受挫，描述底层百姓生活的文学作品鲜有。在今天强调徐嘉瑞"平民文学"思想的价值有助于建立知识分子的新传统，以新的启蒙思想和人文精神审视当代社会文化。

二　研究综述

徐嘉瑞的学术研究和文学创作在不同领域均具有开创性，但对徐嘉瑞的研究却一直没有受到学界重视。笔者在收集整理资料过程中，发现与徐嘉瑞直接相关的研究著作和论文较少，对徐嘉瑞文艺思想进行研究的论著亦较少，更未见专论其"平民文学"思想的论文。现将对徐嘉瑞研究的成果梳理如下。

（一）徐嘉瑞著述的整理

徐嘉瑞学术研究涉及面较广，数量丰富，既有对中国古代文学的研究、也有对少数民族文化的研究，更有戏剧理论的著述，遗憾的是在其故去三十多年后，并未对他的著述进行系统整理，有的著作由于

---

① 罗宗强：《隋唐五代文学思想史》，上海古籍出版社1986年版，第1页。
② 蒙树宏：《读〈徐嘉瑞全集〉漫笔》，《浅耕续集》，香港文化传播事务所有限公司2012年版，第3页。

各种原因遗失了，这无疑是一种巨大的损失。直至 2008 年，在云南省政府的支持下，在云南学界前辈的倡导下，在徐家后人的多方努力下，《徐嘉瑞全集》在 2008 年得以出版，其中"收入了 20 世纪 20 年代至 60 年代，凡 40 年间徐嘉瑞处散佚无补外的全部著作，大四册总四百余万字有余"。①《徐嘉瑞全集》四卷分别收入了他在中国文学、中国文学史、云南民族文化、戏曲理论、外国文学翻译和诗歌创作、随笔等方面的全部作品，内容翔实，成了徐嘉瑞研究最重要的资料基础。云南大学蒙树宏曾撰文《读〈徐嘉瑞全集〉漫笔》，从史料价值角度阐述了《徐嘉瑞全集》出版的意义，认为"首先是填补了史料的空白"，"其次，提供了第一手资料，标示了现代派文艺思潮和创作对云南文学界的影响"，"最后，《全集》介绍了徐过去不为人们所知的笔名或是提供出寻找未知笔名的线索。知道作者的笔名，可据此发现他的著述，才能更好地全面认识作者"。②

（二）生平思想研究

在徐嘉瑞生平思想的研究，最重要的著述当属徐嘉瑞的长孙徐演编写的《徐嘉瑞略传》。徐演是徐嘉瑞的长孙，具有和徐嘉瑞一起生活的经历，对徐嘉瑞的生活和思想有直接接触和了解。由徐演对徐嘉瑞的生平进行回顾，为笔者了解这位大师的真实面貌，将其学术思想与生平结合起来提供了重要的背景资料。在完成《徐嘉瑞略传》前，徐演于 1979 年就在《昆明师范学院学报》第 5 期发表《回忆祖父徐嘉瑞》一文，对徐嘉瑞的生平思想和相关著述进行了简要介绍，鉴于当时的社会背景，该文一并着重介绍了徐嘉瑞的政治追求。在《徐嘉瑞全集》问世后，徐演再次通过口述的方式，从人生往事和学术追求两方面回忆了他的祖父，由张昌山和张志军撰文为《文史大家徐嘉

---

① 徐演：《徐嘉瑞略传》，云南民族出版社 2013 年版，第 2 页。
② 蒙树宏：《读〈徐嘉瑞全集〉漫笔》，《浅耕续集》，香港文化传播事务所有限公司 2012 年版，第 3—4 页。

瑞》在《云南大学学报》发表。与前文相比，该文在讲述了徐嘉瑞生平经历时，侧重介绍了他在教学方面的内容和特色，重点讲述徐嘉瑞的学术思想，论及徐嘉瑞几部代表性学术著作的主要内容和价值，如《中古文学概论》《近古文学概论》《大理古代文化史》《金元戏曲方言考》和《云南农村戏曲史》。该文提及徐嘉瑞学术研究的特色是重视"平民文学"，他将中国文学分为"平民文学"和"贵族文学"两大支流，这一思想在他第一部奠定学术地位的著作《中古文学概论》中已体现出来。

在徐嘉瑞生平思想研究方面不足的是，完整整理徐氏生平经历者多为其亲属，难免具有较强主观性，资料也较少。其他学者多是在记录和研究云南现代文学相关事件时提及徐嘉瑞，如蒙树宏的《云南现代文学作者笔名闻见录》中提到了徐嘉瑞的不同笔名，为查询徐嘉瑞作品提供了线索。蓝华增的《云南现代作家、文学社团和期刊（1919—1949）》（一）在梳理从"五四"运动到中华人民共和国成立的云南文学活动时，认为徐嘉瑞是云南优秀的文学研究工作者，简要叙述了徐嘉瑞的生平经历和代表著作。该文也提及徐嘉瑞和其他学者合作的一些学术活动，如在担任云南大学文史系主任期间，邀请刘尧民到云南大学授课；又如徐嘉瑞于1938年和罗铁鹰、雷溅波创办诗刊《战歌》等。熊朝隽的《二、三十年代的昆明文艺》在论及昆明20世纪30年代的文学活动时，提到在当时的黑暗现实中，徐嘉瑞作为进步学者在《昆华读书杂志》上发表专论，坚持斗争。严达夫、韩进之和李淳生的《我们所知道的白小松先生》在论及白小松的交游情况时，提到白小松与徐嘉瑞常相往来，徐氏当时是云南省的老地下党员，1948年白小松又与徐嘉瑞一起组织发起了反对国民党反动派迫害青年学生的社会串联运动，徐嘉瑞在运动中拟议了要求当时云南省主席卢汉停止镇压行动的文稿。李何林的《昆明文协募捐救济贫病作家的活动》中，提到中华全国文艺界抗敌协会昆明分会于1944年召开第四届全体会员大会，在会上，时任云南大学文史系主任的徐嘉瑞被推选为常务理监事，并担任文协分会理事长。张天放声名狼的《昆明的〈救国日刊〉与昆明的五四运动》，提到徐嘉瑞于"五四"前期常在进步报刊《救国日刊》上发文。娄贵品的《论国立云南大学西南文化研究室的创建》在论述抗日战争时期云南学者云集，在云南大学筹备创建西南文化研究室的过程中，徐嘉瑞是其中早期的研究员。李丛中、熊桂芝的《云南当代文学大事记》记录了云南文学界在中华人民共和国成立后的重大事件，其中提到徐嘉瑞在当时任云南省文联主席和教育厅厅长，也述及其在文学方面的相关工作。张彬和吴泓颖的《柏西文与近代云南地区的英语教育》在叙述柏西文为近代云南的英语教育做出贡献时，提到徐嘉瑞协助柏西文完成了《双城记》的翻译。这些对徐嘉瑞生平叙述的论文，多只把徐嘉瑞定位为云南现代著名的文学家，未论及他在不同学术领域取得的成果，对其生平和学术活动的梳理较为简略，更未将徐嘉瑞的文学思想置于云南现代文学发展的历史进程中，忽略了时代思潮对其思想变化和文学活动的具体影响。

（三）文艺思想研究

对徐嘉瑞学术贡献进行整体评述的专著和论文较少，较有代表性的是云南大学蒙树宏的《云南抗战时期文学史》。同为云南的学者，蒙树宏较早地、全面地进行了徐嘉瑞研究，他认为徐嘉瑞是"文学领域的多面手"，"是一位学者型的作家"。蒙树宏在《云南抗战时期文学史》中专列一节介绍了徐嘉瑞其人及其著作。他在书中首先对徐嘉瑞的文学创作进行评述，尤其是其戏剧和诗歌创作，他在论及这些作品的创作背景和主要内容时，也指出了其中的不足，给予了公允的评价。此外，该书全面评述了徐嘉瑞多部代表性的学术著作——《中古文学概论》《云南农村戏曲史》《金元戏曲方言考》《大理古代文化史》等，既论及徐嘉瑞主要的学术思想，也论及他的学术研究的影响，并提及云南学者中与徐嘉瑞思想相近的学者刘尧民。除《云南抗战时期文学史》外，蒙树宏还有多篇研究徐嘉瑞的论文，如在《五十四年集》中的《徐嘉瑞简论》也是分为文学创作和学术研究两部分进行徐嘉瑞研究，与《云南抗战时期文学史》相比，该文在文学创作的部分更详细地介绍了徐嘉瑞文章发表的时间和刊物，这对徐嘉瑞研究具有重要的史料价值。该文在学术研究部分重点介绍了徐嘉瑞的以《中古文学概论》为代表的五本学术专著的内容和特点。另外，蒙树宏的《浅耕续集》收录了《读〈徐嘉瑞全集〉漫笔》一文，该文既指出了《徐嘉瑞全集》出版的意义，更提到了《徐嘉瑞全集》的不足。该文最有价值之处在于经蒙树宏考证、研究，看到《徐嘉瑞全集》并未收录徐嘉瑞的全部作品，蒙树宏补充了未录入作品的目录，这不仅具有重要的史料价值，更为全面研究徐嘉瑞思想奠定了基础。蒙树宏通过细致地考证，对徐嘉瑞的学术活动和学术思想有了系统的研究，为后学提供了研究的方向和翔实的资料信息。在蒙树宏之外，对徐嘉瑞文学思想进行过整体研究的学者还有：王文宝的《中国俗文学发展史》中把徐嘉瑞作为中国现当代的俗文学家，主要介绍了他在俗文学研究方面的成就，如徐嘉瑞的《云南农村戏曲史》《金元戏曲方言考》和对一些民间文学作品的整理等。该书只是简单记录了徐嘉瑞的俗文学研究成果，对其研究的特色和体现的思想等均未深入研究。张磊作为晨光出版社的编辑，参与了《徐嘉瑞全集》的编辑出版工作，工作中对徐嘉瑞学术研究有了全面了解。他的《星斗其文徐嘉瑞作品及其学术成就评述》一文，从徐嘉瑞学术研究的不同领域对其进行了评述，给予了徐嘉瑞极高的评价，认为他在"中国历史文化领域里的研究有拓荒之功，所著述领域几乎都达到当时的最高水平，研究具有浓郁的云南地方民族文化特色"[1]，是一位"家国思想与时代并进"[2]的学者。还有段铃玲的硕士学位论文《徐嘉瑞民间文学，民族文化学术思想研究》对徐嘉瑞在民间文学和民族

---

[1] 张磊：《星斗其文——徐嘉瑞作品及其学术成就评述》，《保山学院学报》2013年第4期。
[2] 同上。

文化研究上取得的成就进行了整体观照，认为"徐嘉瑞先生在民族文化和民间文学的研究上有自己独到的观点和心得，他在进行研究时得到的结论和使用的手法都可以给后来者以启示和借鉴"[①]，并对徐嘉瑞学术思想的特点从九个方面进行了总结。

其他论文多是对徐嘉瑞文艺思想的微观研究，且多选择徐嘉瑞的某个学术领域或某本论著进行单独研究。

1. 《中古文学概论》研究

徐嘉瑞于1922年完成的《中古文学概论》是体现其"平民文学"思想的重要著作，学者们在进行"俗文学"研究、民间文学研究和中国文学史研究的过程中，大多都会关注和引用徐嘉瑞的这本著作。关于《中古文学概论》的研究梳理如下：

首先，有学者对《中古文学概论》的研究是将其放在"俗文学"领域中。李英的博士学位论文《赵景深和20世纪俗文学研究》在论述"俗文学"概念演变的过程时，看到郑振铎是中国最早使用"俗文学"概念的学者，但在他之前徐嘉瑞已经提出了和"俗文学"相近的概念"平民文学"。何涛在《"五四"以来中国文学的雅俗研究》中提到徐嘉瑞将文学分为"贵族文学"和"平民文学"，但未认识到徐嘉瑞早在1924年就正式提出了"平民文学"，比郑振铎的《中国俗文学史》早了16年，论者未对这一区分的价值和地位予以充分认识。

其次，有的学者把《中古文学概论》作为文学史进行研究，既分析了徐嘉瑞思想的影响，更提及了他思想的渊源。谭正璧在其著作《中国文学进化史》的序言中提到徐嘉瑞的《中古文学概论》对他完成此书的写作有一定影响，但只提及《中古文学概论》的书名，未充分说明该书具体在何方面对他的写作产生了影响。魏崇新和王同坤

---

① 段铃玲：《徐嘉瑞民间文学，民族文化学术思想研究》，云南大学硕士学位论文，2007年，第2页。

的《观念的演进——20世纪中国文学史观》主要是对中国文史观念演进的梳理,在论及20世纪初至40年代的文学史研究时,看到当时学界重视文学史的书写,各有特色的文学史纷纷问世。在学界的"平民文学"和"贵族文学"的论争中,多部文学史均提出要尊重下层百姓的创作,徐嘉瑞的《中古文学概论》便在这样的背景下问世的。戴燕的《从"民间"到"人民"——中国文学史上的正统论》认为徐嘉瑞的《中古文学概论》是最早把中国文学分为"正统文学"和"平民文学"的著作。周忠元的论著《20世纪上半叶的"俗文学研究"》中认为徐嘉瑞的《中古文学概论》受到胡适文学史思想的影响,是真正用"平民文学"概念正面审视中国文学史的著作,《中古文学概论》中的"平民文学"的思想对曹聚仁的《平民文学概论》产生了影响,认为"该书的理论预设承继了徐嘉瑞的观念"[1],作者在研究过程中也看到徐嘉瑞在当时经常发表通俗文学研究的论文。刘波的《胡适论"活的文学"——民间文学之文学性探析》,看到徐嘉瑞在《中古文学概论》中将文学分为"贵族文学"和"平民文学",认为他是受到胡适文学观的影响,又未盲目跟从胡适,从音律的角度对"贵族文学"和"平民文学"提出了新的区分标准,并把胡适的"双线文学观"发展为"三线文学观",认为"平民化的文学既浅白易懂,又有情思,是文学中的最高者"[2]。该文看到了徐嘉瑞对胡适思想的继承关系。刘波的《20世纪上半叶中国民间文艺学基本话语研究》中对徐嘉瑞的"平民文学"思想给予了较高评价,作者将徐嘉瑞提出的"三线文学观"与胡适的"双线文学观"进行比较,认为徐嘉瑞没有盲目跟从胡适,研究更加精细化。

这些论著和论文大多认识到徐嘉瑞"平民文学"思想在中国现代

---

[1] 周忠元:《20世纪上半叶的"俗文学研究"》,山东人民出版社2012年版,第23页。

[2] 刘波:《胡适论"活的文学"——民间文学之文学性探析》,《四川师范大学学报》2007年第2期。

文学史上的价值和地位，也对其源流进行过初步梳理，但在多数论著中认为徐嘉瑞的"平民文学"思想是受到胡适思想影响，笔者认为此处值得商榷。胡适作为课堂讲义的《国语文学史》（1921年初稿）的完稿时间的确早于徐嘉瑞的《中古文学概论》（1923年），但两书的正式出版时间均为1924年，云南地处西南，徐嘉瑞较难第一时间阅读胡适的著作，由此可见，若说徐嘉瑞的《中古文学概论》受到《国语文学史》影响的观点就值得商榷了。另外，《国语文学史》当时只是胡适课堂的讲稿，许多思想和概念均属草创，直至1928年他在《国语文学史》基础上完稿的《白话文学史》才进一步完善了他的"平民文学"思想。而在这期间，胡适已阅读过徐嘉瑞的《中古文学概论》并为其作序，称赞该书是将"平民文学"作为中国文学的正统，是一部"开先路的书"。该书对胡适修正自己的思想，写作《白话文学史》应产生过一定影响。所以受制于胡适的学术权威，单方面说徐嘉瑞"平民文学"思想是受到胡适思想影响较为不妥，他们应是相互影响之关系。

2. 《云南农村戏曲史》研究

关于《云南农村戏曲史》的研究梳理如下：《云南农村戏曲史》写成之初，游国恩应徐嘉瑞之邀，为此书作序，他认为此书"考据之详，议论之审，见解之卓越，又为今日治民俗文学者不可少之书也。"[①] 李何林1944年在《读〈云南农村戏曲史〉》一文中，对此书的评价甚高，将它与王国维的《宋元戏曲考》并称，"我们可以说：在王国维先生的《宋元戏曲史》问世之前，中国戏曲没有'史'；现在也同样可以说：徐嘉瑞的《云南农村戏曲史》未出版以前，中国的地方性戏曲也没有'史'的。"这样的评价显示了此书开创性的贡献。云南大学钱睿的硕士研究生论文《〈云南农村戏曲集〉动态助词

---

① 徐嘉瑞著，马曜主编、徐演执行主编：《云南农村戏曲史》，《徐嘉瑞全集》（卷四），云南大学出版社2008年版，第3页。

研究》，依托徐嘉瑞在《云南农村戏曲史》中搜集的十五个花灯剧本，对其中的动态助词进行研究，认为《云南农村戏曲史》是中国第一部研究地方戏曲并为之写史的书，也是一部对花灯进行抢救和发觉的书，填补了云南戏曲史的空白。徐冰的《从田野走向学术殿堂——20世纪民间小戏研究述略》认为徐嘉瑞在民国时期就对民间小戏——花灯有了准确宏观的把握。董秀团的《学术史视界中的白族大本曲》，认为徐嘉瑞在搜集花灯剧目时，其中有与白族大本曲交叉相似的内容。

3.《金元戏曲方言考》研究

关于《金元戏曲方言考》的研究梳理如下：罗常培在1944年为《金元方言戏曲考》作序时，称徐嘉瑞是整理戏曲小说中方言的开创者，认为："近人治元曲方言者，余所谂知，有邢海潮、张清徽、李家瑞、朱熹海诸子、惟或甫发端绪，或尤兹商订，均非完帙。嘉瑞之书，杀青最早。"① 赵景深在1947年为此书作序时，看到在徐嘉瑞之前，不曾有学者对元曲进行过训诂学方面的研究，徐嘉瑞的著作是这方面的开山之作，为元曲的普及做出了贡献。王季思在《评徐嘉瑞著〈金元戏曲方言考〉》一文中，认为其在搜集例证方面颇有贡献。张永绵的《元曲语言研究述略》认为徐嘉瑞在元曲语言研究方面进行了拓荒性的工作，他的《金元戏曲方言考》是"解释金元戏曲方言俗语的第一步专著"。② 朱居易的《元剧俗语方言例释》当是受到徐嘉瑞《金元戏曲方言考》的影响，他称此书"内容网络宏富，解释简明，替读曲者解决了不少问题，可说是这方面的开山著作"。③ 李祥林《语言民族和戏曲创作》认为徐嘉瑞的《金元戏曲方言考》对于读者理解元杂剧中的外来借词有参考作用。"刘溶池《评徐著〈金

---

① 徐嘉瑞著，马曜主编、徐演执行主编：《金元戏曲方言考》，《徐嘉瑞全集》（卷四），云南大学出版社2008年版，第189页。
② 张永绵：《元曲语言研究述略》，《浙江师范学院学报》1984年第2期。
③ 朱居易：《元剧俗语方言例释》，上海商务出版社1956年版。

元戏曲方言考〉》以商务本百种元曲为依据列举了数条徐书当收而未收的词条,并就徐书某些词条的注释提出不同见解。潘庚《读〈金元戏曲方言考〉质疑》从词条疏证角度对其研究,列出了四大类解释有问题的词条"。① 江巨荣在《元杂剧"常言""俗语"谈》中认为徐嘉瑞《金元戏曲方言考》在"搜集语言资料到考证诠释词义,都做了大量开创性的工作,但研究重点偏于语词,特别是杂剧中的方言语词,因此对元杂剧中形式较为固定,精炼而富于深意的短语和句子却无暇顾及"。② 费秉勋的《元曲语词训释商考》一文也认为《金元戏曲方言考》是训释元曲语词的专著。王雪峰的《略谈戏曲民俗研究的成就与学科意义》提及《金元戏曲方言考》是戏曲方言考释的研究成果。云南大学郑萌的研究生论文《〈金元戏曲方言考〉研究》从语言学角度对《金元戏曲方言考》进行系统研究,在还原了金元戏曲中方言使用情况的同时,更揭示了此书的学术意义。认为此书在取材内容和研究方法上有较大进步,也看到"此部书由于受著者所见材料的限制,例证不够广博,解释也有错误和欠妥的地方"。③ 这些论著大多肯定了徐嘉瑞戏曲语言训诂学研究方面的开拓性贡献,同时也应注意徐嘉瑞在编订此书时掌握的元曲不全面,遗漏词语较多,解释不当之处也不少。

4.《大理古代文化史》研究

对《大理古代文化史》的研究梳理如下:黄有成的《〈大理古代文化史〉是有价值的地方史专著》介绍了此书的写作背景和主要内容,认为徐嘉瑞治学严谨,对大理古代文化研究是建立在对丰富史料进行考订的基础上,并且史论结合,每个问题的论证都有翔实的史料作为依据,是研究云南文化史和民族史的有学术价值的好书。蓝华增

---

① 郑萌:《〈金元戏曲方言考〉研究》,云南大学硕士学位论文,2012年,第5页。
② 江巨荣:《元杂剧"常言""俗语"谈》,《复旦大学学报》1983年第6期。
③ 郑萌:《〈金元戏曲方言考〉研究》,云南大学硕士学位论文,2012年,第42页。

的《云南文学研究八十年（1912—1990）》认为徐嘉瑞1944年撰写的此书全面地展现了大理的历史文化，"对大理古代历史，文化包括风俗、神话、传说作过许多调查研究，称誉一时"。①李东红的《白族本主崇拜思想刍议》中认为《大理古代文化史》中关于白族本主崇拜的记录和论证，在今天仍有指导意义。李东红《白族本主崇拜研究述评——兼谈本主研究的方法论问题》辩证地看待徐嘉瑞本主研究的方法，徐嘉瑞早在20世纪40年代就进行了白族本主崇拜研究，并开创了本主研究的方法，影响较大，形成了"徐嘉瑞模式"，李东红认为用刻板的计量方法进行本主研究意义不大。董秀团的《学术史视界中的白族大本曲》，认为《大理古代文化史稿》中包含了徐嘉瑞对大本曲研究的主要观点，"徐嘉瑞是早期大本曲研究中具有开创性的一位学者，后来的学者在探讨大本曲起源这一关键问题时，常常会引用到他的观点。"②董秀团也指出了徐嘉瑞对大本曲研究的不足，认为他的探讨比较简单，证据单一，很多问题没有深入展开，也未对搜集到的大本曲进一步研究。段伶的《不可忽视之一种诗体——谈白曲词律的研究》中看到，徐嘉瑞对大理"山花"诗碑进行了初步研究，并提出"山花体"作为一种诗体的重要性，引起了后继学者对"山花体"的关注和研究兴趣。施立卓的《白族本主神号述略》认为徐嘉瑞是最早注意到本主神号的学者，在《大理古代文化史》中广泛收集了本主神号，"排出诸神世家。这些材料成为了以后本主研究必不可少的珍贵材料"。③沈海梅的《白族人的族性与白族研究学术史》认为，徐嘉瑞的民族研究体现出民家历史文化研究的范式，是那个时代"对南诏、大理、民家研究的集大成之作，其《大理古代文化史

---

① 蓝华增：《云南文学研究八十年（1912—1990）》，《思茅师专学报》1994年第5期。
② 董秀团：《学术史视界中的白族大本曲》，《思想战线》2004年第4期。
③ 施立卓：《白族本主神号述略》，《云南民族学院学报》1996年第1期。

稿》一书更全面整理了包括大理及民家人在内的西南文化历史"。①
此书"汇集了学者们的研究成果，当然也创造了运用了大理史前文化
的研究成果。"②杨应新的《方块白文辨析》中认为徐嘉瑞对大理古
代白族文化进行了长期系统研究，他的《大理古代文化史稿》中包
含了白族语文的丰富资料，他对白文研究中持白族无文字的观点。傅
光宇的《略论南诏文学的文化环境》同样认为《大理古代文化史》
中包含了丰富地论述南诏文学的内容。

5. 其他研究

对徐嘉瑞其他的文学思想的研究如下：杜晓勤的《二十世纪敦煌
文学研究》中看到徐嘉瑞对于佛教变文使用了"佛曲"的称呼，这
并不符合变文的内容。

（四）文学创作研究

在搜集整理的资料中可见，徐嘉瑞有丰富的文学创作，包括了古
典诗词、白话新诗、杂文、小说和戏曲等，但学界对徐嘉瑞文学创作
成果的研究较少，多是关注他中华人民共和国成立后创作的几部歌剧
作品。杨琦的《〈望夫云〉——歌剧艺苑的新葩》，给予了徐嘉瑞创
作的歌剧《望夫云》很高评价，认为这部歌剧的创作者进行了大胆
创新，歌剧题材新颖，艺术风格和形式鲜明独特。在人物塑造方面，
南诏公主形象鲜明动人，性格发展符合逻辑。徐嘉瑞在创作这部歌剧
时与作曲家合作，形成了一个剧诗、唱词和音乐的统一整体。

（五）几点思考

徐嘉瑞学术研究涉猎较广，整个徐嘉瑞研究的涉及面亦较广，经
过整理资料后可见，徐嘉瑞研究的空间较大，其中几点不足比较
明显。

首先，对徐嘉瑞的著作整理不足。作为一代文史大家，徐嘉瑞为

---

① 沈海梅：《白族人的族性与白族研究学术史》，《学术探索》2010 年第 1 期。
② 同上。

后人留下了丰富的精神财富，遗憾的是在其于20世纪70年代过世之后，徐嘉瑞的著作一直未有系统的整理出版。直至2008年，在云南省知名学者的呼吁下，由云南省委拨出专款，经徐家后人的努力，终于在2008年出版了《徐嘉瑞全集》。该书本应包括徐嘉瑞的全部著作，但经蒙树宏据"过去的笔记和最近翻阅的一些报、刊时的发现"，至少有94篇徐嘉瑞的文章和作品仍未收录在《徐嘉瑞全集》中。此外，笔者在论文写作过程中也发现在《徐嘉瑞全集》（卷四）的《徐嘉瑞年谱》中提及徐嘉瑞创作的话剧《飞机师》《倭文子》《伤逝》《我们的时代》等和译作《宗教哲学概论》《春夕梦》《二城故事》《安东尼和克利阿巴特拉》等，这些作品亦未见于《徐嘉瑞全集》。这一方面是由于徐嘉瑞当年发表的文章时使用了不同的笔名，有的笔名现已难以考证，造成了文章失佚；另一方面是由于比较特殊的原因，个别著作未被收录其中。这对徐嘉瑞学术研究全貌的展现难免留下遗憾。蒙树宏在阅读《徐嘉瑞全集》时还提出，徐嘉瑞的学术日记和与友人来往的书信也未收入《徐嘉瑞全集》中，这为研究徐嘉瑞学术思想的全貌，尤其是他学术思想转变的过程带来了遗憾。

其次，对徐嘉瑞学术思想的渊源及其在学术史上的影响研究不充分。徐嘉瑞自幼受到儒学思想的熏陶，也接受了"五四"新思想影响，如西方人道主义、进化论、民粹主义等思想的影响，还受到左翼文学思潮的影响，现有研究对其思想渊源关注较少。同时，徐嘉瑞是一个学术研究的多面手，他的研究涉及了中外文学、中国文学史、云南民族文化、戏剧理论、戏剧创作、诗歌、杂文和翻译等许多部分，对徐嘉瑞学术研究的评价既需要关注其学术研究的整体，也需要发现其在每个研究领域的独创性和不足，现有对徐嘉瑞的研究尚缺一个公允客观的评价。

最后，关于徐嘉瑞学术思想体系的问题，学者们并未进行系统的梳理。现有的研究既未有对徐嘉瑞学术思想体系的整体梳理，也未见对其某一领域研究的思想的整理，如对徐嘉瑞文学思想的研究、对徐嘉瑞民族文化思想的研究等。

回顾有关徐嘉瑞研究的成果，可见已出版的著述多为对徐嘉瑞生平的回忆，或多通过单篇论文的形式对其某本著作、某个学术领域的研究进行评介，深入研究徐嘉瑞文艺思想的论著未见，更未见将徐嘉瑞文艺思想置于中国现代文学转变背景下系统研究的论著，学界对徐嘉瑞文艺思想的忽视是中国现代学术思想史的一种缺憾，同时也为后来者的研究留下了较为广阔的空间。

三 研究方法和论文内容

（一）研究方法

1. 研究思路

在研读《徐嘉瑞全集》和《徐嘉瑞略传》和广泛搜集材料的基础上，本书将结合文艺学、美学、历史学等方面的知识，以"平民文学"为中心视点，挖掘徐嘉瑞文学思想和文学实践的特色和创新。根据现代文学理论，梳理徐嘉瑞"平民文学"思想的理论体系，展现徐嘉瑞文学思想和文学实践的全貌。

2. 研究方法

文本细读。对徐嘉瑞的相关论著进行仔细研读是研究其"平民文学"思想的前提，从而挖掘其思想的渊源、理论特色和创新。

历史分析。把徐嘉瑞的"平民文学"思想放在具体的历史背景下探究其成因。

比较分析、文献考证等方法是本书必须采用的方法。比较分析前代和同时期文学理论家的思想，以发掘徐嘉瑞"平民文学"思想的独特价值。本着科学研究的学术态度，通过文献考证以确保所有相关的材料的真实可靠性。

结合文艺学、艺术学、历史学等知识，整体梳理中国和云南的现代发展历史，为讨论徐嘉瑞"平民文学"思想提供其他学科的理论支持。

(二) 论文内容

导论部分主要概述了本书研究对象徐嘉瑞其人及其学术活动概况,综论了徐嘉瑞研究的现状和研究意义、研究方法。导论部分的重点在于两个方面,对"平民文学"概念进行梳理,和梳理了徐嘉瑞的"平民文学"概念。首先,这部分对陈独秀、周作人、胡适、郑振铎、李大钊、鲁迅和毛泽东在20世纪上半叶提出的"平民文学"观进行梳理,看到"平民文学"出现于"五四"新文学运动后,"五四"新文学提倡"人的文学","平民文学"是"人的文学"思潮的具化。在对不同学者的"平民文学"观梳理后,一方面认识到"平民文学"在"五四"文学研究中使用频繁,但存在使用混乱的情况,另一方面也认识到以胡适为代表的学者的"平民文学"观对徐嘉瑞"平民文学"思想的形成和深化产生过重要作用。其次,重点梳理了"徐嘉瑞的平民文学观"。在对徐嘉瑞的"平民文学"观梳理时,注意到他的思想是一个不断发展、深化的过程,需要分为早、中、晚三个时期理解徐嘉瑞的"平民文学"思想。徐嘉瑞早期提出的"平民文学"概念与民间文学相近;中期既指民间文学,更指由进步文学家使用通俗的语言和形式为普通百姓创作的"大众文学";晚期多指为"工农兵文学"或"人民文学"。

第一章主要探讨徐嘉瑞"平民文学"思想的具体内容。徐嘉瑞将"平民文学"作为自己的学术研究的重点进行开拓和建设,"平民文学"作为一个关键线索能把徐嘉瑞在不同时期、不同领域的研究贯穿起来,他有目的、有系统地进行"平民文学"思想的建设。具体来看,"平民文学"思想由以下四个部分组成:关切民间、具有阶级性、注重真实和重在实用。第一,关切民间是徐嘉瑞"平民文学"思想的核心,指其对待民间文学持尊重和学习的态度,充分认可民间文学审美价值和民间艺人的创造力。关切民间是徐嘉瑞"平民文学"思想的核心,他在整个学术活动中都重视民间文学的价值。徐嘉瑞在文学史研究中看到民间文学是中国宝贵的文化遗产之一，其中保留了不同于儒家思想的自然自由的情感体验，在民间文学中发现了与他的"平民文学"思想相通的民间精神，这些都是在正统文学中无法体现的，于是徐嘉瑞出于建立新文学之目的提倡的"平民文学"思想，关注和重视民间文学，将民间文学纳入自己的"平民文学"的研究视野中就是理所当然的了。第二，具有阶级性是徐嘉瑞"平民文学"思想在形成之初便具有的特点。徐嘉瑞"平民文学"思想的阶级性，既指文学创作主体的阶级性，也指文学受众的阶级性，还指文学作品的阶级性。阶级性在徐嘉瑞"平民文学"思想中具体体现为：首先，徐嘉瑞按照文学创作主体阶级的不同，将中国古代文学分成三类，分别是"贵族文学""平民化之文学""平民文学"，并将"平民文学"与"贵族文学"对立，对来自民间的或为人民创作的文学作品持褒赞态度，而对由贵族创作、和为贵族创作的作品则多贬抑之辞。其次，徐嘉瑞在中华人民共和国成立后直接以阶级性为文学批评标准，对文学作品和文学家进行品评。第三，注重真实是徐嘉瑞"平民文学"思想对文学作品的内容和情感的主要观点，徐嘉瑞在认可民间艺人创作的文学作品，以及认可对由作家为工农大众创作的文学作品的同时，他发现这两类作品具有一个共同的特点——真实。徐嘉瑞一方面认为民间文学未过多受到儒家诗教思想束缚，能够真实自然地表达内容和情感，另一方面也提倡知识分子通过学习民间，为平民大众创作的文学作品也要能反映真实的社会生活，同时徐嘉瑞对具有真实性的文学作品均有较高评价。第四，重在实用是徐嘉瑞"平民文学"思想的功能论。徐嘉瑞"平民文学"思想是在国弱民贫、内外交困的特殊时代背景下提出的，作为一个具有高度社会责任感的学者和革命家，他既关注文学的发展，也关注时代的风云，他始终强调文学的社会功能。徐嘉瑞最初对"平民文学"的提倡具有文学革命的意义，在抗日战争全面爆发和中华人民共和国成立后，徐嘉瑞更关注的文学与政治的关系，认为文学要为政治、为教化平民大众服务。同时，徐嘉瑞对具有实用性的文学作品也给予较高评价。

第二章主要探讨了徐嘉瑞的基于"平民文学"思想的文学史观。该章一方面讨论了徐嘉瑞文学史观受到人道主义和进化论的影响,另一方面看到徐嘉瑞以阶级性质为标准看待文学的历史演进,从而提出了"三线文学"观。本章的重点在于探讨了"平民文学"对中国正统文学发展的影响。在徐嘉瑞基于"平民文学"思想的文学史观中,认为中国古代文学发展的路径如下:"平民文学"是推动正统文学发展的动力,"平民文学"自身的发展受到外域文化,尤其是佛教的影响,在其得到充分发展的基础上,进一步促进正统文学发展,"平民文学"是正统文学发展的基石和养分。徐嘉瑞认为古代正统文学中,新文体的出现会受到"平民文学"的影响,同时"平民文学"为中国正统文学发展从语言和情感两方面提供养分。

第三章主要探讨的是徐嘉瑞基于"平民文学"思想进行的文学实践。徐嘉瑞不仅是一位学者,更是一位文学大家,他进行的文学实践活动包括文学创作、文学翻译和对民间文学的搜集、整理、研究,本章内容重点论述徐嘉瑞通过文学活动来实践自己的"平民文学"思想。从徐嘉瑞的文学创作和改编来看,这是他文学实践成果最丰富的部分,他通过文学创作的语言和内容体现"平民文学"思想。从徐嘉瑞的文学翻译来看,他虽不是专业的翻译家,但在"平民文学"思想指导下开展翻译活动,也通过翻译活动促进了"平民文学"思想的确立。从徐嘉瑞的民间文学搜集整理和研究工作来看,他既搜集了云南民间的新旧花灯,也整理各少数民族的史诗和民间故事,在搜集整理过程中体现出其"平民文学"思想在前后时期的发展变化。

结语主要是对徐嘉瑞的"平民文学"思想以及他的文学实践的功过、产生的影响和历史地位进行总结。

第一章 "平民文学"思想

徐嘉瑞于1923年在《中古文学概论》中首次提出"平民文学"后,未只将其当作一般文学术语使用,而是倾毕生之力对"平民文学"思想进行开拓建设,使其成为自己文学思想的核心,形成了系统的"平民文学"思想。将徐嘉瑞以"平民文学"为中心的文学思想与其他学者对比,其具有以下六个特点:第一,徐嘉瑞的"平民文学"思想最初在"五四"新文化运动背景下提出,是"人的文学"思潮的具化,但徐嘉瑞的"平民文学"思想未只停留在"五四"时期,"平民文学"作为一个关键线索能够把徐嘉瑞在不同时期和不同领域的研究贯穿起来,他在有目的、有系统地进行"平民文学"思想的建设。第二,徐嘉瑞的文学思想带有高度的社会责任意识,未只在文学精神层面研究"平民文学",注重"平民文学"的实用价值。第三,徐嘉瑞的"平民文学"思想不是简单地与"贵族文学"二元对立,在两者之间,徐嘉瑞提出了第三类文学——"平民化之文学",即"文人文学",这是一些由知识阶级创作的,打破了"贵族文学"雕琢形式的,直接描写人生的作品。在当时二元对立的学术思潮中,徐嘉瑞的"平民文学"思想打破了阶级的对立,显得更加理性。第四,胡适、周作人的"平民文学"以个人主义为核心,周作人在《人的文学》中说:"我所说的人道主义,并非世间所谓'悲悯天人'或'博施济众'的慈善主义,乃是一种个人主义的人间本位主义。"徐嘉瑞的"平民文学"思想与他们不同,始终强调的是集体性,认为文学创作主体和接受主体是普通民众，包括了城市市民阶层和广大农村的农民，徐嘉瑞认为"平民文学"是"从平民社会的文化中产生了中国的民众文学"，具有普遍的人道主义关切。第五，徐嘉瑞"平民文学"思想的形成不是受到单一思想的影响，与周作人主要受到日本新村主义思想影响，胡适主要受到人道主义思想和实证主义思想的影响不同，徐嘉瑞的思想渊源较为复杂，加之他的个人生活经历，形成了具有徐嘉瑞特色的、内涵丰富的"平民文学"思想。具体说来，徐嘉瑞在幼年接受了儒家思想的传统教育，"五四"时期受到西方新思想的影响，20世纪30、40年代后更系统地接受了马克思文艺思想、毛泽东文艺思想的影响。此外，徐嘉瑞生长于云南大理，其母是白族，大理作为白族聚居地区，保留了本真状态的民族民间文学形式，使徐嘉瑞自幼深受地方民族文化的熏染。最后，徐嘉瑞的"平民文学"思想在发展过程中具有多重意识形态的内涵，尤其在中华人民共和国成立后受政治意识形态影响，经历了一个曲折发展的过程。徐嘉瑞的"平民文学"思想形成之初的话语表述，主要是对普通民众创造力的尊重和对民间文学的认可，后随着时间流变和政治思想影响，"平民文学"思想的内涵改变，甚至徐嘉瑞在中华人民共和国成立后都不再直接使用"平民文学"的语言表述。原因在于，徐嘉瑞在革命运动中和中华人民共和国成立后是中国共产党的重要领导，在时代政治思潮影响下，他和同时期许多学者一样都要努力改造自己思想，去贴近中国共产党的主旋律思想，"平民文学"思想发展至后期与"工农兵文学"有了更多的内在联系。同时，徐嘉瑞"平民文学"思想中对民间、对普通民众的关注是他在学术活动中延续了几十年的追求，潜意识中他也不能完全放弃自己早期"平民文学"思想中的一些主张，如他的长诗《望夫云》的创作也不并非都为政治思想和阶级斗争服务，仍包含了丰富的白族民间文化、风俗等内容。这也是徐嘉瑞对自己学术思想的坚持和守望。

徐嘉瑞"平民文学"思想的内涵丰富，具体来看，由以下四个部分组成：关切民间、具有阶级性、注重真实和旨在实用。

第一节　关切民间

在"五四"新文化运动背景下，为否定中国古代正统的、贵族的旧文学，徐嘉瑞以期对"平民文学"的提倡建立新文学。由于"平民"生活于民间，徐嘉瑞和同时期的许多学者都看到"平民文学"在内涵上与民间文学有相通之处，他在文学史的表述中，也将"平民文学"与"民间文学""民众文学"等相近语言等同起来，如他说"我们所崇拜的文学，固然是民间文学，而尤其崇拜的是文人文学中的倾向于平民（平民化）的文学"[①]，在这句话中，可见"平民文学"和"民间文学"是被当作同义词在交叉使用。

关切民间是徐嘉瑞"平民文学"思想的核心，他在整个学术活动始终都重视民间文学的价值。徐嘉瑞在文学史研究中看到民间文学是中国宝贵的文化遗产之一，其中保留了不同于儒家思想的自然自由的情感体验，在民间文学中发现了与他的"平民文学"思想相通的民间精神，这些都是在正统文学中无法体现的，由是徐嘉瑞出于建立新文学之目的提倡的"平民文学"思想，关注和重视民间文学，将民间文学纳入自己的"平民文学"研究视野中应为理所当然了。

一　主要思想渊源

在"五四"新文化运动中成长起来的徐嘉瑞，受到中西不同思想影响，加之自身经历，形成了他关切民间的文学思想。

[①] 徐嘉瑞著，马曜主编、徐演执行主编：《〈中古文学概论〉第二版自叙》，《徐嘉瑞全集》（卷一），云南大学出版社2008年版，第60页。

(一) 徐嘉瑞文学思想的底色

徐嘉瑞接受的启蒙教育和幼年的生活环境，是其关切民间的文学思想的底色，中国古代传统的"重民"的思想、云南民族民间文学也对徐嘉瑞关切民间的思想产生了潜在影响。

首先，从中国古代传统的"重民"思想的影响来看，关切民间的传统在中国古代文学中是存在的，这样的文学传统甚至比西方更加久远。徐嘉瑞作为在"五四"时期成长起来的学者，受到当时"弃旧图新"思想影响，较少直言自己对中国传统思想的接受，但是从他自幼接受的《四书》《五经》的传统教育来看，从他对中国古代文学的熟知来看，徐嘉瑞不可能对中国古代的"重民"思想一无所知。在徐嘉瑞对文学史的评述可见，他的思想与中国"重民"的传统有相通之处，是有精神脉络可循的，孔子"仁者爱人"的思想、墨子"爱无差等"的思想都对徐嘉瑞的"平民文学"思想的形成产生了或多或少的影响。如徐嘉瑞的文学史在主要思想和篇章结构安排上，一反文学史只关注"中原文学"和"文人文学"的传统，开创性地将文学分为"贵族文学"和"平民文学"两类，并重视"平民文学"的价值。这与儒家创始人孔子"泛爱众，而亲仁"的思想是相通的，孔子用"爱他人"来解释"仁"，他所爱的对象不只有君王，更有普通百姓，在《论语》的《颜渊》《为政》《公冶长》等篇中均表现孔子出对普通民众的重视。另外，徐嘉瑞在文学史中重点研究的先秦文学《诗经》和楚辞，也都蕴含着丰富的"重民"思想。徐嘉瑞看到在《诗经》中，有很多批评、讽刺昏庸无道的统治的诗篇，他说《小雅·正月》是"当时大夫刺骂幽王的一首诗"，《魏风·硕鼠》是"感那时政治无道的愤慨诗"，《小雅·苕之华》是感叹"国家已腐败到这么地步了"，他更认为"以上所举，不过一些例子，此外如《魏风》的《伐檀》，《桧风》的《匪风》，《曹风》的《下泉》，《小雅》的《沔水》《节南山》《雨无正》《小旻》《小宛》《小弁》《巧言》《巷伯》《大东》和《大雅》

的《桑柔》《云汉》《瞻卬》《召旻》等,都是愤懑当时的政治,痛快地责骂或悲哀地自伤的"。① 同时,徐嘉瑞也看到在《诗经》中还有很多表现底层百姓悲苦生活的诗篇,他说:"《周南》的《卷耳》,《召南》的《草虫》,《邶风》的《雄雉》,《卫风》的《伯兮》,《魏风》的《陟岵》,《秦风》的《晨风》,以及《小雅》的《四牡》《鸿雁》《无将大车》《采薇》《出车》《小明》《采芑》《杕杜》等等,也都是描写这种苦征的诗"②,徐嘉瑞对这些遭受连年苦战的诗中主人公表现了深切的同情,认为"在诗里那种苦征的感怀诗,真是使我们读了,常常感觉得像黑铅沉在心里的一样"③,这样的表述应是对中国传统"重民"思想的继承。

其次,从云南民族民间文学的影响来看,这与徐嘉瑞早年成长的环境有关,有来自童年时期潜移默化的影响。正如叶嘉莹所说:"传统,指的是一个人所属的家族、所生长的环境、所接触的人有某种传统,而这种传统对一个人的影响不容忽视。"④ 徐嘉瑞的母亲是白族,他出生、成长于云南大理,在这里接受了启蒙教育。大理在云南具有特殊的文化地位,在与中原汉文化保持密切交流的同时,也保留了本地原汁原味的民族文化。从小听着民间传说故事、看着民族戏曲成长的徐嘉瑞,对于民间文化并不陌生,并产生了天然的喜爱,也能够充分认可民间艺人的创造力,如他在《大理古代文化史》就辑录了许多大理地区的民间神话和传说,认为:"其人民富于幻意,兼多天才,神话之优美,可继《九歌》。其富于人间性与诗歌性,则可以比之希腊而无愧焉。"⑤

---

① 徐嘉瑞著,马曜主编、徐演执行主编:《中国文学史大纲》,《徐嘉瑞全集》(卷一),云南大学出版社2008年版,第253—254页。
② 同上书,第254页。
③ 同上。
④ 叶嘉莹:《叶嘉莹说杜甫诗》,中华书局2008年版,第5页。
⑤ 徐嘉瑞著,马曜主编、徐演执行主编:《大理古代文化史》,《徐嘉瑞全集》(卷二),云南大学出版社2008年版,第321页。

（二）西方人道主义思想的影响

人道主义在欧洲文艺复兴时期正式出现，为了对抗基督教会的思想禁锢，人文主义者们提倡人的个性解放，动摇了教会的统治。在此期间，人道主义思想内涵得以丰富，人道主义的概念"是迟至1808年才由一个德国教育家F.J.尼特哈麦在由此关于古代经典在中等教育中的地位的辩论中，最初用德文humanismus杜撰的"[①]，主要是指"14世纪后半期起源于意大利的哲学和文学运动，后来扩散到其他欧洲国家，成为构成现代文学的诸因素中的一种因素。凡是承认人的价值或尊严，把人作为衡量一切事物的尺度，或者以某种方式把人性、人性的范围或其他利益作为课题的哲学，也属于人道主义"[②]。

"五四"新文化运动以"民主、科学"为旗帜，其中就包含有人道主义的思想。"五四"文学革命作为新文化运动的组成部分，在追求文学现代化转型过程中最重要的就是追求"人"的平等，个人价值的实现，于是将西方人道主义视为主要的思想资源之一，形成了"人的文学"思潮。徐嘉瑞提倡的"平民文学"是"人的文学"的具化，也受到人道主义的影响，尤其是徐嘉瑞文学思想中关切民间的主张是受到西方人道主义的影响。徐嘉瑞的"平民文学"思想关注的不只有个人精神的解放或人格的完善，他更关心的是社会中普通民众价值的认可和实现，徐嘉瑞文学思想的立足点不是个人主义而是集体主义。具体来看，徐嘉瑞对民间的关切主要受到欧洲人道主义中博爱、平等思想的影响。

徐嘉瑞的"平民文学"思想以对民间的关切为核心，这种关切并非是对民间的怜悯或施舍，是以平等的身份和眼光正视民间，思想基础源自人道主义中博爱、平等的思想。人道主义作为一种哲学思潮和

[①] ［英］阿伦·布洛克：《西方人文主义传统》，董乐山译，生活·读书·新知三联书店1998年版，第5页。

[②] 转引自靳辉明、罗文东《人道主义与现代化》，安徽人民出版社1997年版，第36页。

理论最早萌生于 14 世纪的意大利，新兴的资产阶级为了摆脱封建统治和基督教神学对人精神的禁锢，继承了古希腊文化中赞美人、讴歌人的思想，从而来带来人类思想文化的大解放——文艺复兴运动兴起。人道主义是文艺复兴的核心精神，一方面以个人主义为中心，肯定人的价值，尊重人性和人权，另一方面发扬博爱、平等的精神，认识到社会由众多个人组成，在关心个人价值实现的同时，也主张爱他人，为他人谋福利。狄德罗认为"人道是一种对全人类的仁爱精神"；爱尔维认为"人的利己必须在公共福利之下活动"；巴贝夫也认为"人类社会的宗旨和目的是全体人民的幸福"。尤其在 18 世纪、19 世纪欧洲资本主义快速发展后，工人和农民受到了残酷的剥削，人道主义思想中要求废除私有制，主张人人平等和博爱的思想的影响进一步扩大。

欧洲人道主义思想在"五四"新文化运动中传入中国，中国学者们在 20 世纪初动荡的社会背景下接受人道主义，当时的中国不仅国内的阶级区分、贫富悬殊严重，而且受到外国人侵，普通的中国百姓在受到国内阶级压迫的同时，还受到外国人的欺凌，社会不平等现象严重。当人道主义思想传入中国后，学者们不仅接受了其中强调个人的个性解放、追求个人的幸福和自由的思想，更接受了其中要为全人类谋永福的博爱和平等的思想。陈独秀在《新文化运动是什么》中说："新文化运动是人的运动"，要"把劳动者当作同类的'人'看。"李大钊在《双十字上的新生活》中说："博爱的生活，是无差别的生活，是平等的生活，在'爱'的水平线上，人人都立于平等的地位，没有阶级悬异的关系。"[①] 郑振铎在《新文化运动者的精神与态度》中也认为新文化运动要"所爱的是全人类，全社会"。徐嘉瑞的"平民文学"思想较少提及如何实现民主、平等，他一方面认为"当今乃人人平等之世"，另一方面更看到社会中阶级区分仍十分

---

① 李大钊：《双十字上的新生活》，《李大钊文集》（下），人民出版社 1984 年版，第 96 页。

严重的情况，奴根性仍存在，由此通过倡导"平民文学"而提升底层民间的地位确为必要。徐嘉瑞在《身份》中将中国百姓的身份区分为六种："一、主仆。主人的身份是高贵的，仆役的身份是下贱的。二、父子。父母的身份是尊严的，儿女的身份是服从的。三、夫妇。丈夫的身份如老板，妻子的身份如老板的财产。四、君臣。长官的身份如同主人，手下的身份如同仆役。五、朋友。朋友的身份，恕小子的块状脑筋再也想不出了。六、亲戚。亲戚的身份，如夫与妻一个样，也不多说。"① 在这六种身份中，除朋友之外的其余五种身份，都有高低贵贱的区分。徐嘉瑞在《唯官主义》中按照职业、性别的标准，将中国人分为六种：士、农、工、商、妇女和土匪，他认为这六类人无论是客观环境影响，还是主观心理要求，都希望可以做官，普遍存在"唯官主义"的心理。可见在中国普通百姓心中仍默认存在上层官员和底层百姓的阶级区别。徐嘉瑞的《烟袋师》用讽刺地笔法写出了戏院和茶馆中烟袋师的奴根性，同为底层平民的他们对有钱人卑躬屈膝、百依百顺，而对穷人则不屑一顾，在这些烟袋师的心中仍残留着封建社会的逢迎皇帝权贵的劣根性，可见社会人人平等的思想并未影响、改变普通百姓的心理。受到欧洲人道主义思想影响，徐嘉瑞的"平民文学"思想要求以平等的眼光看待民间，重新审视民间艺术家的创造力，认可民间文学的价值，这在当时的社会确有必要。

（三）俄国民粹主义的影响

欧洲人道主义的影响扩大后，逐渐传播到其他国家，与俄国国情结合后形成了民粹主义。"俄国民粹主义是发生在俄国19世纪40—50年代至20世纪头20年的一种社会政治思潮"②，俄国民粹主义是一个思想成分庞大复杂的理论体系，其特征之一在于"崇尚和信仰

---

① 徐嘉瑞著，马曜主编、徐演执行主编：《身份》，《徐嘉瑞全集》（卷三），云南大学出版社2008年版，第534页。
② 马龙闪、刘建国：《俄国民粹主义及其跨世纪影响》，广西师范大学出版社2013年版，第1页。

'人民'（主要指农民和贫苦劳动者），并把'人民'理想化。各种各样的民粹派，在信仰和崇尚人民，将人民理想化这一点上是最具共同性的"。① 如果说人道主义中博爱、平等的思想使徐嘉瑞以平等的眼光看待民间文学的话，那么他对民间的关注更直接地受到俄国民粹主义中"到民间去"的思想的影响。

中国20世纪初的国情与俄国有颇多相似之处，同样面对由传统农业社会向现代社会的转型，也面临着由于资本主义革命的不彻底，老百姓既要受到封建制度的压迫，也要遭受资本主义的剥削。在这样的社会背景下，普通百姓的价值需要得到认可，底层百姓的诉求需要得到尊重。在相似的社会背景下，俄国民粹主义思想在"五四"新文化运动中传入中国后，得到了中国知识分子的认可和接受，蔡元培、吴稚晖、陈独秀和沈雁冰等都不同程度地认同民粹主义思想，并提出了"劳工神圣"的口号。需要指出的是，中国知识分子在接受民粹主义过程中，对"民粹主义"和"平民主义"进行了语言表述上的置换，他们在论著中经常用"平民主义"来表述"民粹主义"，如民粹主义在中国的主要的倡导者李大钊，在描述俄国民粹主义在当时中国的流行和影响时，他是这样说的："现代有一绝大的潮流遍于社会生活的种种方面：政治、社会、产业、教育、美术、文学、风俗乃至衣服、装饰等等，没有不着他的颜色的。这是什么？就是那风靡世界的'平民主义'。"② 带有浓郁民粹主义色彩的中国平民主义成为"五四"时期的社会思潮。民粹主义随着李大钊思想的影响，在"五四"时期也在云南得到传播，"1919年2月15日出版的《尚志》，转载了李大钊先生'布尔什维主义之胜利'全文，占有篇幅十二页。编者写了题为'1919年'的社论说'俄国1917年之革命，虽因缘于战争，

---

① 马龙闪、刘建国：《俄国民粹主义及其跨世纪影响》，广西师范大学出版社2013年版，第3页。

② 中国李大钊研究会编注：《李大钊全集》（第四卷），人民出版社2006年版，第114页。

而真因则在大多数之农人、工人,不堪为大地主、大资本家作压迫,所谓共产均富种种运动,皆来自经济组织不良之反响.'……为了介绍十月革命的时代新潮……从而在二卷三号上转载了李大钊先生的文章"。① 在徐嘉瑞的"平民文学"思想中,他虽较少直言民粹主义,从他论著的语言表述和思想倾向上是可以明显见出俄国民粹主义的影响的,为了表达的清晰和一致性,本书在论述中统一使用"民粹主义"指俄国民粹主义及中国"五四"时期前后带有浓郁民粹主义色彩的"平民主义"。俄国民粹主义对徐嘉瑞"平民文学"思想中民间性的影响在于,在徐嘉瑞的整个学术活动中,他研究的视角都是向下看,始终保持对民间的关注和重视。

民粹主义在俄国出现之初已包含着向往民间的思想内容,当时俄国资本主义已经日渐壮大,而国内传统经济又长期依赖农业,农业人口数量庞大,农业生产方式也依然在经济生活中占据主导。俄国民粹主义的代表人物是赫尔岑和别林斯基等人,他们的基本口号是"到民间去",号召知识分子要回到农村,"那些走向土地的知识分子将在土地上为自己找到幸福和宁静"。② 民粹主义在"五四"时期传入中国后,中国学者分析俄国社会时,认为正由于知识分子走入民间,在乡间宣传动员农民,十月革命才取得了最终胜利,"俄国今日的情形,纵然纷乱到什么地步,他们这回革命,总算是一个彻底的革命,总算是为新世纪开一新纪元……他们有许多文人志士,把自己家庭的幸福全抛了,不惮跋涉艰难的辛苦,都跑到乡下的农村去,宣传人道主义、社会主义的道理"。③ 基于此,学者们认为中国也应倡导知识分子和青年人去到农村。尤其是民粹主义倡导者李大钊,他通过《青年

---

① 龚自知著,云南省政协文史委员会编:《五四运动在云南报刊的反应和对文体的影响》,《云南文史集粹》(卷八),云南人民出版社2004年版,第405—406页。
② [俄]普列汉诺夫:《普列汉诺夫美学论文集》,曹葆华译,人民出版社1983年版,第42页。
③ 李大钊:《李大钊文集》(上),人民出版社1984年版,第651页。

与农村》《庶民的胜利》《由平民政治到工人政治》《"少年中国"的"少年运动"》等文章，大力号召青年人不能只待在象牙塔里，要回到农村去，他说："早早回到乡里，把自己的生活弄简单些，劳心也好，劳力也好，种菜也好，耕田也好，当小学老师也好，一日八小时作些与人有益的工作，那其余的功夫，都去作开发农村、改善农民生活的事业。一面劳作，一面和劳作的伴侣，在笑语间商量人向上的道理。"① 在当时的中国，号召青年人"到农村去"不止限于思想或口号，更带动了许多社会活动，许多知识分子在这个思想引导下来到农村，兴办各种活动改变普通百姓的生活。徐嘉瑞曾于1935年在友人介绍下，到河北定县参观了中国平民教育促进会（下文简称为"平教会"）在该县进行的教育改革。他在《到定县去》中记述了平教会情况、平民教育改革的制度和学生学习的内容等，对平教会的教育改革工作充分认可，认为他们是要"把农民智慧发展起来，培养起来，民族才有真正复兴之一日"。② 徐嘉瑞在实地调研中还看到，为了教育工作更能被农民接受，他们在教学内容上采用了民间文学，"大家都看到民间文学，是有生命活力的东西，是社会教育的武器，所以中华平民教育促进会，努力于平民文学研究的工作"③，"采集定县秧歌四十八出，五十余万字，出版《定县秧歌选》两巨册。大鼓词二百零三段，六十余万字。歌谣，二百多首。谚语六百多则。歇后语、谜语、故事、笑话，七万多字"④。民粹主义的"到农村去"口号的提出和当时各种组织兴办的活动，多具有社会思想改造的意义，目的是要提高底层民众的素质。

---

① 李大钊：《李大钊文集》（上），人民出版社1984年版，第651页。
② 徐嘉瑞著，马曜主编、徐演执行主编：《到定县去》，《徐嘉瑞全集》（卷三），云南大学出版社2008年版，第579页。
③ 徐嘉瑞著，马曜主编、徐演执行主编：《云南农村戏曲史》，《徐嘉瑞全集》（卷四），云南大学出版社2008年版，第45页。
④ 徐嘉瑞著，马曜主编、徐演执行主编：《到定县去》，《徐嘉瑞全集》（卷三），云南大学出版社2008年版，第583页。

徐嘉瑞把这些吸收入自己"平民文学"思想中,将其与文学结合,进行合理转换。徐嘉瑞"平民文学"思想中关切民间的主张,较少涉及实际社会思想改造的内容,更多表现为认同民间文学,愿意深入民间去搜集文学作品,通过文学作品展现民间生活,所以他的学术思想带有新鲜的泥土的气息。徐嘉瑞的学术研究注意在民间开展田野调查,搜集实证。如徐嘉瑞在写作《云南农村戏曲史》之时,他的研究对象就是原来不登大雅之堂的民间小戏——农村花灯,他不仅系统地研究了云南花灯的源流、新旧花灯的区别等等,更专门到农村搜集整理了花灯唱本,"1936年前后,他为了系统研究云南花灯,曾专门去西郊的弥勒寺农村中,邀请了民间花灯艺人陈老爹、方老爹到家中,每日说唱花灯,记录了一些花灯唱本……就在1939年后,徐嘉瑞为在春节中看的花灯所感动,于是又集中了一段时间来搜集研究这一农村戏曲。他先后又请了几位农村的民间艺人前来讲剧本,说唱腔。福海村的段老爹、附近老鸹营的董义,都成了家中的常客"。[1]不仅如此,徐嘉瑞更在搜集唱本的过程中,为这些民间小调的唱本整理出了曲谱,使《云南农村戏曲史》成了研究云南农村戏曲的重要著作。写作之前深入民间调研的方法,徐嘉瑞在其他著作写作中也大都采用了。

(四)毛泽东文艺思想的影响

从毛泽东文艺思想和新中国文艺政策影响来看,如果说徐嘉瑞受到中西方人道主义和云南民族民间文学影响,是自发地关注和尊重民间文学,那么毛泽东作为中国共产党的最高领导人,他的文艺思想和根据他的思想制定的文艺政策,使徐嘉瑞对民间的关切带有了以政治为中心的强制性。中华人民共和国成立后,在中国共产党的文艺政策指导下的对民族民间文学的搜集和调查成为新中国"人民文学"的有机组成,徐嘉瑞受此影响而搜集和研究的民间文学不只是纯粹的、

---

[1] 徐演:《徐嘉瑞略传》,云南民族出版社2013年版,第184页。

自由自在的民间文学，更是经过政治化解读后的民间文学。

《在延安文艺座谈会上的讲话》是毛泽东文艺思想的代表，该文在明确了文艺为无产阶级服务之后，进一步提出文艺如何为无产阶级服务的问题。毛泽东认为知识分子要密切联系人民群众，要深入人民群众的生活，知识分子要转移到工农兵的立场上。毛泽东强调"中国的革命的文学家艺术家，有出息的文学家艺术家，必须到群众中去，必须长期地无条件地全心全意地到工农兵群众中去，到火热的斗争中去，到唯一的最广大最丰富的源泉中去，观察、体验、研究、分析一切人，一切阶级，一切群众，一切生动的生活形式和斗争形式"。① 可见，在《在延安文艺座谈会上的讲话》影响下，民间文学被提高到文学的重要位置。中华人民共和国成立后，毛泽东的《在延安文艺座谈会上讲话》成了新中国文艺工作开展的指导性方针，在这一方针的指导下，民族民间文学受到重视。具体可从以下会议内容的确定以及相关政策的制定见出：中华人民共和国成立前夕的1949年7月，中华全国文学艺术工作者代表大会在北京召开。1949年11月，北京大众文艺创作研究会成立。1950年中国民间文学研究会成立，该会的宗旨是："搜集、整理和研究中国民间文学、艺术，增进对人民的文学艺术遗产的尊重和了解，并戏曲和发扬它的优秀部分，批判和抛弃它的落后部分，使之有助于新民主主义文化的建设"。1953年，中国曲艺研究会成立。1956年在"百花齐放，百家争鸣"的"双百"方针引导下，民间文学搜集和研究取得了长足进展。1958年4月，《人民日报》发表社论，号召"大规模收集全国民歌"。1958年7月，全国民间文学工作者大会在北京召开，制定了民间文学工作方针。20世纪50年代，多份研究民间文学的杂志创刊，如《民间文艺集刊》《民间文学》等。

---

① 毛泽东：《在延安文艺座谈会上的讲话》，《毛泽东选集》（卷三），人民出版社2009年版，第861页。

徐嘉瑞是中国共产党的老党员，也是中国共产党革命活动的积极参与者，他在中华人民共和国成立前已系统地接受了马克思主义和毛泽东思想，在中华人民共和国成立后又担任了云南省第一任教育厅厅长。徐嘉瑞的身份和职务使他不可能不受到国家主流思想和政策的影响，作为中国共产党的重要干部，徐嘉瑞在当时的社会风潮影响下，当会积极主动地执行党的各项方针政策。徐嘉瑞在20世纪50年代后的多篇文章中均提到自己是在毛泽东思想和党的政策指导下开展文艺工作的，如他在1951年的《加强我们的文艺工作》中说："我们已把昆明的文艺工作者紧紧团结在一起，响应政府号召，结合中心工作做了不少的工作。"[①] 他还在1960年的《近年云南群众文艺创作的发展》中说："十年来，我省的文学艺术工作，在省委领导下，坚决贯彻执行了党中央和毛主席的文艺为无产阶级政治服务，文艺为工农兵服务的方向，和百花齐放、百家争鸣，推陈出新的方针，取得了很大的成绩。"[②] 这时期的徐嘉瑞不仅重视古典文学中的民间文学，更重视研究云南本土的民族民间文学。徐嘉瑞在毛泽东文艺思想和新中国文艺政策的指导下，深入民间，到云南各地采风，整理出一大批有重要影响的云南民族民间文学作品，他在《漫谈云南民族文学》等文中，概述了在新的文艺方针下开展的民间文学整理、研究工作的概况："在解放以后，由于党中央以党委的重视，省委亲自动手，组织和指导整理发掘工作，把地下宝藏打开，发掘出不少的优秀作品，其中如人所共知的《阿诗玛》。"[③]

[①] 徐嘉瑞著，马曜主编、徐演执行主编：《加强我们的文艺工作》，《徐嘉瑞全集》（卷二），云南大学出版社2008年版，第573页。
[②] 徐嘉瑞著，马曜主编、徐演执行主编：《近年云南群众文艺创作的发展》，《徐嘉瑞全集》（卷二），云南大学出版社2008年版，第579页。
[③] 徐嘉瑞著，马曜主编、徐演执行主编：《漫谈云南民族文学》，《徐嘉瑞全集》（卷二），云南大学出版社2008年版，第547页。

二 "关切民间"的思想主张

20世纪二三十年代，对于民间文学研究是当时的社会潮流，"五四"时期的"人的文学"思潮倡导人的解放，使学者们发现了原来被正统文学遮蔽的民间文学，对其研究一时成为学界主流。因为中国新文学建设要实现由传统向现代转型，要从根本上与传统封建文学决裂，在转型过程的思想资源除来自西方外，就是回到中国悠久的民间文学中，以中国民间文学丰富的资源促进文学观念革新，胡适在为《歌谣周刊》撰写复刊词时，说："中国新诗的范本，有两个来源，一个是外国文学，另一个就是我们自己的民间的歌唱"，并且他特别强调民间歌谣的重要性。在"五四"新文学运动中，学者们充分地从民间文学中获取文化资源来开展新文学建设，在当时以郑振铎和赵景深为代表，以研究民间文学为主要内容之一，在20世纪30年代形成"俗文学派"。在20世纪30年代的"文学大众化"运动中，学者们继续从民间文学中获取资源完成"大众文学"的建设。

徐嘉瑞作为在20世纪初成长起来的学者，他的"平民文学"思想对民间尊重和关切，将民间文学作为自己的主要研究内容，符合当时的社会潮流。与其他学者区别在于，徐嘉瑞并非只将民间文学作为自己众多研究内容之一，而是在学术活动中始终将民间文学置于中心地位，他的多部代表性的学术著作均是对民间文学的研究，如《中古文学概论》《近古文学概论》《云南农村戏曲史》《金元戏曲方言考》等。徐嘉瑞"平民文学"思想中关切民间的主张表现为以下三个方面。

第一，徐嘉瑞对民间文学价值的尊重和学习。徐嘉瑞与"五四"时期的胡适等学者不同，不是一位书斋型学者，他自幼生活在云南民间，也饱尝过家庭贫困带的来生活上的重压，他不用刻意改变自己的价值观去迎合民间趣味，童年时的生活经历使他对民间风俗、文化和文学十分熟悉,他能够理解普通百姓的生活和情感,所以徐嘉瑞在面对文学时从未持高高在上的态度,正如周作人所说"绝不是慈善主义文学","决不是施粥施棉衣的事",徐嘉瑞在自己学术活动中一贯以平等的眼光看待民间文学。在徐嘉瑞学术活动的早期,他多以尊重的眼光研究民间文学,他在1924年的《中古文学概论》第二版"自叙"中认为"民间文学比较简单明了","如《子夜歌》《华山畿》等类,真实自然,美不胜收"。徐嘉瑞在20世纪30年代后,在尊重民间文学的同时,也提倡要学习民间文学。一方面,徐嘉瑞仍给予民间文学较高的地位,他在《云南农村戏曲史》中认为"对于云南农村戏曲不能抱一种鄙薄态度",他在20世纪40年代编写的课堂教案《诗经选读》中,认为来自民间的"风诗"是《风》《雅》《颂》中产生年代最早的诗歌。另一方面,徐嘉瑞在20世纪40年代的"文学大众化"运动后,除了重视原生自民间的文学作品外,更认为知识分子更要学习民间文学,创作出面向平民大众、贴近普通百姓的文学作品。徐嘉瑞先后在1938至1939年间的多篇文章中提出要学习民间文学的语言和形式,他在《"九·一八"后中国新诗运动的路标》中说要"用各地的方言、俗文学的形式来写作品"[1];他在《大众化的三个问题》中认为"要言语大众化,需要研究大众的言语,除了搜集各地的民间歌谣、唱本、戏剧等加以详细的研究外,还要实际和他们接触,然后才不至于隔膜"[2];他在《高兰的朗诵诗》中认为高兰的诗歌"使用当地的方言俗语,描写他家乡的风俗习惯、物产、生活,地方的色彩非常浓厚"[3]。中华人民共和国成立后,徐嘉瑞延续了尊重和学习民间的态度,他认识到云南拥有丰富的民间文学资源,"云

---

[1] 徐嘉瑞著,马曜主编、徐演执行主编:《"九·一八"后中国新诗运动的路标》,《徐嘉瑞全集》(卷三),云南大学出版社2008年版,第115页。

[2] 徐嘉瑞著,马曜主编、徐演执行主编:《大众化的三个问题》,《徐嘉瑞全集》(卷三),云南大学出版社2008年版,第120页。

[3] 徐嘉瑞著,马曜主编、徐演执行主编:《高兰的朗诵诗》,《徐嘉瑞全集》(卷三),云南大学出版社2008年版,第117页。

南是多民族的省份,同样也蕴藏着丰富的矿产,和美丽生动的民族民间文艺"①,受到主导性政治思想的影响,他更认为为了建立无产阶级文学,必须向民众学习,"大众化的要点,是要从民众自身的血管里去发现新的血轮、新的热、新的光。因为从自己民族的土地上面,布上新的谷粒,那收获是广大而丰盛的,决非温室里面瓶子里面的花,可以相比。我们要在自己的泥土中布下文艺的新种,就必得要向民众学习。我们不能够有偏见,对民众抱着一种鄙视的观念"②,尤其在花灯等民间戏曲的创作中,要"向农村学习农人的语言、技巧、曲调"③。

第二,徐嘉瑞对民间文学的深入调查。徐嘉瑞在中华人民共和国成立前常深入云南民间搜集文学作品,中华人民共和国成立后的多篇文章中也都表达了愿意"下到农村去"的愿望。徐嘉瑞的1951年发表的《加强我们的文艺工作》中明确认为知识分子要写好文章必须去到工厂农村,"目前昆明的文艺工作同志,最迫切需要的是下厂下乡……工厂、农村是新文艺的沃土和制造厂";他在1953年写作的《看了〈曙光照耀着莫斯科〉后所受到的教育》中,认为该剧主人公桑妮亚成功的原因在于向民间学习,"她依靠群众,虚心向群众学习……桑妮亚成功的原因之一是深入生活。她深入集体农庄向阿格拉亚学习了许多民族艺术遗产……云南是多民族地区,兄弟民族的艺术有无穷无尽的宝藏,应该深入学习"④;徐嘉瑞还在《做一个献身祖国献身人民献身于党的新知识分子》和《姚安白彝族史诗〈梅葛〉

---

① 徐嘉瑞著,马曜主编、徐演执行主编:《对研究民族文艺的几点意见》,《徐嘉瑞全集》(卷二),云南大学出版社2008年版,第573页。

② 徐嘉瑞著,马曜主编、徐演执行主编:《圭山区的彝族歌舞》,《徐嘉瑞全集》(卷二),云南大学出版社2008年版,第545页。

③ 徐嘉瑞著,马曜主编、徐演执行主编:《花灯的积极性》,《徐嘉瑞全集》(卷二),云南大学出版社2008年版,第227页。

④ 徐嘉瑞著,马曜主编、徐演执行主编:《看了〈曙光照耀着莫斯科〉后所受到的教育》,《徐嘉瑞全集》(卷三),云南大学出版社2008年版,第602页。

研究》等文中，提到了他深入民间调研、参与农村劳动的亲身经历，他说"我曾经得到三次下乡参加土改的机会。在广南县工作时，亲眼看见土改后农民高涨的生产情绪"。本书后面第三章将详述徐嘉瑞在深入民间调研的过程中采录的丰富的民间文学作品。

第三，认可民间百姓的创造力和民间文学的价值。徐嘉瑞无论在"五四"新文化运动前后，或是中华人民共和国成立后对于民间艺人的创造力和民间文学的价值，都持认可、欣赏和赞扬的态度。

首先是对民间大众创造力的认可。徐嘉瑞认为古代民间文学的作者来自社会底层，有的是平民，有的是外夷，他们才是中国文学的真正创造者，他说："中国文学的创造者，中国文学的权威者，都是下级民众"①，这些平民文学家的创作贵在毫不掩饰地表达真情实感，"六朝的民间文学，不像文人的作品雕刻粉饰全无生气。他们的主人，都是些无名的文学家。他们很能表现自己心里真正的情感，一点都不虚伪"②。徐嘉瑞将民间艺人与文人文学家相比，看到以下两方面：第一，他认为由于民间艺人的创作通俗易懂，在民间影响力更甚于文人文学家，"六朝文学的正统，不再一班文人学士，而在当时一班平民和外夷人民"③，"虽其知识品格卑微，而社会教育之大权反操于此辈受众。其流行之广且远，这非文人之所能比"④。第二，他认为文人文学家的创作多模仿普通百姓，"中国文学史下级民众所创造的，士大夫们只能模仿"⑤，"唐人文学，不特体制方面受汉魏六朝平民文学的影响，而最佳的句子，多半是从六

---

① 徐嘉瑞著，马曜主编、徐演执行主编：《"九·一八"后中国新诗运动的路标》，《徐嘉瑞全集》（卷三），云南大学出版社2008年版，第114页。
② 徐嘉瑞著，马曜主编、徐演执行主编：《中古文学概论》，《徐嘉瑞全集》（卷一），云南大学出版社2008年版，第34页。
③ 同上书，第33页。
④ 徐嘉瑞著，马曜主编、徐演执行主编：《近古文学概论》，《徐嘉瑞全集》（卷一），云南大学出版社2008年版，第77页。
⑤ 徐嘉瑞著，马曜主编、徐演执行主编：《南北曲以前的戏剧》，《徐嘉瑞全集》（卷四），云南大学出版社2008年版，第243页。

朝平民文学蜕化而来"①。可见，在徐嘉瑞思想中，民间大众的创造力和影响力都甚于文人艺术家。在对民间艺术家的认可中，徐嘉瑞还特别重视女性艺术家的创造力。在中国社会中，生活在社会底层的男性社会地位已经低下，普通妇女的地位就更加卑微，她们没有自主的权利，需要依附于男性。徐嘉瑞却看到这些普通妇女的艺术创造力并不亚于男性，只是被主流话语掩盖了，"《诗经》中的女子的诗，固然很多，如《氓》《谷风》《燕燕》《绿衣》等，或者是《诗序》的附会，或者虽是女子的诗但没有作者的主名"②。徐嘉瑞经考证认为，《诗经》中的《载驰》是女子文学中的第一篇，作者可确定是许穆公夫人，她用细腻的笔书写了凄苦的心境，在千年后仍能带给读者感动。徐嘉瑞还看到在民间有许多默默无闻的女性艺术家，如宋小娘子、陈小娘子、陆妙静、史惠英等，她们出身卑微但极具艺术天赋，是民间艺术重要的创作者，正如刘经庵在北大歌谣运动中发表的《歌谣与妇女》中所说："歌谣为什么一半是妇女们造成的？天所赋予妇女们的文学的天才，并不亚于男子"。

其次是对民间文学的认可。徐嘉瑞对古代的民间文学和云南的民族民间文艺均有较高评价。徐嘉瑞认为中国古代民间文学不仅具有审美价值，也具有社会价值，"平民文学写实成分较多，对于现代社会有提倡的必要"。同时，徐嘉瑞也将民间文学的地位置于"贵族文学"之上，他认为虽然历史上民间文学不是文学史的主流，其光芒是不会被掩盖的，"虽然他们——平民、外夷——作品的光耀，被'贵族文学'掩盖埋没，很少人知；但是经过的年代越久，才慢慢地放射出最新奇的光焰来"③。徐嘉瑞还特别喜爱云南民间文艺，他认为白

---

① 徐嘉瑞著，马曜主编、徐演执行主编：《中古文学概论》，《徐嘉瑞全集》（卷一），云南大学出版社2008年版，第41页。
② 徐嘉瑞著，马曜主编、徐演执行主编：《诗经选读》，《徐嘉瑞全集》（卷一），云南大学出版社2008年版，第355页。
③ 徐嘉瑞著，马曜主编、徐演执行主编：《中古文学概论》，《徐嘉瑞全集》（卷一），云南大学出版社2008年版，第33页。

族的"'绕三灵'也是大理特有的规模宏大的群众艺术";认为彝族的民歌是"'炭灰埋炭火,内热外不热'……不是从字面的美丽打动人心,而是从感情的真挚震动人心"[①];还认为云南民间小戏花灯"是从人民生活中产生出来的曲子,是集团的创造,表现民众真心的作品"[②]。

除此之外,徐嘉瑞也欣赏由古代文人文学家,或与他同时期的知识分子通过学习民间而创作的文学作品,他对于古代诗人杜甫、岑参,以及当时的诗人高兰、邵冠祥等人的作品都给予了较高评价。

对比同时期其他学者对民间文学的观点和态度,徐嘉瑞"关切民间"的思想也存在值得反思之处。胡适、周作人和郑振铎等民间文学研究的先驱者,他们在充分认可民间文学价值的同时,也指出民间文学的不足,如周作人在认可民间歌谣的同时,也认为其中存在传统封建因素,需要进行提升;又如郑振铎曾在选刊的《白雪遗音》序言中说明未重印全书的原因,在于民间文学自身存在的缺点:"第一,原书中猥亵的情歌,我们没有勇气去印,第二,许多故事诗,许多滑稽诗,许多小剧本,在考证上尽有许多用处,然却没有什么文艺价值。"这些学者评价民间文学的态度较为公允,民间文学固有其情感真挚等优点,也并非十全十美。徐嘉瑞对于民间文学的态度是认可多于质疑,赞美多于批评,尤其在中华人民共和国成立初期更强调要透彻地学习民间百姓,迎合工农大众审美趣味,而对民间文学中内容的不足和思想的不足批判较少,这样会拉低文学作品的审美价值。站在今天文学的角度,提倡将民间文学作为新文学建设的重要资源的同时,也应对其中的劣性保持批判和提升的态度。

---

① 徐嘉瑞著,马曜主编、徐演执行主编:《姚安白彝族史诗〈梅葛〉的研究》,《徐嘉瑞全集》(卷二),云南大学出版社2008年版,第570页。
② 徐嘉瑞著,马曜主编、徐演执行主编:《云南农村戏曲史》,《徐嘉瑞全集》(卷四),云南大学出版社2008年版,第9页。

第二节　注重阶级性

从"平民文学"的名称来看,"平民"并非一个中性词语,产生之初就具有阶级色彩。平民阶级生活在民间,本节内容与上节看似有重合之处,两者在论述上的侧重点各自不相同。徐嘉瑞"平民文学"思想中对民间的尊重表现为向往民间,对民间文艺持学习态度,充分认可民间文学作品的价值,而阶级性的提出带有政治色彩,主要指徐嘉瑞面对不同内容的文学作品时,以阶级立场为标准进行认识和评价。

徐嘉瑞"平民文学"思想的阶级性,既指文学创作主体的阶级性,也指文学受众的阶级性,还指文学作品的阶级性。阶级性在徐嘉瑞"平民文学"思想中具体体现为：首先,徐嘉瑞按照文学创作主体阶级的不同,将古代文学作品分成三类,分别是"贵族文学""平民化之文学""平民文学",并将"平民文学"与"贵族文学"对立,对来自民间的或为人民创作的文学作品持褒赞态度,而对由贵族创作、和为贵族创作的作品则多贬抑之辞。其次,徐嘉瑞在中华人民共和国成立后直接以阶级性为文学批评标准,对文学作品和文学家进行品评。

一　主要思想渊源

徐嘉瑞的"平民文学"思想注重阶级性,这与他早年生活经历有关,徐嘉瑞的青少年时期由于家境贫困,饱尝生活艰辛,对权贵阶级轻视、欺辱底层百姓有亲身感受,这些经历塑造了他的价值观念。在"五四"时期受到俄国民粹主义影响后,他更有意识地从阶级立场对文学作品进行评判。徐嘉瑞"平民文学"思想中的阶级性受到两方面思想的影响："五四"时期传入中国的俄国民粹主义,使徐嘉瑞按照文学创作主体的阶级构成对文学作品进行分类和评价；20 世纪三四十年代的中国左翼文学思潮，使徐嘉瑞更关注文学受众和文学作品的阶级性。

（一）俄国民粹主义的影响

受到法国卢梭的平民社会观影响的俄国知识分子，在俄国农奴制社会向资本主义转变的背景下产生了民粹主义思想，他们看到资本主义制度对底层百姓的压迫，产生了对资本主义制度的恐惧和抵制。民粹主义"是在俄国专制农奴制走向严重危机，资本主义薄弱发展的历史条件下产生的……从客观意义上说，它代表着社会中下层'被侮辱被损害者'，特别是农民和小生产者对专制农奴制的仇恨和抗议。在1861年农奴制改革后，这一思潮则代表了农民和广大劳动群众在农奴制残余和资本主义的双重压榨下，对剥削制度的残酷性和非正义性的反抗情绪"。① 可以说，民粹主义在产生之初，其思想中已经包含着底层百姓与封建贵族、资产阶级的对立。

如上一节所述，平民主义是"五四"时期具有民粹主义色彩的社会思潮，学者们在论著中对"民粹主义"和"平民主义"表述时，进行了语言上的置换，经常用"平民主义"来指"民粹主义"，加之1919年前后民粹主义在云南传播，徐嘉瑞在论著中较少直言民粹主义，但从他的语言表述和思想倾向上是可以见出俄国民粹主义的影响的。民粹主义对徐嘉瑞"平民文学"思想中的阶级性的影响表现在以下两个方面，第一，就创作主体而言，将文学创作者划分为不同的社会阶级，并认为底层的平民作者与贵族作者、"平民文学"与"贵族文学"是对立关系。第二，推崇底层民众和贬低知识分子。

首先，从对社会阶层的划分来看，俄国民粹主义将底层农奴阶级与资产阶级对立，因为"民粹派，面对19世纪中后期资本主义发展带来的血污和罪恶，看到西欧农民的破产，工人的赤贫，资产者的贪

---

① 马龙闪、刘建国：《俄国民粹主义及其跨世纪影响》，广西师范大学出版社2013年版，第1页。

娄，以及资产阶级民主的极端虚伪性，这使他们很自然地产生了对资产阶级的厌恶和对资本主义的鄙弃"。① 20 世纪初的中国社会形态特殊，社会阶层构成更加复杂，不同的中国学者在接受民粹主义时，对社会阶级划分的观点不尽相同，尤其是对平民阶级的划分有不同观点，徐嘉瑞对文学创作主体进行阶级划分的观点，受到早期民粹主义传播者思想的影响。蔡元培和李大钊作为"五四"时期的民粹主义主要倡导者，从他们的观点来看，蔡元培对于平民阶层的划分更加宽泛，他在北京各界庆祝协约国胜利大会的演讲上，提出"劳工神圣"的口号，他所指的"劳工"不只是社会底层的民众，"我说的劳工，不但是金工、木工等，凡是用自己的劳力做成有益他人的事业，不管他用的是体力，是脑力，都是劳工。所以农是种植的工，商是转运的工，学校教员、著述家、发明家，是教育的工"。② 从中可见，蔡元培提出的"劳工"是包含了知识分子在内的自主劳动的社会各阶层，他在这段话语中将社会阶级区分为两类：一类是依靠自己劳动做成有益于人类事业的阶级，另一类是依靠剥削他人来享受生活的阶级。李大钊在《青年与农村》《庶民的胜利》《由平民政治到工人政治》等文中，认为平民阶层主要指包括工人和农民在内的下层体力劳动者，脑力劳动的知识分子被排除在平民阶级之外。蔡元培和李大钊都认为底层民众与资产阶级是对立关系。

　　对比两位学者的观点来看，徐嘉瑞受李大钊思想影响更大，他也将文学创作者区分为不同的阶级，并且认为平民阶级不包含知识分子，主要指社会底层未受到教育民众。需要注意的是，在徐嘉瑞文学思想的前期和后期，他对平民阶级构成成分的划分不完全相同。徐嘉瑞在 1923 年的《中古文学概论》中将中国古代文学分为

---

① 马龙闪、刘建国：《俄国民粹主义及其跨世纪影响》，广西师范大学出版社 2013 年版，第 4 页。
② 蔡元培：《蔡元培全集》（卷三），中华书局 1981 年版，第 219 页。

"平民文学"和"贵族文学",认为它们的作者是贵族阶级和平民阶级。贵族作者是指"知识阶级(如班固、贾谊等)、官僚(如扬雄、司马相如等)、有名望者(如建安七子等)",平民作者则指"非知识阶级(如元代曲家之类)、非官僚(如国风,皆里巷男女所作)、无名者(如《鼓吹》二十二曲皆无名氏)"。① 在徐嘉瑞"平民文学"思想的中、后期,也仍以阶级区分的观点看待文学创作主体,这时的平民阶级和贵族阶级具体指代对象为何,虽然他没有明确、系统的表达,但从他在1928年至1929年间发表的文章,如《全世界失业的工人》《唯官主义》《谈谈废物利用问题》等文,以及1949年中华人民共和国成立后发表的文章,如《怎样否定自己》《努力改造思想,作一个新型的知识分子》《加强我们的文艺工作》等文的话语表述可见,平民阶级主要指以工农兵为代表的无产阶级劳动人民。他在1940年出版的《云南农村戏曲史》中这样界定"平民","所谓'民',是指能劳动的人民"。② 他认为贵族阶级指大地主、官僚和大资本家。徐嘉瑞批评大地主和官僚是在"大量的榨取别人的剩余劳动",与他们对立的平民作家是包含了工农大众在内的无产阶级:"为了促使云南文艺极早的开花结果……希望更进一步的鼓舞起更多工农大众一齐大胆的提起笔来……有的来自工厂,有的来自农村,有的来自僻远的县份,新、老作家、兄弟民族作家,工人、农民都在动起笔来"。③

其次,民粹主义者对知识文化持怀疑和鄙薄的态度。俄国民粹者别尔嘉耶夫在《俄罗斯思想的宗教阐释》中说"在任何条件下都会起来反对文化崇拜";夏波夫在《村社》中批评大学"同外界隔

---

① 徐嘉瑞著,马曜、徐演编:《中古文学概论》,《徐嘉瑞全集》(卷一),云南大学出版社2008年版,第6页。
② 徐嘉瑞著,马曜、徐演编:《云南农村戏曲史》,《徐嘉瑞全集》(卷四),云南大学出版社2008年版,第9页。
③ 徐嘉瑞著,马曜、徐演编:《加强我们的文艺工作》,《徐嘉瑞全集》(卷二),云南大学出版社2008年版,第574页。

绝、脱离人民生活",批评大学教授"大部分教授是官吏";克鲁泡特金号召年轻人"抛弃这些大学"。轻视文化知识的民粹主义传入中国后更带上了一种反智主义倾向,表现为对书本文化和对知识分子的贬低,以及对底层劳动大众的格外推崇。陈独秀在《劳动者的觉悟》中说:"世界上是些什么人最有用最贵重呢?必有一班糊涂人说皇帝最有用最贵重,或是说做官的读书的最有用最贵重。我以为他们说错了,我以为只有做工的最有用最贵重"①,杨明斋批评大学教授"老是在书本子上用功夫,不肯到乡村平民生活里去研究,以为大学教授就是大学教授,名流就是名流,因此就把真的知识埋没了"。②

徐嘉瑞受到民粹主义中反智倾向的影响,极其推崇底层民众的创造力。徐嘉瑞给予平民作家极高的评价,认为"中国文学的创造者,中国文学的权威者,都是下级民众"。③徐嘉瑞不认为底层平民创作的文学是俗陋的,认为普通民众的创造力更甚于知识分子,"彼等之出身极微贱,其知识皆极浅薄,其思想异常平凡,其文学又极鄙俗,唯其如是,所以容易入于下级民众之耳,支配下级群众之心,大都备有音乐天才,不惟能作,亦复能唱,宛如希腊之 Homer,唱者与作者,歌人与诗人,殆无差别。故其作品虽陋而能借音乐伟大之暗示力以醇化之。故其传播迥远,非文人作者,可以望其项背"。④徐嘉瑞认为文人作家是在民众创作的基础上才能提炼出更优美的作品,"中国古典文学中的主力军队,也是劳动人民。他们不止生产粮食,同时也生产诗歌,但他们的姓

---

① 陈独秀:《劳动者底觉悟》,《新青年》第7卷第6号,1920年5月1日。
② 杨明斋:《杨明斋致宋匡我的信》,《杨明斋》,中共党史资料出版社1988年版,第56页。
③ 徐嘉瑞著,马曜、徐演编:《"九·一八"后中国新诗运动的路标》,《徐嘉瑞全集》(卷三),云南大学出版社2008年版,第114页。
④ 徐嘉瑞著,马曜、徐演编:《近古文学概论》,《徐嘉瑞全集》(卷三),云南大学出版社2008年版,第79页。

名都不见史册……屈原大胆地向民间五言诗学习,鲍照大胆地向民间的七言诗学习,李白优美的七绝,正是长江上游的民谣,杜甫的雄伟诗篇,正是民间的乐府。后来的词人韦庄、柳永,北曲作者关汉卿、马致远等,都是从民歌中吸取新鲜的血液"。① 与崇拜大众相反,徐嘉瑞在多篇文章中都有对知识分子的轻视之辞,他在1929年发表的《南北曲以前的戏剧》中认为,"创造中国文学的人,都是士大夫阶级吗?实际研究下来,不是如此。士大夫阶级和智识阶级都够不上说创造,反是一般不懂文学的民众所创"。② 该文还更直接的认为文人写作只是对民众创造的模仿,"民众们自创有生命的新文学,智识阶级只能跟着跑",完全忽略了知识分子的能动性和创造性,将他们贬低为民间文学的应声虫。同时,徐嘉瑞作为知识分子中的一员,并未以此为傲,他在1949年的杂文《怎样否定自己》中指出了知识分子的若干缺点,引用夏衍的话说"大部分的文化人,肩不能挑,手不能拿,而却昂头天外,目空一切,唇摇上下,舌鼓雌黄,实在是值得受人菲薄和奚落的"。③ 他还说:"知识分子,因为受几千年旧势力旧生活的影响,总是有许多气习。第一是知识分子总是不能劳动,不能吃苦……因此和生产隔绝,专读死书,不知稼穑之艰难……第二是死抱着书本,不知道去生活中找活生生的经验,和现实隔绝……第三是对时代的历史任务,认识的不彻底……第四是局限在自我的世界里,一切以自我为中心,不能使自己的生活和广大群众打成一片,更不能牺牲自我,服从群众的意志。"④ 徐嘉瑞由此认为知识分子要否定自

---

① 徐嘉瑞著,马曜、徐演编:《民歌——诗的源泉》,《徐嘉瑞全集》(卷三),云南大学出版社2008年版,第622页。

② 徐嘉瑞著,马曜、徐演编:《南北曲以前的戏剧》,《徐嘉瑞全集》(卷四),云南大学出版社2008年版,第243页。

③ 徐嘉瑞著,马曜、徐演编:《怎样否定自己》,《徐嘉瑞全集》(卷三),云南大学出版社2008年版,第588页。

④ 同上。

己，要从劳动中重新创造自己，要走向民间向劳动人民学习。作为知识分子的自我否定，以及向劳动人民学习的思想，在徐嘉瑞1956年发表的文章《做一个献身祖国献身人民献身于党的新知识分子》《努力改造思想，做一个新型知识分子》等文中进一步强化。从徐嘉瑞文章的语言和思想可见，他摆脱了传统的贵族气，向底层民众靠拢，这与民粹主义思想是契合的。这种对民众的力量近乎崇拜的重视，而不断贬低知识分子地位的思想，在今天重新审视，确有值得斟酌之处，不过在"五四"时期的社会背景下得到了人们的普遍认同。

（二）中国左翼文学思潮和毛泽东文艺思想的影响

中国左翼文学思潮对徐嘉瑞"平民文学"思想影响在于使他明确了文学受众和文学作品的阶级性。

20世纪二三十年代之际，"五四"新文化运动的余温未完全散去，中国社会局势动荡剧变，对内而言，国共合作完全破灭，蒋介石背叛革命后开始四处逮捕杀害中共党人，白色恐怖笼罩全国；对外来看，日本侵略加剧，1931年"九·一八"事变爆发，日本强占中国东三省，民众抗日情绪高涨，"五四"时期要求人性解放的文学旋律在此时变为民族救亡的主调。同时，随着国际上普遍出现的左翼文学思潮和马克思、列宁主义文艺思想在中国的传播，左翼文学运动成为中国这个时代最重要的文学运动。

左翼文学运动提出了文学为工农大众服务的口号，于是"文学大众化"问题成了最重要的一项内容，以"左联"为中心的文学家和学者们围绕此展开热烈讨论。"左联"作家在"文学大众化"运动中认为根据中国当时的社会现状和革命发展的方向，文学必须实现大众化，文学必须为广大的工农大众服务，文学受众是无产阶级。1931年11月，左联的《中国无产阶级革命文学的新任务》中明确说："为完成当前迫切的任务，中国无产阶级革命文学必须确定新的路线。首先第一个重大问题，就是文学大众化……必须立即开始组织工农兵贫民通信员运动,壁报运动,组织工农兵大众的文艺研究会读书班等等,使广大工农劳苦群众成为无产阶级革命文学的主要读者和拥护者。"①瞿秋白在《学阀万岁》等文中批判"五四"新文学运动,认为"差不多等于白革",只产生了"非驴非马的骡子文学",然后在《大众文艺和发对帝国主义的斗争》等文中明确提出"革命文艺向着大众去"。

徐嘉瑞的"平民文学"思想受到"文学大众化"运动影响,他说:"这种大众化的趋向,跟着时代的剧变,跟着抗战情绪的紧张,跟着动员民众的实际需要,一天天高涨起来。抗战开始以后,这运动更扩大了。"②徐嘉瑞在这股思潮中明确地认为文学的受众是工农民众。徐嘉瑞在1938年至1939年间,连续发表了五篇以讨论文学大众化为核心内容的文章——《诗歌和民族性》《"九·一八"后中国新诗运动的路标》《高兰的朗诵诗》《大众化的三个问题》《悼"海的歌手"邵冠祥》。他在文中说:"现在是大众创造文化的时代,第一人称的文学是已经失去了他的重要性,我们的诗歌,是为多数人而写的,也必定是多数人所懂得的"③,"我们的诗人,也已经和民众手挽着手,走上民族斗争的前线"④。

20世纪40年代初,毛泽东的《在延安文艺座谈会上的讲话》(以下简称《讲话》)对之前的文学活动进行了系统总结,强化了文学为工农大众服务的思想,成为左翼文论的最高典范。受到毛泽东《讲话》中思想的影响,徐嘉瑞强化了文学作品受众是工农兵大众的思想。毛泽东的《讲话》中提出的首要问题是文艺为什么人服务的

---

① 冯雪峰:《中国无产阶级革命文学的新任务》,《文学导报》第1卷第8期,1931年11月1日。
② 徐嘉瑞著,马曜主编、徐演执行主编:《"九·一八"后中国新诗运动的路标》,《徐嘉瑞全集》(卷三),云南大学出版社2008年版,第115页。
③ 同上书,第114页。
④ 徐嘉瑞著,马曜主编、徐演执行主编:《诗歌和民族性》,《徐嘉瑞全集》(卷三),云南大学出版社2008年版,第110页。

问题。毛泽东认为"中国新文化，是无产阶级领导的人民大众的反帝反封建的文化。真正人民大众的东西，现在一定是无产阶级领导的……什么是人民大众呢？最广大的人民，占全人口百分之九十以上的人民，是工人、农民、兵士和城市小资产阶级。"①毛泽东在这里明确了文艺为无产阶级、为工农兵服务的根本方向。在《讲话》中，毛泽东多次运用短小有力的句式和毋庸置疑的语气，强调在文艺工作中应把立足点转移至工农兵的方向，"无论高级的或初级的，我们的文学艺术都是为人民大众服务的，首先是为工农兵的，为工农兵而创作，为工农兵所利用的"。②中华人民共和国成立前夕，毛泽东的《讲话》在第一次全国文代会上被进行了提升性的二次阐述，成了新中国文艺活动的指导方针。受此影响，徐嘉瑞在20世纪40年代后的多篇文章中，都态度鲜明地表达了文学要为工农兵服务，将文学受众中"平民"的阶级构成具体指为以工农兵为代表的无产阶级。徐嘉瑞在1951年的《加强我们的文艺工作》中，看到云南文艺工作开展，是"在毛主席文艺政策的领导下，在新民主主义文化教养下"开展起来的，"部分文艺工作同志，已开始或正在努力向工农兵学习，努力将文艺转到工农兵服务的方向"③；徐嘉瑞在1960年第二届第二次全国人民代表大会上的发言《近年云南群众文艺创作的发展》中，再次强调了文艺为工农兵服务的方向，"十年来，我省的文学艺术工作，在省委领导下，坚决贯彻执行了党中央和毛主席的文艺为无产阶级政治服务，文艺为工农兵服务的方向"④。

明确了文学作品受众是工农阶级，为工农大众创作的文学作品也

---

① 毛泽东：《在延安文艺座谈会上的讲话》，《毛泽东选集》（卷三），人民出版社2009年版，第855页。

② 同上书，第863页。

③ 徐嘉瑞著，马曜主编、徐演执行主编：《加强我们的文艺工作》，《徐嘉瑞全集》（卷二），云南大学出版社2008年版，第574页。

④ 徐嘉瑞著，马曜主编、徐演执行主编：《近年云南群众文艺创作的发展》，《徐嘉瑞全集》（卷二），云南大学出版社2008年版，第579页。

应具有一致的阶级属性，即文学作品要符合人民群众的要求，指文学内容、语言和形式的大众化。瞿秋白主张"革命的大众文艺必须开始利用旧的形式的优点——群众读惯的那种小说诗歌戏剧——逐渐的加入新的成分，养成群众的新的习惯，同着群众一块儿提高艺术的程度"①，周扬认为"要尽量地采用国际普罗文学的新的大众形式"，鲁迅认为要"做更浅显的白话文，采用较普通的方言，姑且算是向着大众语去的作品"。文学创作如何符合劳苦的工农大众的要求，徐嘉瑞认为可以从四个方面解决这个问题：首先，要实现创作意识的大众化。文学创作要了解民众的心理，把握社会动态的现状，要"出了象牙塔，走到现实世界。只有在现实世界当中，才能够摄取新的营养；只有到现实世界，才能够听到时代的足音；只有在现实世界当中，才能打击出新的节拍"。②其次，要实现创作语言的大众化。徐嘉瑞的"平民文学"思想始终主张使用通俗易懂的文学语言，这时更强调要有选择地使用大众的语言，保留健康、坚强的语言，淘汰民间腐烂淫猥的语言。再次，要实现创作形式的大众化。徐嘉瑞持"旧瓶可装新酒"的观点，他并未全盘否定旧的文学形式，认为可通过对旧的文学形式欠精密、不完善之处进行改造的方式，同样能够达到激发读者情绪的效果。最后，要实现创作主体生活的大众化。徐嘉瑞认为文学家只有和劳苦大众生活在一起，才能创造出真正大众化的文学。

二 "阶级区分"的思想主张

徐嘉瑞的"平民文学"思想在早期以阶级为标准对文学进行分类，分为"贵族文学""平民化之文学""平民文学"三类，他在面对这三类文学作品时，将"平民文学"与"贵族文学"对立，给予

---

① 瞿秋白：《大众文艺的问题》，《文学学报》创刊号，1932年6月10日。
② 徐嘉瑞著，马曜主编、徐演执行主编：《"九·一八"后中国新诗运动的路标》，《徐嘉瑞全集》（卷三），云南大学出版社2008年版，第112—113页。

中国古代民间文学作品较高评价，否定贵族创作作品。徐嘉瑞的"平民文学"思想在中、后期，虽仍将"平民文学"与"贵族文学"对立，但受到毛泽东的文艺思想影响后，将"平民"阶层指向工农兵大众，将工农兵文学与含城市小资产阶级在内的资产阶级文学对立，对当时学习民间创作的革命的大众文学作品持肯定态度，而不认同资产阶级文学。徐嘉瑞文学思想中注重阶级区分的观点表现在以下两个方面。

首先，徐嘉瑞根据文学创作主体和受众所属阶级，将文学作品划分为不同类型，表现为对"平民文学"的推崇和对"贵族文学"的贬抑。

在诗歌方面，徐嘉瑞充分认可民间歌谣的价值，他认为先秦的《诗经》是中国古代最有价值的一部诗集，其中的"风"是"小夫贱隶的文学，是自然朴实伉爽的民间歌谣，是中国文学最古的源泉"[①]，"从文学的眼光来看，风是自然流露出来的，真诚而朴素的抒情诗歌。'清水出芙蓉，天然去雕饰。'正是风的赞语"[②]。徐嘉瑞认为《相和曲辞》《清商曲辞》等都是汉魏六朝民间的歌谣，"经过的年代越久，才慢慢地放射出最新奇的光焰来！"[③] 在戏剧方面，徐嘉瑞对云南民间戏曲花灯尤为喜爱，即使在战火纷飞的年代也未停止对云南的花灯的研究，他的《云南农村戏曲史》是中国第一部为民间小戏写史的著作，开始让民间艺术进入了主流学术视野。徐嘉瑞在该书中称赞云南花灯戏，"是从人民生活中产生出来的曲子，是集团的创造，是表现民众真心的作品"，"其中包含着许多真实的素朴的民间歌谣，反

[①] 徐嘉瑞著，马曜主编、徐演执行主编：《诗经选读》，《徐嘉瑞全集》（卷一），云南大学出版社2008年版，第302页。

[②] 同上书，第308页。

[③] 徐嘉瑞著，马曜主编、徐演执行主编：《中古文学概论》，《徐嘉瑞全集》（卷一），云南大学出版社2008年版，第33页。

映着艰辛的纯朴的农民生活和真诚的洁白的农民的情感"。①

20世纪三四十年代后,受到左翼文学思潮和毛泽东文艺思想影响,徐嘉瑞对当时的由作家采用大众化形式,为工农大众创作的文艺作品也评价较高。徐嘉瑞赞赏赵景深的抗战大鼓词,如《阎海文》《八字桥》《战浦东》《姚子青》《八百英雄》《平型关》等文,是"有声有色的民众文学";他也赞赏高兰的诗歌《我的家在黑龙江》,"文字也极度大众化,比朗诵诗集里面所收的更其接近大众,更能够反映地方的现实"②;他还欣赏聂耳的音乐,认为"他为工农兵作曲,他自己也工农化了"③,认为聂耳的《大路歌》是为九江劳苦的码头工人创作的音乐。

与崇拜民众的思想相反,徐嘉瑞对由贵族文人创作、和为贵族王室创作的文学作品的都评价较低,甚至是直接的贬抑,认为它们多是形式雕琢华贵、情感阿谀奉承的作品。徐嘉瑞批评汉赋多为阿谀奉承之作,"宋玉之徒,滑稽诡笑于帝王之前,已开扬马之风。班固《明堂》《辟雍》《灵台》《宝鼎》《白雉》诸诗,皆颂帝王圣神功德,扬雄《甘泉赋》言帝王郊祀之事;潘安仁《藉田》言天子亲耕之事;司马相如《子虚》《游猎》,因狗监杨得意以达于皇帝;扬子云奏《羽猎赋》,遂得为郎。文人无行,以词赋派为甚"。④ 徐嘉瑞批评六朝文人的作品形式过于雕琢,认为这些作品"隐而不深"。徐嘉瑞批评宋词发展至南宋,语言过于雕琢,犹如"爬虫类动物,到了身体庞大的时候,灭亡的兆头,已经埋伏着了……张炎

---

① 徐嘉瑞著,马曜主编、徐演执行主编:《云南农村戏曲史》,《徐嘉瑞全集》(卷四),云南大学出版社2008年版,第8—9页。
② 徐嘉瑞著,马曜主编、徐演执行主编:《高兰的朗诵诗》,《徐嘉瑞全集》(卷三),云南大学出版社2008年版,第117页。
③ 徐嘉瑞著,马曜主编、徐演执行主编:《从一个伟大的革命时期看聂耳》,《徐嘉瑞全集》(卷二),云南大学出版社2008年版,第607页。
④ 徐嘉瑞著,马曜主编、徐演执行主编:《中古文学概论》,《徐嘉瑞全集》(卷一),云南大学出版社2008年版,第50页。

《词源》出,而词硬化,其中讲求字面,讲求音律,讲求雕琢,而词之镣铐具矣"。①徐嘉瑞还批评那些语言华美、知识堆砌的文人戏剧作品没有生命的活力,"文学愈至上流文人之手,其所赋加之历史材料愈为确定,而不容有作者之理想的元素渗入其间,文学与历史殆愈接近,而文学之想象力亦逐渐减少……至卓珂月《新西厢》则根据《会真记》,合以崔、郑墓碣,旁证以微之年谱而成。与崔夫人《墓志铭》无异,遂有谓莺莺乃德行兼备之人,岂容有《西厢》幽会之事,文学至此乃死灭矣"。②徐嘉瑞引用日本汉学家盐谷温氏的观点,认为这样的戏剧作品只能供文人案头阅读,而无法进行舞台搬演,"至汤临川则由唱曲一变而为读曲,不过文人之游戏文章而已……至此则戏曲已一变而为知识阶级专有之物,到底不能投一般读者之趣好"。③

其次,徐嘉瑞在中华人民共和国成立后直接以工农兵的阶级属性为批评标准,对艺术作品和艺术家进行评价,他说"研究民族民间文艺必须站在进步的政治立场,用进步的阶级眼光——无产阶级的眼光去看世界,去分析文艺作品的本质"。④徐嘉瑞在早年对《离骚》考证和注释的基础上,从阶级立场评价《离骚》"是暴露批判楚国黑暗腐朽的现实而予以无情的打击",认为这是屈原的一篇具有高度"人民性的现实主义的诗篇",看出诗中"屈原和人民同忧患同命运,还用人民的声音、人民的调子歌唱出和人民相同的情感和他自己的心事"。⑤徐嘉瑞在研究云南民间文学时,认为云南彝族史诗《梅葛》

---

① 徐嘉瑞著,马曜主编、徐演执行主编:《近古文学概论》,《徐嘉瑞全集》(卷一),云南大学出版社2008年版,第155页。
② 同上书,第165页。
③ 同上书,第166页。
④ 徐嘉瑞著,马曜主编、徐演执行主编:《对研究民族文艺的几点意见》,《徐嘉瑞全集》(卷二),云南大学出版社2008年版,第577页。
⑤ 徐嘉瑞著,马曜主编、徐演执行主编:《屈原诗歌的现实主义与人民性》,《徐嘉瑞全集》(卷二),云南大学出版社2008年版,第197页。

是"姚安白彝族劳动人民的生产斗争史";认为史诗中的盘古形象是"白彝族劳动人民集体的化身,因此叫作'盘古人'",把劳动人民的一切力量,都集中在他身上;认为史诗中的恋歌"是反映了阶级压迫以及对自由和光明的追求,是和生产劳动紧密地联在一起"。[1] 徐嘉瑞在对云南花灯研究时,认为"花灯是云南的秧歌,是工农兵大众的艺术"[2],他根据花灯产生的时间先后将其分为老花灯和新花灯,认为"老花灯是代表贫雇农民阶级的艺术;新花灯是代表小市民手工业阶级的艺术"[3]。徐嘉瑞还用阶级立场衡量艺术家,认为屈原失败的原因在于受到时代和阶级的局限,"假如屈原的时代,有了像共产党领导的今天,他就不会自杀了"[4];他分析了云南明代诗僧担当出家的原因,是"表明了他对统治阶级的厌恶,至少是不愿与他们同流合污"[5];认为聂耳是一位划时代的人民的音乐家,"由于阶级立场不同,决定他和资产阶级的'音乐家''作曲家'尖锐的对立"[6];评价画家廖新学"是一个力求前进的教育工作者,是下了决心为工农兵服务,为生产大跃进服务的优秀艺术家"[7]。徐嘉瑞在中华人民共和国成立后的国家话语引导下,一味以政治阶级的标准衡量文艺作品和艺术家的高低,忽略了文艺作品独特的审美价值和艺术家独到的情感体验,这无

---

[1] 徐嘉瑞著,马曜主编、徐演执行主编:《姚安白彝族史诗〈梅葛〉研究》,《徐嘉瑞全集》(卷二),云南大学出版社2008年版,第548、566页。
[2] 徐嘉瑞著,马曜主编、徐演执行主编:《花灯在新兴文学上的地位》,《徐嘉瑞全集》(卷四),云南大学出版社2008年版,第229页。
[3] 徐嘉瑞著,马曜主编、徐演执行主编:《花灯的阶级性》,《徐嘉瑞全集》(卷四),云南大学出版社2008年版,第227页。
[4] 徐嘉瑞著,马曜主编、徐演执行主编:《屈原诗歌的现实主义与人民性》,《徐嘉瑞全集》(卷二),云南大学出版社2008年版,第198页。
[5] 徐嘉瑞著,马曜主编、徐演执行主编:《明末爱国诗僧和书画家担当》,《徐嘉瑞全集》(卷二),云南大学出版社2008年版,第591页。
[6] 徐嘉瑞著,马曜主编、徐演执行主编:《从一个伟大的革命时期看聂耳》,《徐嘉瑞全集》(卷二),云南大学出版社2008年版,第610页。
[7] 徐嘉瑞著,马曜主编、徐演执行主编:《悼亡友新学》,《徐嘉瑞全集》(卷二),云南大学出版社2008年版,第612页。

疑是一种新"文以载道"的思想。同时，研究徐嘉瑞的"平民文学"思想也应注意到，用阶级性评价文学作品并非是他个体自主的选择，更多是符合那个时代的主流思想要求。

在中国文学之外，徐嘉瑞也多是以阶级立场为标准对外国文学进行评价，如他对古希腊戏剧的喜爱是因为它是民众的艺术，"在那时的艺术，是民众公共的产物，不是绅士的独占品，更不是文人或优伶的专门职业。在那时的社会生活，是这样的：大家工作，大家娱乐。演剧的是大众，观剧的也是大众"[1]；他对西方近代戏剧关注也是因为它具有民众剧的倾向，"即是演者和观众的集体化，并且演者和观众一致的倾向"[2]；他对比利时诗人维尔哈仑的赞赏，是因为这位诗人后期的诗歌关注社会工人题材，歌颂劳动人民的力量；他认为高尔基"是一个政治家作家，他是这个世界上空前的最伟大的政治家的作家"，因为他的文学作品既描写了千千万的劳动者受到的压迫，更表现了劳动人民觉醒后愤怒的革命，认为高尔基的《母亲》"描写了一幅无产阶级革命斗争的伟大的图画"[3]；他赞赏苏联话剧《尤里乌斯·伏契克》"全剧以丰富的阶级情感，表现出伟大的捷克人民，不屈不挠的共产主义战士，捷克人民英勇的儿子，捷克共产党中央委员，人民诗人——尤里乌斯·伏契克，以及他坚持和德国法西斯匪徒进行英勇斗争的历史[4]"，并认为该剧表现了捷克和苏联人民间的"阶级友情"；他在《堂吉诃德和解放了的堂吉诃德》中说："我们读一篇作品，必须理解他的时代性，尤其

---

[1] 徐嘉瑞著，马曜主编、徐演执行主编：《希腊的国民祭》，《徐嘉瑞全集》（卷四），云南大学出版社2008年版，第445页。

[2] 徐嘉瑞著，马曜主编、徐演执行主编：《近代剧的倾向》，《徐嘉瑞全集》（卷四），云南大学出版社2008年版，第444页。

[3] 徐嘉瑞著，马曜主编、徐演执行主编：《高尔基的巨著〈母亲〉》，《徐嘉瑞全集》（卷四），云南大学出版社2008年版，第454页。

[4] 徐嘉瑞著，马曜主编、徐演执行主编：《看〈尤里乌斯·伏契克〉后的感想》，《徐嘉瑞全集》（卷四），云南大学出版社2008年版，第444页。

是它的阶级性，然后才能够正确的认识这一篇作品的价值"①，认为塞万提斯"是没落的贵族阶级。在他的阶级意识中，一面感觉到封建社会的崩溃，对封建的骑士文学，加以嘲谑；另一面还残存着对封建文化的落照的低回与留恋"②，他也用阶级对照的标准评价了塞万提斯塑造的堂吉诃德的形象，"他是封建时代最后之花，是封建社会没落以后的悲哀的夕照在那新兴的商业时代面前，还抱着封建时代的宗教热情，与骑士的幻影"③。

徐嘉瑞的"平民文学"思想从阶级立场出发研究和评价文学作品，具有一定的合理性。首先，是因为"人"是复杂的社会动物，不只是泛泛地依靠自然本性生存，更具有由不同时代、不同阶层所赋予的独特个性，不同阶层的人的情感和诉求会投射到他们的文学、艺术中。所以完全不具有阶级性的文学作品是不存在的，对文学作品的关注不能只看到其中反映出的人的共性，更要看到人的差异性。其次，徐嘉瑞的"平民文学"思想从阶级区分的角度研究文学，提升了"平民文学"在文学史上的地位，使其从原处于边缘的文学成了主流。

令人遗憾的是，徐嘉瑞依据文学创作主体的阶级属性对文学分类时，虽提出了"平民化之文学"，即"文人文学"，也重视"文人文学"的价值，但未对其充分论述，也经常将其与"贵族文学"混淆起来，他给予较高评价的仍是"平民文学"。徐嘉瑞的"平民文学"思想将"平民文学"与"贵族文学"对立，若说徐嘉瑞早期的文学思想是自发地从阶级立场出发进行文学研究，那么在徐嘉瑞系统地接受了毛泽东文艺思想后，更是有意识地从阶级意识形态上把握文学作品。另外，通过上文分析可见，徐嘉瑞坚定了"平民文

---

① 徐嘉瑞著，马曜主编、徐演执行主编：《堂吉诃德和解放了的堂吉诃德》，《徐嘉瑞全集》（卷四），云南大学出版社2008年版，第447页。
② 同上书，第448页。
③ 同上书，第447页。

学"思想中的阶级立场,将阶级性的标准使用在不同时间、不同地域的中外文学作品的评价中,这种以单一的价值标准评论文学作品的方法,会导致读者与许多优秀的文学作品失之交臂,可从以下三个方面体现。第一,皇帝和贵族在一个国家具有占统治地位的精神力量和物质力量,文学、艺术在统治者的支持和倡导下是可以进入繁荣状态的。徐嘉瑞赞赏王昌龄、杜甫和岑参等诗人的诗歌,他们的诗歌具有较高价值的原因不仅是因为这些诗人们善于学习民间,更是由于唐朝统治者开明的政治思想、包容的文化情感,才出现了那个时代文学和艺术繁荣的局面,造就了那个时代诗坛的辉煌。在文学之外,中外的许多艺术也都是在统治者的喜爱和倡导下,达到了最高的艺术水平,仅就瓷器而言,宋朝的"雨过天青云破处"的汝窑青瓷中流淌着宋徽宗的崇尚道教、喜爱自然的审美情趣;明朝的白地兰花般清新的青花瓷是在宣德皇帝的支持下,达到了最精美的状态并迅速征服了全世界;清朝的瑰丽多姿的珐琅彩瓷受到康雍乾三朝皇帝的喜爱,最终在乾隆的大力倡导下,在器形、釉色和纹饰上取得了空前的创新。第二,许多为帝王将相、宫廷后妃创作的文学和艺术作品也不乏佳作,并非都是阿谀奉承之作。徐嘉瑞喜爱的诗人杜甫也曾为朝中官员创作过《奉赠韦左丞丈二十二韵》,他也看到唐代许多优秀的艺术作品都是为杨贵妃创作的,"唐代图画,如《明皇纳凉图》《按羯鼓图》《击梧桐图》《斗鸡射鸟图》《虢国夫人夜游图》《游春图》《踏青图》《太真教鹦鹉图》(以上张萱所画),《明帝夜游图》(周古言画),《妃子教鹦鹉图》《出浴图》《明皇骑从图》《斗鸡射鸟图》(周昉画),《明皇燕居图》《斫脍图》《太真禁牙图》(王朏画),太真逸事,先后影响于图画的很大。又如李思训的明皇幸蜀图,吴道子、陈闳、韦无忝等所共绘的金桥图(此图乃明皇封泰山时命吴等共绘),尤为当时的杰作,都和太真有密切的关系。所以说唐代文学、音乐、戏曲、图画、雕塑(杨惠之）都是以开元天宝为极盛时代"。① 第三，中国古代许多皇帝同时也是杰出的艺术家，创作了许多质量上乘的艺术作品，如李煜、李世民、宋徽宗和乾隆等。由上所述，周作人曾把宽容视为文学繁荣的重要条件，郁达夫也认为宽容是文学批评的重要原则，徐嘉瑞以阶级性为标准研究、衡量艺术作品价值难免有失宽容。在对文学和艺术进行研究时，不能绝对地认为由贵族文人为帝王和权贵创作的文学作品都没有价值，对于不符合自己思想见解的文学作品，对于不符合自己审美趣味的文学作品，也应做到"无私于轻重，不偏于爱憎"。

第三节 强调真实

徐嘉瑞在认可民间艺人创作的文学作品，以及认可对由作家为工农大众创作的文学作品的同时，他发现这两类作品具有一个共同的特点——真实。一方面，徐嘉瑞主张由底层百姓创作的作品，或为工农大众创作的作品在情感和内容上具有真实性；另一方面，徐嘉瑞对描写真实人生和现实社会内容的文学作品，对含有真实情感的文学作品给予评价较高。

一 主要思想渊源

（一）人道主义思想的影响

20世纪以来，人道主义在中国的传播并非偶然，它契合了中国文化由传统向现代转型的要求，成为"五四"运动中"民主、科学"精神的思想资源，对这场启蒙运动产生深远影响，"五四"新文化运动甚至被称为"一场人文主义的运动"。人道主义是"五四"新文化思潮中的主流思想：周作人基于人道主义中的个人主义，最早提出了

---

① 徐嘉瑞著，马曜主编、徐演执行主编：《中古文学概论》，《徐嘉瑞全集》（卷一），云南大学出版社2008年版，第55页。

"平民文学",认为文学家的创作必须"以人作为思维中心,以人的生活为是,以非人的生活为非";陈独秀在《文学革命论》中提出"平民文学",认为文学要展现"自主自由之人格";鲁迅在《狂人日记》中批判"吃人的礼教",他在陈述自己文学创作的原因,说"以为必须是'为人生',而且要改良这人生";李大钊接受了马克思主义的思想,认为第一次世界大战的胜利,"是人道主义的胜利,是平和思想的胜利,是公理的胜利,是自由的胜利,是民主主义的胜利,是社会主义的胜利。"① 在人道主义的影响下,"五四"时期的中国洋溢着追求自由、追求个性解放的精神,要破除封建专制、反对孔孟儒学,追求民主共和、自由平等。

徐嘉瑞在这样的背景下了解、接受人道主义,人道主义为徐嘉瑞"平民文学"思想中"注重真实"的主张提供了思想基础。人道主义在西方作为一种哲学思想在发展,对西方文学也产生了极大影响,西方现实主义的思想基础就是人道主义中博爱、平等的思想。徐嘉瑞面对清末民初动荡、黑暗的社会时局,也有感于自己早年生活困顿的亲身经历,徐嘉瑞在阅读不同流派的外国文学时,更倾向于现实主义文学。徐嘉瑞对梅特林克的戏剧作品提出批评,认为要用现实主义揭露这些神秘主义戏剧的空虚,他说"闭下灵眼,睁开肉眼,是近代文艺的精神。这肉眼是闪出了科学的光,照破一切阴云,并且瞪视着现实的世界,瞪视着呻吟痛苦呼号的世界"。② 徐嘉瑞提倡文学创作要遵循现实主义原则,文学作品的内容要表现现实生活中人的思想、生活和命运,要反映真实的社会事件,并寄予深厚的人道主义感情。徐嘉瑞对不同作品的认识都传达了这一思想,他认为屈原的"《九歌》《天问》和《离骚》《九章》表现手法各有不同,但从它的本质和内

---

① 李大钊:《布尔什维主义的胜利》,《新青年》第5卷第5号,1918年10月15日。
② 徐嘉瑞著、马曜主编、徐演执行主编:《梅德林克的批评》,《徐嘉瑞全集》(卷四),云南大学出版社2008年版,第439页。

容来说，都是属于现实主义的"①；日本小说家紫式部的《源氏物语》"实紫式部之泪的人生观之结晶也"；他欣赏魏尔哈伦的诗作，因为这位诗人后期的诗作接近工人运动，注意社会题材，歌颂劳动人民的力量；他看到高尔基的《母亲》取材于高尔基亲身参与过的佐尔窝摩地方的反抗运动，是现实主义和浪漫主义结合的佳作；他更喜爱云南花灯小戏，即使戏曲语言俚俗，也是"越俗的越近于真，可以说越土越好，因为其中有真的生活，真的性情。"②

在人道主义的提倡个性解放思想的影响下，徐嘉瑞的文学思想在情感方面，主张文学作品要自由地表达人的真情实感。徐嘉瑞欣赏塞万提斯创作的《堂吉诃德》，认为他的性格"是勇敢的、进取的、博爱的、人道主义的精神"。③徐嘉瑞喜爱云南农村中流行的戏曲，认为"这些戏曲，包含着许多真实的素朴的民间歌谣，反映着艰辛的纯朴的农民生活和真诚的洁白的农民的情感"。④徐嘉瑞告诫当时的年轻人要用真实情感进行诗歌的写作，"所以在的时代的青年男女们，应该发展你们的天才，加强你们的个性，努力地去赞美你们所要赞美的，同时努力去感伤你们所要感伤的。"⑤

徐嘉瑞"平民文学"思想受到人道主义影响，在文学内容方面，认为文学作品内要反映所产生时代的真实社会生活，而且来自民间和为民众创作的文学作品在内容上多是真实的；在文学情感方面，主张文学作品表达人的自然情感是具有合理性的。

---

① 徐嘉瑞著、马曜主编、徐演执行主编：《屈原诗歌的现实主义与人民性》，《徐嘉瑞全集》（卷二），云南大学出版社2008年版，第196页。
② 徐嘉瑞著、马曜主编、徐演执行主编：《云南农村戏曲史》，《徐嘉瑞全集》（卷四），云南大学出版社2008年版，第13页。
③ 徐嘉瑞著、马曜主编、徐演执行主编：《堂吉诃德和解放了的堂吉诃德》，《徐嘉瑞全集》（卷四），云南大学出版社2008年版，第8页。
④ 徐嘉瑞著、马曜主编、徐演执行主编：《云南农村戏曲史》，《徐嘉瑞全集》（卷四），云南大学出版社2008年版，第448页。
⑤ 徐嘉瑞著、马曜主编、徐演执行主编：《文艺杂谈：诗人》，《徐嘉瑞全集》（卷三），云南大学出版社2008年版，第570页。

（二）俄苏现实主义文学的影响

徐嘉瑞的"平民文学"思想在关切民间和区分阶级的主张上，思想资源来自于俄国民粹主义，而他对于具体文学作品在内容和情感上应具有真实性的主张，除受到欧洲人道主义思想影响外，也受到俄国现实主义文学和社会主义的现实主义思想的影响。

外国文学思想是"五四"文学革命发生的重要因素，中国学者在"五四"新文学建设过程中，除了从欧美和日本获取思想资源外，也从俄国文学中寻求真理。在俄国十月革命胜利后，当时的学者看到俄国文学中反映现实和反抗黑暗的内容对中国文学有启发意义，如郑振铎说："俄国政治黑暗，人民要要求解放，故不得不排斥一切娱乐的、无目的的艺术，力求有益的、切于人生的艺术……我总觉得中国现在正同以前的俄国一样，正在改革的湍急的潮流中。"在认识到俄国国情与中国相似，俄国文学可启发中国文学的背景下，"五四"时期的学者们开始热情地翻译、介绍俄国文学，形成了"俄国文学热"，出现了李大钊的《俄罗斯文学与革命》、郑振铎的《俄罗斯文学特质及略史》和沈雁冰的《近代俄国文学杂谈》等论著，瞿秋白在《俄罗斯名家短篇小说集》的序言中对当时俄国文学对中国的影响这样描述："而在中国这样黑暗悲惨的社会里，人人都想在生活的现状里开辟一条新道路，听着俄国旧社会崩裂的声浪，真是空谷足音，不由得不动心。因此大家都要来讨论研究俄国。于是俄国文学就成了中国文学家的目标。"在对俄国文学引介的过程中，学者们大量介绍的是俄国的现实主义文学，从普希金到契诃夫等文学家的作品都被翻译和传播，促使了"五四"时期文学"为人生"的观念的产生和普及。随着"五四"新文化运动的深入，俄国进步书刊大量出版，也涌到了昆明。徐嘉瑞在 1925 年就翻译了进步的俄国文学作为国文课教材，直至 1930 年都坚持在课堂上使用苏俄文学教材，他对俄国现实主义文学十分熟悉。同时徐嘉瑞也是文学研究会的成员，受到俄国文学影响持现实主义的创作态度，认为文学要以真实的人生和社会问题为题材，他将写实作为"平民文学"最重要的特质，他之所以提倡"平民文学"否定"贵族文学"的原因之一就在此，他说"平民文学：取材于社会……贵族文学，是从书本里产生出来的。他的内容，不过是崇拜君权，和其他不关痛痒的事"。①

20世纪三四十年代至中华人民共和国成立后，徐嘉瑞认为文学具有真实性的主张还受到苏联社会主义的现实主义的思想影响。1930年10月，全苏维埃作家同盟组织委员会扩大会议提出了"社会主义的现实主义"的口号，这一思想经"左联"文学家的介绍传入中国。徐嘉瑞大量阅读了高尔基和法捷耶夫等文学家的作品，一方面，他对这些作家的作品进行研究，发表了《高尔基的巨著〈母亲〉》和《再论高尔基的小说〈母亲〉》等文，他认为高尔基的作品《母亲》"是社会主义的现实的作品，他有科学的现实的基础，也有科学的明天的理想。而这理想是可能的必然的一天天的接近现实，变成现实由浪漫的理想的明天，很快地就变成现实的今天"②；他评价苏联话剧《尤里乌斯·伏契克》是"用社会主义现实主义的创作方法，最后让我们看到人类共产主义理想的实现，英雄们用生命创造的幸福生活的实现"③。另一方面，徐嘉瑞在中华人民共和国成立后发表的文章中经常引用这些文学家的观点，如《慰问儿童教育工作者》《看〈尤里乌斯·伏契克〉后的感想》《对研究民族文艺的几点意见》等文。徐嘉瑞在社会主义的现实主义思想的影响下，认为文学真实不等同于自然主义，不只是客观地还原和描绘事物本来面目，还应该展现社会主义建设的美好前景，这个前景不是虚幻的，而是在今天现实性的基础上即将实现的未来。

---

① 徐嘉瑞著、马曜主编、徐演执行主编：《中古文学概论》，《徐嘉瑞全集》（卷一），云南大学出版社2008年版，第6—7页。

② 徐嘉瑞著、马曜主编、徐演执行主编：《再论高尔基的小说〈母亲〉》，《徐嘉瑞全集》（卷四），云南大学出版社2008年版，第460页。

③ 徐嘉瑞著、马曜主编、徐演执行主编：《看〈尤里乌斯·伏契克〉后的感想》，《徐嘉瑞全集》（卷四），云南大学出版社2008年版，第603页。

二 "强调真实"的思想主张

徐嘉瑞"平民文学"思想的重要内容之一是对真实的重视,他在评价民间文学时称其"真实自然";他将"文人文学"称为"平民化之文学",是因为他看到"文人文学""他已经打破贵族文学'古典的''雕刻的'形式,而采用'自然的''写实的'形式"。① 徐嘉瑞"平民文学"思想认为真实在文学中的外向表现是内容真实,内向表现是情感真实,他认为"平民一派,采自民间,真实自然,所说的大半都是民间的事实和平民的情感"。②

(一) 文学作品内容应具备真实性

何为内容真实?徐嘉瑞说是文学作品"取材于社会——取材于民间,——摹写人生"③,内容真实包括历史真实和细节真实,从徐嘉瑞对文学作品中反映的社会事件的重视,可见徐嘉瑞所提倡的内容真实指的是前者,而不是对事物细节原封不动的还原。

1. 对文学内容真实性的论述

徐嘉瑞对文学内容真实性的阐释包括以下三个方面:

首先,在徐嘉瑞的"平民文学"思想中,文学内容的真实与平民阶层具有天然联系。如前所述,徐嘉瑞在中华人民共和国成立后未直接使用"平民文学"的表述,用"人民"代指"平民",他说:"人民性是艺术的现实主义方法的基础。人民性的主要决定因素,应该是作品的现实主义本质及其进步的思想倾向。因此,人民性必然有现实的精神,现实主义也不可能没有人民性"。④ 所以徐嘉瑞认为无论是来自民间的文学,或是为民众创作的文学在内容上都应是真实的。先

---

① 徐嘉瑞著,马曜主编、徐演执行主编:《中古文学概论》,《徐嘉瑞全集》(卷一),云南大学出版社2008年版,第9页。
② 同上书,第49页。
③ 同上书,第6页。
④ 徐嘉瑞著,马曜主编、徐演执行主编:《屈原诗歌的现实主义与人民性》,《徐嘉瑞全集》(卷二),云南大学出版社2008年版,第197页。

从民间文学看，它们内容多来自真实社会生活。徐嘉瑞在学校任教时开设过课程"诗经选读"，他说《诗经》中"'风'是各国民俗歌谣之诗，在国风中除了恋爱的诗歌，大部分的诗都表现出当时生活的实状和适应于社会所产生的各色各样的思想"。①徐嘉瑞在《中古文学史》中认为汉乐府中的《上留田》《孤儿行》《病妇行》等诗真实地表现了底层百姓遭受的苦难，有的是对"上留田"一唱三叹的吟诵，揭示了贫富阶级的悬殊；有的是表达了对在父母去世后受到哥嫂虐待的孤儿的同情；还有的是病妇临终前对丈夫托孤，希望丈夫在自己去世后不要虐到儿子。徐嘉瑞的《云南农村戏曲史》以云南花灯为研究对象，认为花灯戏是对穷苦农民生活的如实反映，如《贾老休妻》"是描写云南嵩明一代的山村的生活，地方色彩非常浓厚"。②再从由文学家为工农大众创作的文学作品看，徐嘉瑞认为它们也多取材于真实社会事件。如高尔基的《母亲》在徐嘉瑞看来是受到"全世界劳动大众欢迎的杰作"，是采用"现实和社会主义的写实主义"创作而成，其中主要的情节和人物都并非高尔基的虚构，是来自俄国真实的社会事件，"《母亲》是以1905年12月革命以前的工人运动为背景的，他写伯惠尔米哀在法庭上的演说，是以1902年沙尔莫罢工中的工人领袖彼得·柴罗莫夫相当的作着模型"。③

其次，徐嘉瑞基于对底层百姓生活现状的关心，认为文学要能反映它所处时代的真实情况。徐嘉瑞对欧洲19世纪的比利时诗人维尔哈仑生活的时代进行观察，认为他的诗歌内容在前后期发生巨大转变，从早期的宗教和言情的内容转而表达具有时代感和社会性的真实题材，"他忽然从圣母像前爬起，从酒杯中爬出，爬到工业的物质的照耀着辉煌的日光

---

① 徐嘉瑞著，马曜主编、徐演执行主编：《中国文学史大纲》，《徐嘉瑞全集》（卷一），云南大学出版社2008年版，第244页。
② 徐嘉瑞著，马曜主编、徐演执行主编：《云南农村戏曲史》，《徐嘉瑞全集》（卷四），云南大学出版社2008年版，第43页。
③ 徐嘉瑞著，马曜主编、徐演执行主编：《高尔基的巨著〈母亲〉》，《徐嘉瑞全集》（卷四），云南大学出版社2008年版，第456页。

的都会……以工场、铁道、船港,和那喧骚扰乱的都会为最好的诗题"。①徐嘉瑞对西方近代戏剧研究时,批评那些内容神秘、玄幻的戏剧,他说"什么运命悲剧呀,神秘剧呀,彻头彻尾以恶魔的要素发着昏的浮士德呀,怀疑不安的哈姆雷特风的戏剧呀,早已似秋天的落叶沉埋在历史的地层里去了"。②徐嘉瑞认为能反映这个时代的是那些与神秘剧内容相反的西方近代的民众剧,它们"把生活演剧化,即把全部人生变做一个连续的演剧"③,是对民众生活真的反映,散发着"绝大的魅惑"。在徐嘉瑞看来,文学作品应表达时代的真实,就如圣·勃甫形容福楼拜小说那样,要"处处打着它出现的时代的戳记"。

最后,徐嘉瑞对内容真实的文学作品都有较高评价,反之则批评那些内容虚幻的文学作品。徐嘉瑞欣赏杜甫的诗歌,认为他虽是文人艺术家,但始终站在民众立场审视社会、创作文学,徐嘉瑞分析了杜甫的《兵车行》《石壕吏》《奉先咏怀》等诗,看到诗中真实描写了百姓生活的痛苦,都是用血写成的文字。从文学内容是否写实出发,徐嘉瑞用讽刺的语言对欧洲 19 世纪的多位文学家进行了批评,认为他们"从现实游离了走到神秘的宫殿",他批评梅德林克"或是走到坟墓去,嗅着尸体的奇香而和蛆虫们对语着";批评波多列尔"在鸦片或哈其仙的异香中战栗着新的战栗";批评王尔德"拿着孔雀羽毛在伦敦十字街头招摇着",徐嘉瑞通过对这些作家创作的直接批评,间接地表明自己对文学创作真实性的提倡。在中华人民共和国成立后,徐嘉瑞基于社会主义的现实主义的思想,认为文学作品不仅要描写当下的现实,更可以展现即将实现的美好未来,他对多部展现了社会主义发展美好前景的文学作品也都给予较高评价。

---

① 徐嘉瑞著,马曜主编、徐演执行主编:《从雾到日——从象征诗到都会诗的魏尔哈仑》,《徐嘉瑞全集》(卷四),云南大学出版社 2008 年版,第 442 页。

② 徐嘉瑞著,马曜主编、徐演执行主编:《近代剧的倾向》,《徐嘉瑞全集》(卷四),云南大学出版社 2008 年版,第 444 页。

③ 同上。

2. 以文学内容真实为标准评价李杜诗歌

徐嘉瑞的"平民文学"思想对文学内容真实性的注重，在他研究盛唐两位诗人——杜甫和李白的诗作时得到充分表现，从内容是否描写了真实人生出发，徐嘉瑞扬杜甫而贬李白。

徐嘉瑞在对杜甫诗作研究中体现出其学术思想的独立性和严谨性。徐嘉瑞的学术思想与胡适关系密切，他的"平民文学"思想与胡适的学术思想相互影响。作为当时学界权威的胡适的许多学术观点都被其他学者奉为经典，徐嘉瑞在对杜甫诗作研究时，却反驳了胡适部分观点，认为胡适在《白话文学史》中对杜甫的部分评价不妥，并提出了自己的看法。杜甫的诗历来被称为"诗史"，徐嘉瑞认为"要读杜诗，先要读历史，评价才不会错误"，他本着严谨的精神查阅了大量的史书资料后，认为杜甫的诗"用历史来一一对照，是句句有着落"。徐嘉瑞经考证认为杜甫的《自京赴奉先县咏怀》创作于安史之乱前，把他离京赴任途中所见真实描绘出来，当时百姓已在经历"朱门酒肉臭，路有冻死骨"的凄惨生活，可见盛唐的繁华已是外强中干，有预见性地看到安史之乱爆发的必然。还有徐嘉瑞认为杜甫的《彭衙行》《哀江头》《北征》《羌村》等诗创作于安史之乱后，诗歌把悲惨的难民图真实地描绘了出来，是"用血写成的文字，态度是极严肃的"。另外，徐嘉瑞看到杜甫的《后出塞》《哀王孙》《观兵》《石壕吏》《新婚别》等诗，更是展现了"和历史和社会关系的密切，真能够把当时情景如实反映出来"。[①] 杜甫的诗歌做到"无一字无来处"，这"来处"不只是书本，更是他真切的人生体验，杜甫是在用自己的人生实践完成诗歌的创作，可以说诗中的每件事都是他的亲身经历。由于杜甫大部分诗中都反映了他自己人生际遇和国家时局的真实情况，徐嘉瑞认为杜甫是"那个时代最伟大的诗人"。

---

① 徐嘉瑞著，马曜主编、徐演执行主编：《中国文学史大纲》，《徐嘉瑞全集》（卷一），云南大学出版社2008年版，第269页。

在唐诗研究中，李白和杜甫历来被称为盛唐诗歌的双子星，都代表了那个时代最高的诗歌成就，叶嘉莹认为李白是天才型诗人。徐嘉瑞依据文学内容是否真实的标准，在研究李白诗歌时却多有贬抑之辞，称李白为"颓废派文人"。徐嘉瑞对李白诗歌的内容进行分析，看到李白诗歌中描写女性和饮酒的内容较多，于是批评他的诗是堕落的，认为"他每日只是狎妓吃酒，无所不为"，更批评《宣州谢朓楼饯别校书叔云》中"抽刀断水水更流，举杯消愁愁更愁"等诗句是表达了在酒中寻找官能的刺激，是依靠女色和酒精来寻找心灵的安慰。徐嘉瑞对李白充满了瑰丽幻想、自由想象的诗作更是不屑一顾，批评他是"中国诗人里最夸大的一员"，还认为对于李白创作的与社会没有关系的诗歌不必去考证创作的年代，即认为这些诗歌没有研究的价值。更甚之，徐嘉瑞在分析李白的《远别离》和《蜀道难》两诗时，依据文学内容真实性的标准，在不顾诗歌研究存在争议和不同观点的情况下，断定这两首诗创作于至德元年以后，和安史之乱有密切关系，他认为前一首《远离别》写出了安禄山造反的事实，后一首《蜀道难》则是劝谏唐玄宗不应抛弃中原百姓避难四川。这样的作品分析在今天看来充满了主观臆断色彩，颇有牵强附会之嫌。徐嘉瑞对李白诗歌的评价最高的一首为《经乱离后天恩流夜郎忆旧游书怀赠江夏韦太守良宰》，原因不在于其艺术价值，仅是因为该诗"对于他自己的经历、环境、性情，一切等等，详详细细的供了出来。真是一篇最为详细最为亲切的'自叙诗'"。[①] 但从今天的李白诗歌研究现状来看，此诗的艺术价值并不高，不能代表李白诗歌的最高成就。

徐嘉瑞从内容真实的评价李白的诗歌，这种写实至上的文学标准损坏了对李白诗歌艺术性的认识。首先，李白诗歌对外在形象夸张的描绘，是因为写实的语言无法准确、充分地表达他的感情，必须予以

---

① 徐嘉瑞著，马曜主编、徐演执行主编：《中国文学史大纲》，《徐嘉瑞全集》（卷一），云南大学出版社2008年版，第258页。

夸大或变形,如《秋浦歌》中"白发三千丈,缘愁似个长。不知明镜里,何处得秋霜"的诗句虽然变形夸张,但如实地表达了诗人的情感,表达了诗人的愁之深、之广。这是符合徐嘉瑞要求文学作品情感真实的标准的,可见徐嘉瑞的"平民文学"思想的真实论存在抵牾之处。其次,徐嘉瑞只从思想内容角度评价李白的诗歌,赞赏《赠韦丞相》一诗内容的写实,而忽略了李白的艺术成就最高的诗歌是那些杂言体歌行,如《梦游天姥吟留别》和《鸣皋歌送岑徵君》等诗。较之徐嘉瑞主观色彩浓厚的文学内容观,在今天看来,叶嘉莹对杜甫和李白两位诗人的评价更为中肯:"两位诗人的作品都是非常富于感发生命的。可是,他们感发的生命不同,感发的作用和效果也不同。李白是一个不受约束的天才,他的整个生命的表现都是他不羁的天才的表现,他是在规范之外的一个天才;杜甫正好相反,他是在规范之内的一个天才"。[①]

在中国文学之外,徐嘉瑞对部分外国文学作品的评价也依据真实性的标准,他认为高尔基的《母亲》是社会主义的写实主义的巨著;他批评梅特林克的戏剧充满了神秘主义色彩,利用表面的神秘掩盖本质的空虚,这些评价中有的中肯,有的仍犯下了以思想性遮蔽艺术性的错误。

(二)文学作品情感应具备真实性

徐嘉瑞对"平民文学"和"文人文学"评价较高的原因之一,是认为这些作品中饱含着真实的情感,具体表现为情感的直率和真挚,不虚假、不造作。徐嘉瑞认为经过个性解放思潮的人们开始相信自由表达真情实感和正常欲望,非但不是不道德的,而就是文学本身的重要内容。

1. 对文学情感真实性的论述

徐嘉瑞的"平民文学"思想中对情感真实性的主张从以下两个方

[①] 叶嘉莹:《叶嘉莹说杜甫诗》,中华书局2008年版,第2页。

面体现，一是认为文学作品要饱含文学家真切的情感体验；二是认为文学作品应展现了其中人物真实的情感，他对符合这两个条件的文学作品也给予了较高评价。

首先从文学作品中饱含的作家的情感来看，徐嘉瑞认为文学作品应表现作者真实的喜怒哀乐，他看到《诗经》就是包蕴了丰富情感的代表作。在中国先秦文学中，徐嘉瑞对《诗经》和《楚辞》进行过系统研究，如果说徐嘉瑞对《楚辞》的研究在注译文本之外，更多是对思想内容的关注，那么他对《诗经》的研究兼顾了诗作的思想性、艺术性和情感性。徐嘉瑞看到《诗经》分为《风》《雅》《颂》，是由不同作者写成，他认为不同作者的情感体验不同，创作主体无论是底层平民，还是文人艺术家都必须在作品中贯注自己丰富的、真切的情感体验，"三百篇既是集录所成的，而不是一个人或一个时代的作品，所以其中所蕴蓄的情感，也因之不同。它包括的有对国家社会的哀怨，对于家庭朋友间的思念，以及男女两性间的爱恋。总之，一切情感，在三百篇中都有其代表作品。而他们相同的是：一，他们所写的情感，无论是悲苦或是欢乐，都是真挚热烈而迫欲流露出来的"[1]，徐嘉瑞认为在《诗经》不同内容的作品中，表达情感的"抒情诗是最值得我们传诵的"。此外，徐嘉瑞还分析了《诗经》表达情感的方法，认为赋比兴的表现手法避免了情感的强烈、直接、外露，表现出含蓄节制的情感，"它能把极强烈的情感，极婉转的表现出来，真是所谓怨而不怒，一点火气没有，但也没有一句话不潜隐着无限感人的情绪"[2]。

同样是表达真实的情感，较之含蓄委婉的情感表达方式，徐嘉瑞更欣赏真挚、坦率的情感表达方式。徐嘉瑞在《中古文学概论》中

---

[1] 徐嘉瑞著，马曜主编、徐演执行主编：《中国文学史大纲》，《徐嘉瑞全集》（卷一），云南大学出版社2008年版，第250页。

[2] 同上书，第251页。

将六朝时期的南、北方文学对比,研究南北方不同地域的民间文学,他更欣赏北方文学用直率的方式表达情感,如《地驱乐歌》《捉搦歌》《折杨柳歌辞》等诗。徐嘉瑞认为北方民间文学的作者多是少数民族,没有汉族的文化程度高,他们保留的情感的生机也更充分,认为北方文学作者在情感的自由表达上更胜一筹,他们"豪爽真实,破决藩篱,恰和南人委婉屈服,以礼自持的,遥遥相对"。[①]

其次,徐嘉瑞认为文学作品也应展现其中人物的真实情感。徐嘉瑞特别喜欢戏曲,在闲暇时经常观看民间戏曲表演,他认为云南民间的花灯小戏就能够充分地把剧中人物的感情展现出来。徐嘉瑞先是认为云南花灯是在农村流行的民间小戏,包含了"真诚的洁白的农民的情感";然后认为花灯戏是农民生活的反映,剧中情感和农民生活密切相关,当然由于农民生活内容不同,戏中人物情感也各不相同。徐嘉瑞在《云南农村戏曲史》的第三章"旧灯剧的内容"中把花灯戏中人物情感展现了出来。比如以下几个例子。一如在《贾老休妻》中,贾老的唱词是"又说你是个妙瓜瓜,当初爹讨你,爹把眼睛瞎,唉!气坏了咱。手是大钉耙,脚是乌鸡爪,几根根黄头发,挽个鬏鬏,只有火把果大。人说你是母天蓬,才把凡来下,巧丹青难把你的尊容画"[②],这样的唱词,一方面表现了男子嫌弃结发之妻想纳妾的自命不凡的心情,另一方面更反衬出云南农村女性在婚姻处于弱势,无法主宰自己命运的凄苦情感。二如《小放羊》姐弟的唱词是"大雪飘飘路全无,这一阵气得难行路,肚中饥饿犹自可,横身寒冷难行路,急急走来不怠慢,行一步来走在狼虎山",剧中把因为亲娘去世而遭受后娘虐待的姐弟悲苦至极的心情唱了出来。三如《包二接姐姐》这出喜剧,表现了云南农村的农民经过一年劳作后,在新年到来

[①] 徐嘉瑞著,马曜主编、徐演执行主编:《中古文学概论》,《徐嘉瑞全集》(卷一),云南大学出版社2008年版,第37页。

[②] 徐嘉瑞著,马曜主编、徐演执行主编:《云南农村戏曲史》,《徐嘉瑞全集》(卷四),云南大学出版社2008年版,第42—43页。

时喜悦的情感。由于花灯戏中人物的感情生动、丰富，又直接源自生活，经过演员的表演，容易唤起观众的情感，哪怕不识字的农村妇女也能产生情感共鸣，"她们从这里面看见她们自己的影子，读出她们自己的境遇，听见她们自己悲苦的声音"①，在徐嘉瑞看来花灯小戏哪怕俚俗，但也是成功的艺术创作。对于花灯戏中人物的情感，徐嘉瑞还提出要辩证地看待，"乡村的戏曲，大体是健康的，仍然是离不了他们的生活，所以又渐反于旧，但是封建迷信的东西，也还不少"。②

2. 对爱情作品的评价

爱情是全世界人类永恒的情感，在中国古代封建思想的束缚下，男女情爱一直被视为社会禁忌。受到"五四"新思想的洗礼后，徐嘉瑞认为文学应该描写普通百姓爱情的真挚。徐嘉瑞在研究《诗经》时，给予了来自民间的"风诗"极高评价，"'风诗'是民间的歌谣，虽未当时辑者所润饰，但仍不失本来的面目，其辞藻的秀丽，表情的真挚，的确有不朽的价值，尤其是'恋歌'，更是词美而婉，情真而切，在中国文学史上占极高的地位"③，认为"故《三百篇》中，多是男女言情之作"。徐嘉瑞在其著作《诗经选读》中所选用的风诗多为男女之间的情诗。一如《郑风·溱洧》描写了小伙子和小姑娘用互赠芍药相互戏谑，徐嘉瑞认为"这是一曲青年男女春游溱洧的欢乐歌曲"，并通过考证提出诗中的"谑"是指语言相谑，而非郑玄所指的淫，净化了青年男女的感情。二如《齐风·鸡鸣》，徐嘉瑞认为该诗是"一首很好的情诗，它写男女燕昵的状态，真是活灵活现，使读这首诗的人，仿佛想见他们在那里说情话，而且是女对男发出的一种

---

① 徐嘉瑞著，马曜主编、徐演执行主编：《云南农村戏曲史》，《徐嘉瑞全集》（卷四），云南大学出版社2008年版，第37页。
② 同上书，第10页。
③ 徐嘉瑞著，马曜主编、徐演执行主编：《中国文学史大纲》，《徐嘉瑞全集》（卷一），云南大学出版社2008年版，第244页。

无可奈何的说辞"①。徐嘉瑞还提出，如《邶风》中的《静女》，秦风《蒹葭》等诗，均是与社会生活联系在一起的情调优美的朴实的恋歌。

在《诗经》之外，徐嘉瑞认为古代许多优秀的民间文学作品也都描写了男女之间真挚的爱情，他认为"《清商曲辞》除《恋歌》外，殆无他体"；他看到汉乐府中的《陌上桑》不着一字就展现了罗敷的美貌，更表现出她对丈夫的忠贞之爱；《白头吟》中通过卓文君吟唱的"愿得一心人，白头不相离"，表现她对爱情的坚贞和决绝；南方民歌里的《华山畿》表现了女子对情人的思念以及久等情人不来的懊恼和悲伤；云南民间花灯的《绣荷包》通过"只要情哥不嫌我，小妹与你结丝罗……小妹与我结丝罗，没有银钱不会说"等通俗的唱词，表现了男女之间高尚纯洁的爱情。

徐嘉瑞的"平民文学"思想主张个性解放的追求，主张通过文学作品的影响，将个人从传统伦理道德的禁锢中解脱出来，成为具有独立价值的精神个体。

第四节 旨在实用

徐嘉瑞"平民文学"思想是在国弱民贫、内外交困的特殊时代背景下提出的，作为一个具有高度社会责任感的学者和革命家，他既关注文学发展，也关注时代风云变幻，是很难、也不可能纯粹只为了审美而进行学术研究。他始终强调文学的社会功能。徐嘉瑞反对"堆砌无味""绮艳轻荡""阿谀奉承"的"贵族文学"，与他的文学思想重视社会实用功能相关，他将文学功能与文学革命和社会改造密切联系起来。徐嘉瑞最初对"平民文学"的提倡具有文学革命的意义，

---

① 徐嘉瑞著，马曜主编、徐演执行主编：《诗经选读》，《徐嘉瑞全集》（卷一），云南大学出版社2008年版，第251页。

在抗日战争全面爆发和中华人民共和国成立后，徐嘉瑞更关注的文学与政治的关系，认为文学要为政治、为教化平民大众服务。同时，徐嘉瑞对具有实用性的文学作品也给予较高评价。

一　主要思想渊源

（一）儒家"诗教"思想的影响

徐嘉瑞的"平民文学"思想重视文学实用性，与其家学渊源和启蒙教育密不可分。据《徐氏家谱》记录，徐嘉瑞的先祖为明朝开国大将徐达，到徐嘉瑞父亲徐元华时，家道已中落，不过其父仍保留了习读诗书的传统，曾先后两次参加科举考试，于同治十二年（1873年），在昆明乡试考中举人，后进京参加会试，被录取为大挑壹等，可任知县一职。徐父考虑家庭生计等问题，自愿回乡任教职，开始了漫长的教书生涯。徐嘉瑞自幼跟随父亲在私塾学习，熟读诗书，"他在父亲的督教下，诵读了《四书》《五经》《十三经》，以后又加读唐诗三百首、古文一百篇以及当时能找到的所有经典古文。这些书籍他不仅认真读，还能全文背诵。读到最后，在他这个年龄段，竟然无书可读了"。[①] 儒家传统思想在幼年徐嘉瑞心里已打上了深刻的烙印，他的文学思想与传统文学观念具有内在联系。徐嘉瑞在研究中国文学史时，看到中国正统文学自古便有"诗言志"的传统，他在研究《诗经》时说："诗歌在古代是有实用的价值和社会的价值"[②]，他在研究汉朝"平民文学"时认为，"由一个地方的歌谣，不惟可以考见他们的风俗习惯，并且还可以考见道德发生的原因、历史和地域。古代关于社会公共应守的条件，都编成有韵文，以便记诵"[③]。作为在"五四"时期接受新思

[①] 徐演：《徐嘉瑞略传》，云南民族出版社2013年版，第14页。

[②] 徐嘉瑞著，马曜主编、徐演执行主编：《诗经选读》，《徐嘉瑞全集》（卷一），云南大学出版社2008年版，第297页。

[③] 徐嘉瑞著，马曜主编、徐演执行主编：《中古文学概论》，《徐嘉瑞全集》（卷一），云南大学出版社2008年版，第33页。

想成长起来的青年人，徐嘉瑞和同时期大多数学者一样都对传统"文以载道"的思想持否定态度，但从他幼年受到的教育和对文学史研究的熟悉程度来看，他不可能完全抛弃中国传统思想，其"平民文学"思想中浓郁的功利性就带着儒家诗教思想的影响。

中国儒家诗教传统从先秦以来的两千多年里，一直是占统治地位的思想。儒家诗教从"文以载道"的目的出发，提出要"修身、齐家、治国、平天下"，艺术创作不是为艺术而艺术，"而是为政治、为社会、为人生而艺术"[1]，具有较强的功利主义色彩。从徐嘉瑞文学思想中重视实用性的主张来看，与白居易的《与元九书》中的思想相近。

《与元九书》是白居易前期的代表作，写于唐朝元和十年，当时他因得罪宰相而遭到排挤和打击，被贬为江州司马，《与元九书》创作于此期间。白居易在文中系统地阐述了自己的诗歌理论，核心思想是强调诗歌创作要有为而作，要反映社会现实，裨补时阙，体现出明显的儒家诗教色彩。从《与元九书》的总纲领可见，白居易提倡要"文章合为时而著，歌诗合为事而作"，"为时""为事"指的是文学作品的价值在于能反映人民的疾苦，揭露时政的缺失，以促使最高统治者进行改革。白居易认为诗歌有"救济人病，裨补时阙"的作用，"救济人病"是指诗歌要反映民生疾苦，使黎民百姓的痛苦为君王了解；"裨补时阙"则要求诗歌要揭露社会政治的弊端，引起最高统治者的注意。《与元九书》强调了文学与人民的关系，肯定了文学的社会功效和现实意义。通观《与元九书》全篇，白居易都在强调诗歌的"美刺"作用，尤其是"刺"，"刺"的作用是颂古讽今，希望以此来间接规谏当政者。白居易对现实的关心，对政治的热情在此篇中表露无遗。

自幼饱读儒家经典的徐嘉瑞，在文学思想中潜意识地继承了诗教传统、继承了传统文学"载道"功能，重视强调文学和社会现实、

---

[1] 张文勋：《儒道佛美学思想源流》，云南人民出版社2004年版，第58页。

和人生的联系，并且在中国社会的民族矛盾和阶级矛盾空前尖锐时期，这种主张就更为鲜明。徐嘉瑞说："诗人要出了象牙之塔，走到现实世界。只有在现实世界当中，才能够摄取新的营养；只有到现实世界，才能够听到时代的足音；只有在现实世界当中，才能打击出新的节拍。"① 抗战救亡的社会背景下，徐嘉瑞认为诗人的笔就是救亡的良好工具，"你可以写反抗的黑手，你可以写怒吼的洪流，你可以写铁蹄下惨痛的呼声，你可以写炮烟里大众的抗争，你可以写剖露自己传统的脆弱，你可以倾吐难抑的热情……一切一切，我们都可以写，都可以歌唱"。② 徐嘉瑞还怀着对辛弃疾的敬佩、对抗日战争胜利的期望，完成了《辛稼轩评传》。"徐嘉瑞在当时为辛稼轩写这样的一篇评传，在身处民族灾难深重、国家危亡之时，满腔豪情地赞扬辛稼轩的爱国热情，是有着积极的现实意义的。"③ 徐嘉瑞"平民文学"思想中主张的文学实用性的内涵虽与古代不同，但在精神实质上是相通的。

儒家诗教思想的熏陶，让徐嘉瑞的"平民文学"思想没有停留在象牙塔中，更注重文学的启蒙、宣传和教育等作用。

（二）中国左翼文学思潮和毛泽东文艺思想的影响

20世纪30年代后至20世纪五六十年代是徐嘉瑞"平民文学"思想发展的中后期，随着社会形势的发展，他对文学实用性的重视由学术研究的立场转向政治教化的立场，这期间主要受到中国左翼文学思潮和毛泽东《在延安文艺座谈会上讲话》的影响。

中国左翼文学运动在文学活动具有激进的政治色彩，可从以下三个方面体现。首先，领导左翼文学运动的中国左翼作家联盟（以下简称"左联"）不是一个纯粹的文学团体，而是一个带有浓厚政治色彩

---

① 徐演：《徐嘉瑞略传》，云南民族出版社2013年版，第172页。
② 徐嘉瑞著，马曜主编、徐演执行主编：《"九·一八"后中国新诗运动的路标》，《徐嘉瑞全集》（卷三），云南大学出版社2008年版，第112页。
③ 徐演：《徐嘉瑞略传》，云南民族出版社2013年版，第182页。

的社团。"左联"是在中国共产党直接指示下成立的,接受中共中央宣传部文化工作委员会领导,在"左联"内还设有中国共产党"党团"。"左联"不同时期的领导人都是中共党人,早期为冯雪峰和瞿秋白,后期为周扬。其次,中国左翼文学运动在左联领导之下,不只开展文学活动,更以其文学社团的身份作为掩护,开展政治活动。最后,中国左翼文学思潮中形成的文学观不是"为文学而文学"的思想观念,而是激进的社会革命思想,在左联的理论纲领中明确规定无产阶级文学要"充满无产阶级斗争意识"。左翼文学家们将文学当作批判社会黑暗的匕首、当作变革社会的武器,文学和政治由此建立紧密联系,文学被当作是宣传政治思想的"留声机"。文学的政治性在一时期被极大地强调出来,这是时代发展的必然。

徐嘉瑞虽不是"左联"的成员,但他充满热情地投入到左翼文学运动中的"文学大众化"运动中,文学思想明显受到"文学大众化"运动影响,强调文学对民众的启蒙、激发、感化和教育作用,体现出较强的文学功利色彩。研究"文学大众化"运动不能忽视它产生的特殊时代背景,面对严峻的国内革命斗争形势和日本帝国主义的侵略加剧,"文学大众化"运动重要目的在于抗日救亡,希望通过创作为劳苦大众所理解的文艺作品,来激励大众、调动大众参与到民族救亡和革命斗争的浪潮中。冯雪峰在《关于文学大众化》中明确地说:"'艺术大众化'这口号的根本任务,是配合着整个政治和文化的情势",瞿秋白在《普罗大众文艺的现实问题》中说:"普罗大众文艺的斗争任务,是要在思想上武装群众",徐嘉瑞在《"九·一八"后中国新诗运动的路标》中也认为文学是这个时代战斗的武器,他说"诗歌已经脱离了睡眠的时期,走上了国防诗歌大路,走上救亡抗日的前线"。[①] 在这个时期,徐嘉瑞认为文学作品

---

① 徐嘉瑞著,马曜主编、徐演执行主编:《"九·一八"后中国新诗运动的路标》,《徐嘉瑞全集》(卷三),云南大学出版社2008年版,第112页。

不能只抒发个人的情感，更要唱出时代洪亮的声音，他认为"文学上的现实主义、功利主义的主张，正是'五四'以来文学的优秀的传统"。①

《在延安文艺座谈会上的讲话》（以下简称《讲话》）是毛泽东文艺思想的集中体现，也是左翼文学思潮在新的历史时期的延续，是左翼文学思想系统化、规范化的集中体现，将"文学大众化"提高至文艺发展方向的高度。毛泽东的《讲话》核心内容在于明确文学以劳动人民为主体，文学为工农兵服务的方向。毛泽东作为中国共产党的领袖发表文艺问题的谈话，其内容必然会体现出强烈的政治色彩，"毛泽东从政治家的特殊视角和革命领袖的特殊地位，必然会要求文艺服从政治，并为政治服务的。并且以军事家——最高统帅的绝对口吻规定了革命文学的无产阶级属性和从属于政治的绝对关系"。②毛泽东认为"文艺批评有两个标准，一个是政治标准，一个是艺术标准。按照政治标准来说，一切利于抗日和团结的，鼓励群众同心同德的，反对倒退、促成进步的东西，便都是好的；而一切不利于抗日和团结的，鼓动群众离心离德的，反对进步、拉着人们倒退的东西，便都是坏的……任何阶级社会中的任何阶级，总是以政治标准放在第一位，以艺术标准放在第二位的"。③

面对尖锐的民族矛盾、动荡的社会形势以及中华人民共和国成立的不同局势，徐嘉瑞"平民文学"思想在中后期也逐渐体现出浓郁的政治色彩。在20世纪30年代，徐嘉瑞对自己早年发表的言情诗作表示忏悔，认为自己"切实的浪漫了几天，还翻了些洋人的恋歌。虽是没有和谁去海滨谈话，但是也浪漫得可以，所以才发出这样荒谬的

---

① 徐嘉瑞著，马曜主编、徐演执行主编：《"九·一八"后中国新诗运动的路标》，《徐嘉瑞全集》（卷三），云南大学出版社2008年版，第113页。
② 林伟民：《中国左翼文学思潮》，华东师范大学出版社2005年版，第305页。
③ 毛泽东：《在延安文艺座谈会上的讲话》，《毛泽东选集》（卷三），2009年版，第869页。

议论，真是惭愧"①，这时的他将自己的杂文视为战斗的武器，在内容上针砭、讽刺黑暗的社会现实，如他的《广告与美人》《非战声中的国际航空准备》《唯官主义》等文的内容，都是为了唤醒民众，直刺社会弊病。在中华人民共和国成立后，徐嘉瑞把纯粹审美的文学艺术视为资产阶级思想，认为新中国的无产阶级文学艺术不能脱离为工农兵服务方向，他说"在我们心中就有资产阶级'为艺术而艺术'的思想，把艺术当作高级的、少数人的、象牙塔里文雅高贵的东西，把实用美术当作庸俗的作品……我认为不只是美术，包括诗歌、音乐、戏剧、舞蹈都该是社会主义的现实主义的，而不是超政治的、脱离实际生活的"。②

二 "旨在实用"的思想主张

"旨在实用"是从文学功能的角度探讨徐嘉瑞的"平民文学"思想，其在产生之初就已具有功利性，随着时代语境的变化，徐嘉瑞倡导的"平民文学"的功能也有所不同。在"五四"新文化运动后期，"平民文学"的提出是为了促进新文学的确立，是文学革命的重要内容。在20世纪三四十年代至中华人民共和国成立后，"平民文学"符合时代的要求，体现出政治宣传和思想教育的作用。

徐嘉瑞受到"五四"新文化运动的影响，最早在1923年出版的《中古文学概论》中提出"平民文学"思想。"五四"新文化运动旨在救国救民，改造中国社会，文学革命是新文化运动的重要内容，为了将民众思想从传统君权中解放出来，要否定传播封建礼教思想的旧文学，建立民主平等的"人的文学"。徐嘉瑞出于时代的需求和建设新文学的目的，倡导"平民文学"思想，该思想在提出之初就具有

---

① 徐嘉瑞著，马曜主编、徐演执行主编：《忏悔》，《徐嘉瑞全集》（卷三），云南大学出版社2008年版，第753页。

② 徐嘉瑞著，马曜主编、徐演执行主编：《看了〈曙光照耀着莫斯科〉后受到的教育》，《徐嘉瑞全集》（卷三），云南大学出版社2008年版，第602页。

了文学革命的重要意义。甚至可以这么说，徐嘉瑞就是为了建设新文学的实用目的，才主张"平民文学"思想的，他认为提倡"平民文学"对他所处的时代具有现实意义，"现状社会日繁，还要拿汉赋强人去领略它的艺术价值，是事实上所不许可的。'贵族文学'，虽然也有相当的古典价值，但现在已不适用。所以古典主义不能不退位，不能不代之以写实主义。而平民文学写实的成分较多，对于现代社会有提倡的必要"。①

在"五四"文学革命提出要建设新文学的主张后，究竟新文学的具体内涵为何，何以能建立新文学，这些都是摆在当时学者们眼前的难题。由于正统文学是被否定的对象，学者们不可能再从其中寻求资源，此时原被正统文学排斥在边缘的"平民文学"便成了否定旧传统的重要的资源。徐嘉瑞的"平民文学"思想提出后，对新文学确立的作用表现在以下两个方面。第一，促进了文学观念的转变。徐嘉瑞在文学史上首次将"平民文学"与"贵族文学"对举，并重视"平民文学"的价值和意义，这打破了旧文学观只注重贵族文人创作的传统，通过对"平民文学"特质的分析，强调了内容写实和情感真挚才是文学的灵魂。徐嘉瑞认为新文学是符合胡适所提的三个要件的文学，是"明白清楚"的、"有力能动人"的和"美"的文学。第二，丰富了新文学建设的材料。徐嘉瑞在文学观念上认为"平民文学"才是中国文学的主流，在文学史写作中以"平民文学"为主要线索。为了证明自己的观念，徐嘉瑞通过搜集和整理，在文学史中展现了丰富的"平民文学"作品的材料，如汉代民间歌谣《相和歌辞》等，六朝的民间歌谣，唐代的民间唱本《董永传》等，宋代的民间词作和宋以后的民间戏曲等，这些"平民文学"作品成了"五四"新文学建设的重要文化资源。随着埋藏在历史中的"平民文学"作

---

① 徐嘉瑞著，马曜主编、徐演执行主编：《〈中古文学概论〉》第二版自叙，《徐嘉瑞全集》（卷一），云南大学出版社2008年版，第59页。

品的发现，为学者们彻底颠覆旧文学观找到了有力的依据，可依据"平民文学"丰富的资源，建立属于这个时代的"人的文学""活的文学"。

除徐嘉瑞外，"五四"时期的许多学者为了建设新文学，也都在充分挖掘"平民文学"的资源。他们发掘、搜集并整理了一大批丰富的"平民文学"作品，有敦煌莫高窟中的民间词曲、变文和话本等；有国外传入中国的"平民文学"的材料；有北京大学歌谣学运动中征集到的民间歌谣等，陈平原说："五四那代人……之所以关注俗文学，是有精神追求的。眼光向下，既是思想立场，也含文学趣味。提倡俗文学，在五四新文化人看来，既可以达成对贵族文学的反叛，又为新文学的崛起获取了必要的养分"。①

日本侵华战争的爆发对中国文学现代化进程的破坏是巨大的，不少的作家死于战难，如丘东平、宋越、王礼锡、王鲁彦等，还有许多文学家最宝贵的人生时光消磨在战争中，若从1931年"九·一八"事变算起，至1945年抗日战争结束，这长达十四年的时光正是文学家们最具创造力的时间，大部分人都在躲避战火和流亡各地中度过。在抗日战争时期，徐嘉瑞文学思想中的实用性主张，由原来为建设"五四"新文学服务逐步让位于宣传反战思想和调动抗战情绪，他认为文学要起承担抗战救亡的作用，他说"国防、救亡，成了新诗运动的唯一的路标"②，他还引用孟英和袁勃发的观点说："我们要怎样的唤起广大群众，推动全力向集体的救亡工作努力呢？谁也不会否认文化是最重要武器之一，作为文学一部分的诗歌，以其本身能做到口头流传的优点，更是推动救亡运动的良好工

---

① 陈平原：《俗文学研究的精神性、文学性与当代性》，《中华读书报》2004年11月。
② 徐嘉瑞著，马曜主编、徐演执行主编：《"九·一八"后中国新诗运动的路标》，《徐嘉瑞全集》（卷三），云南大学出版社2008年版，第112页。

具"①。徐嘉瑞在这时期认为文学发挥功利性作用非但不是缺点，更是优点所在，他引用周扬的话说："以前有人嘲笑我们，说我们主张文学为国防，是新载道派。我们应当回答他们说：'文学上的现实主义、功利主义的主张，正是五四以来文学的优秀的传统'。"②徐嘉瑞认为这时期的文学作品既要反映中国人民抗日战争的现实，也要激发民众抵御外敌的情绪，"中国，现在也正在地狱里面，诗歌工作者也应该反映出这一个现实"③，他认为《毁灭》和《夏伯阳》"这两篇作品无论如何不是悲哀的文学，因为它们灌输读者以胜利的信念，并且教育读者怎样去继续斗争，这是战斗的文学"④。在文学中，徐嘉瑞认为戏剧等通俗文学对民众更具激发、调动作用，他说："抗战以后，大家都认为通俗文学，是抗战的武器，甚至于说是建国的武器。通俗化运动风靡了全国……成功与否，另是一个问题。但是已经走入了前进的大道，前途是遥远的，并且是光明的。"⑤面对抗日战争的危急形势，面对中华民族的生死存亡，徐嘉瑞的"平民文学"思想将自己个人情感和家国情怀融合在一起，主张文学的功能在于书写整个国家民族在战乱中的不幸和坚守，激发民众救亡图存的信念。

徐嘉瑞的"平民文学"思想在中华人民共和国成立后具有较强的政治依附性，他认为"离开政治和社会的文艺是不会存在的"。徐嘉瑞在这一时期主张"文学要为工农大众服务"，他说"我们今后文艺的发展，是应该走在大众化的道路，使广大群众能够理解、接受、感动"⑥，在毛泽

---

① 徐嘉瑞著，马曜主编、徐演执行主编：《"九·一八"后中国新诗运动的路标》，《徐嘉瑞全集》（卷三），云南大学出版社 2008 年版，第 112 页。

② 同上书，第 113 页。

③ 同上。

④ 同上。

⑤ 徐嘉瑞著，马曜主编、徐演执行主编：《云南农村戏曲史》，《徐嘉瑞全集》（卷四），云南大学出版社 2008 年版，第 45 页。

⑥ 徐嘉瑞著，马曜主编、徐演执行主编：《圭山区的彝族歌舞》，《徐嘉瑞全集》（卷二），云南大学出版社 2008 年版，第 545 页。

东的《在延安文艺座谈会上的讲话》影响下,文学的实用功能在这一时期被空前强化。具体而言,表现为两个方面,第一,体现为文学艺术要在人民群众中发挥宣传教育作用。徐嘉瑞首先站在人民群众的立场,认为他们自身迫切需要通过文学传播的社会主义新思想提升素质,"广大的人民群众为了想从文艺作品得到改善生活的方法,和反帝反封建的斗争经验,他们一齐向我们伸出手来:'我们需要文艺'"[1];徐嘉瑞也站在文艺工作者的立场,认为文学要能真正"在群众中起宣传教育作用",就必须深入民间体验生活,创作出为群众喜爱的"人民文学",他说"要在民族文化遗产的基础上,更进一步创造内容是社会主义的,形式是民族的,新的文艺,来教育广大的群众"[2]。第二,体现为文学艺术要能调动人民大众建设新中国的热情。徐嘉瑞在家乡是云南大理,他看到当地百姓运用民间文艺形式歌颂新中国,"'绕三灵'也是大理特有的规模宏大的群众艺术……解放后,它又活跃起来,成为人民群众喜爱的一种文艺形式。人民群众利用这种形式来歌颂祖国、歌颂共产党、歌颂劳动和爱情"[3]。

徐嘉瑞以文学实用性为标准对文学作品进行批评,无论是古代文学或是与他同时期的文学作品,他都更欣赏具有实用性的作品。一方面徐嘉瑞认为"平民文学"本身具有教育意义。他说"民间文学,是有生命活力的东西,是社会教育的武器"。另一方面他也认为具有平民化倾向的"文人文学"有社会实用功能。他评价云南明末诗人担当的书画创作体现了其爱国思想;他赞赏杜甫的诗作是为全社会民众代言;他评价辛弃疾的作品中燃烧着民族复兴的希望。

---

[1] 徐嘉瑞著,马曜主编、徐演执行主编:《加强我们的文艺工作》,《徐嘉瑞全集》(卷二),云南大学出版社2008年版,第574页。
[2] 徐嘉瑞著,马曜主编、徐演执行主编:《对研究民族文艺的几点意见》,《徐嘉瑞全集》(卷二),云南大学出版社2008年版,第578页。
[3] 徐嘉瑞著,马曜主编、徐演执行主编:《大理的"大本曲"和"绕三灵"》,《徐嘉瑞全集》(卷二),云南大学出版社2008年版,第583页。

在抗日战争时期,徐嘉瑞尤其赞赏那些能激发民众抗战热情的国防文学,他认为穆木天、蒲风和亚平等诗人的诗作《流浪者之歌》《茫茫夜》《都市的冬》,都是以现实主义为路标的诗歌,是"以其全生命歌颂时代的洪亮的声音"①;他称赞高兰的朗诵诗"诗里充满了生命的旋律,你可以感觉到中华民族的脉搏在他的诗歌中跳动着";他还悼念牺牲在敌人屠刀下的青年诗人邵冠祥,认为他是国防诗歌的代表诗人。徐嘉瑞欣赏同时代的那些为了信仰、为了革命而创作的文学家和艺术家,他认为鲁迅是为了揭露国民性格"胆小麻木""恣睢"等性格缺陷而进行文学创作的,写作《阿Q正传》的原因是为了防止阿Q精神胜利的复活,是为了团结农民,是为了主张战斗而进行的创作;他认为音乐家聂耳是为了"在重重枷锁下面的中国大众"而作曲,他的歌曲"充满了生命的旋律,从同胞的血管中注入新鲜的血轮,从旋律中使中国再生了"②;他认为诗人高兰是为了"把抗战的火焰在大众的心上燃烧起来"③而创作诗歌,他的诗作中跳动着中华民族的脉搏。

  一般来说,在社会矛盾尖锐的时期,文学的实用功能最为人们关注。徐嘉瑞的"平民文学"思想是时代的产物,他的文学思想体现较强的功利色彩是带有明显的时代烙印,有助于在社会动荡的年代,借助文学作品的感染力潜移默化地影响民众,从而实现建立新文学、抵御外敌、改造社会的目的。徐嘉瑞在中国古代文学研究中,对传统的"文以载道"的思想是持否定态度的,他批评中国传统的文学史"对于文学的价值,不能作正确的估定,固执着迂腐的见解,把文学

---

  ① 徐嘉瑞著,马曜主编、徐演执行主编:《"九·一八"后中国新诗运动的路标》,《徐嘉瑞全集》(卷三),云南大学出版社2008年版,第111页。

  ② 徐嘉瑞著,马曜主编、徐演执行主编:《划时代的音乐家聂耳墓碑——向不醒的世界,作预言的喇叭!(雪莱)》,《徐嘉瑞全集》(卷二),云南大学出版社2008年版,第605页。

  ③ 徐嘉瑞著,马曜主编、徐演执行主编:《高兰的朗诵诗》,《徐嘉瑞全集》(卷三),云南大学出版社2008年版,第111页。

当作道德的附庸"①,他也批评唐代诗人韩愈的"载道"思想,"韩愈倡'文以载道'之说,视'文'只为哲学家发表他思想的工具,意义既褊狭,而又显然忽视了'文'的本身的特长……韩愈真是中国文学史上的大罪人啊!"②徐嘉瑞觉得由于北朝文学注重实用性,所以没有真正的文学家,"北朝真正的文学家很少,因为北方的人,多偏重实用的方面(如《颜氏家训》是说道德;苏绰《大诰》是说政治;郦道元《水经注》是地理学;江式《古今文字》是文字学;魏收《魏书》是历史),所以文学方面,不见十分发达"。③殊不知在新的历史语境下,徐嘉瑞文学思想将文学与社会革命、社会改造联系起来,也是一种"新文以载道"。徐嘉瑞面对自己生活的时代对文学实用性的提倡是有必要的,但过于强调实用性,会使文学沦为政治和道德的传声筒,长远来看有损于文学独立的审美价值。

综上所述,徐嘉瑞的"平民文学"思想是其文学思想的核心,以关切民间、区分阶级、注重真实和旨在实用作为主要内容。他容纳了中西的不同思想进行整合,形成了具有徐嘉瑞特色的"平民文学"思想。徐嘉瑞最初是为了否定传统的旧文学,建立符合时代要求的新文学,而在"五四"新文化运动的背景下提倡"平民文学"的,冲击了陈腐僵化的封建文学,带来了一股新鲜空气。徐嘉瑞的"平民文学"思想是特定的历史阶段的产物,其产生和特点具有存在的价值和合理性,对其研究不能脱离具体的历史、空间语境。但客观来说,时代的烙印也深刻在徐嘉瑞"平民文学"思想上,使其具有了一定的局限,"平民文学"思想发展至后期对于政治主潮亦步亦趋,学术思想的独立性受影响,忽略了文学独立的审美价值,过分强调了文学的政治性、阶级性和功利性,这也是今天应该客观地评价他的思想之处。

---

① 徐嘉瑞著,马曜主编、徐演执行主编:《中国文学史大纲》,《徐嘉瑞全集》(卷一),云南大学出版社2008年版,第243页。

② 同上书,第231页。

③ 徐嘉瑞著,马曜主编、徐演执行主编:《中古文学概论》,《徐嘉瑞全集》(卷一),云南大学出版社2008年版,第53页。

第二章　基于"平民文学"思想的文学史观

徐嘉瑞是一位学者，还是一位文学史家，他以中国文学史研究为自己学术研究的主要精力所在，完成过多部中国古代文学史，如《中古文学概论》《近古文学概论》《中国文学史大纲》《云南农村戏曲史》等。徐嘉瑞以"平民文学"思想指导文学史编写——科林伍德说："一切历史都是思想史"——徐嘉瑞书写的文学史是他的文学思想，尤其是"平民文学"思想的体现，徐嘉瑞以"平民文学"为主线构建文学史框架，也认为"平民文学"是推动中国古代正统文学发展的动力。

徐嘉瑞生活在新旧交替时期，其文学史观的形成深受"五四"新文化运动的影响。19世纪末至20世纪初，受到西方文学思潮的影响，国内的大学和中学纷纷开设文学史方面的课程，为了适应教学的需求，以1904年京师大学堂林传甲的《中国文学史》和1909年东吴大学黄人的《中国文学史》为代表，中国有了早期文学史编写，中国文学史作为一门独立学科开始得到发展。发展至20世纪20年代，中国文学史编写空前活跃，胡适的《国语文学史》和《白话文学史》、谭正璧的《中国文学进化史》、刘大杰的《中国文学发展史》等著作纷纷问世。

在此背景下，徐嘉瑞认识到这是一个文学史著作大量涌现的时代，加入了中国文学史写作的大潮。他在阅读前人和同时代学者的著作基础上，完成了自己文学史的代表作。徐嘉瑞在文学史编写中既注重对整段历史中主要文学作品的全面理解，大量阅读了古代文学作品和历代诗话、词话、曲话；也注重参考同时代学者的思想，他还阅读了很多同时代学者的文学史著作，从他在文学史中对他人观点和资料的信手拈来地借鉴，可见他的文学史写作有夯实的学术基础。同时，徐嘉瑞还在《中国文学史大纲》中详细列出当时有代表性的文学史著作："民国初年，中国文学史的编著并不多，至最近数年才见踊跃。最初出者为王梦曾、张之纯、曾毅的《中国文学史》，稍后为谢无量的《中国文学史》。在文学革命后的七八年内，有胡怀琛的《中国文学史略》，凌独见的《国语文学史》，朱谦之的《音乐的文学小史》及拙编《中国文学史大纲》。再后，有顾实的《中国文学史大纲》，赵景深的《中国文学小史》，胡适的《白话文学史》，郑振铎的《中国文学史》，胡云翼《中国文学概论》（上三书皆未完稿，只出了一半或一部分）。最近有拙著《中国文学进化史》，欧阳溥存《中国文学史纲》，穆济波的《中国文学史》。也不可不谓盛极一时。"① 可见，徐嘉瑞的文学史观与同时代学者的思想相互影响、相互砥砺。

徐嘉瑞的文学史出版时间较早，他于1923年正式出版的第一部文学史《中古文学概论》，比文学史观相近的胡适1924年的《国语文学史》、1928年的《白话文学史》和郑振铎1938年的《中国俗文学史》的出版时间更早，对其他学者文学史写作产生了一定影响。谭正璧的《中国文学进化史》在序言中说明受到徐嘉瑞影响，该书尤其是其中第四章"六朝的抒情歌"明显是受到徐嘉瑞文学史的影响；赵景深的《中国文学小史》借鉴了徐嘉瑞的文学分类法，他说"当时我在编《中国文学小史》，关于唐诗的部分，就把他的分类法采了

---

① 徐嘉瑞著，马曜主编、徐演执行主编：《中国文学史大纲》，《徐嘉瑞全集》（卷一），云南大学出版社2008年版，第235页。

进去，于是我的书上，也有了'边塞诗人''田园诗人'这一类名称了"①；曹聚仁的《平民文学概论》在理论预设上也是继承了徐嘉瑞"平民文学"的观念；云南学者施章的《农民文学概论》在写作中得到徐嘉瑞指导，思想亦受到徐嘉瑞文学史观的影响；蒋祖怡在1950年出版的《中国人民文学史》仍坚持将文人"贵族文学"与人民大众文学对立，也可见出徐嘉瑞基于"平民文学"的文学史观的影响。

在本章论述中需要指出的是，徐嘉瑞第一部文学史《中古文学概论》出版于1923年，时值"五四"新文化运动后期，如绪论所述，作为当时"人的文学"思潮具化的"平民文学"，在概念内涵界定上存在混同使用的情况，"平民文学"常与"民间文学""大众文学""民众文学"等近似概念相互指涉，徐嘉瑞的文学史将"平民文学"主要等同于民间文学。因为在当时推翻了清王朝统治，建立了新的民族国家政权后，新政权也需要构建自己的文化和政治，民间文学作为中国悠久文化的组成部分，可以为新文化构建提供资源，于是这时民间文学在当时"人的文学"文学思潮中，成了"平民文学"的近义词。徐嘉瑞在文学史的表述中对"平民文学"和"民间文学"的区分并不明确，常常混用，如他说："平民一派，采自民间，真实自然，所说的大半都是民间的事实"，他也说："我们所崇拜的文学，固然是民间文学，而尤其崇拜的是文人文学中的倾向于平民（平民化）的文学"②，同一句话中将"民间文学"和"平民文学"作为近义词在使用。为了论文表述一致，本章统一使用"平民文学"的表述，在引用徐嘉瑞观点时再使用与其一致的语言。另外，徐嘉瑞的"三线文学观"将文学分为"贵族文学""文人文学""平民文学"三类，他认为"贵族文学"和"文人文学"关系相近，在文学史的表述中

---

① 赵景深著，马曜主编、徐演执行主编：《近古文学概论·序二》，《徐嘉瑞全集》（卷一），云南大学出版社2008年版，第66页。

② 徐嘉瑞著，马曜主编、徐演执行主编：《〈中古文学概论〉第二版自叙》，《徐嘉瑞全集》（卷一），云南大学出版社2008年版，第60页。

常将两者统称为正统文学，为了论述的清晰，在对"贵族文学"和"文人文学"两者合称时统一使用"正统文学"的表述，若有必要分开论述时，再分别采用"贵族文学"和"文人文学"的表述。

第一节　文学史观的主要思想基础

文学史的书写需要以具体思想作为指导，在"五四"新文化运动中传入中国的西方思想，成了中国文学革命的思想资源，促使了中国文学史书写观念的变革，其中尤以进化论和人道主义的影响最大。进化论成为20世纪上半叶中国文学史书写的指导思想，既指明了文学史发展方向，也以其"弃旧图新"的思想指出了文学发展的规律。人道主义为中国文学史书写确立了新的价值标准，使原处于正统文学史边缘的"平民文学"开始得到重视。如果说进化论使学者们明确了在文学史书写时，要用新文学取代旧文学，那么人道主义使学者们看到新文学建立的资源可以从民间文学中获取。徐嘉瑞的基于"平民文学"的文学史观在这样的思想背景下形成，进化论和人道主义成为他文学史观的主要思想基础。

一　进化论对徐嘉瑞的文学史观的影响

1859年，达尔文的《物种起源》问世，其中颠覆性的进化论思想冲击了基督教神学的上帝创世的信念，带来了一场划时代的思想革命，进化论成了19世纪末最有影响的思想，恩格斯将进化论称为"19世纪的三大发现之一"。进化论犹如一座巨大的思想宝库，中西方学者从其中汲取不同资源，根据实际需要对其进行创造性阐释，并衍生出新的理论。在生物领域之外，进化论被广泛地运用于哲学、工业、文学，甚至商业。19世纪末，进化论经由严复翻译后在中国广泛传播，其思想对中国从戊戌变法至"五四"新文化运动的几代学人都产生了深远影响。进化论契合了中国当时国情，成为知识分子们挽救颓弱国势的救国良方，激励着中国的有识之士救亡图存。20世纪初的学者无论是保守派还是激进派大都信奉进化论，如吴汝纶、章士钊、梁启超、孙中山、胡适、鲁迅、周作人、陈独秀和李大钊等人都不同程度地受到进化论的影响，"可以毫不夸张地说，进化主义弥漫在'五四'不同人物和许多思潮之中，构成了一种普遍的'论式'，甚至比'科学和民主'还更有市场。进化论思想更在'五四'新文化运动中被学者们用于文学领域，产生了广泛的影响"。①"五四"以来的文学家们受进化论影响，相信"旧的"就是落后的，"新的"就是进步的。在这种激进的思想指导下，文学领域内从文学观念、文学体裁到文学语言等方面都掀起了一股否定传统、追求革新的浪潮，文学革命由此发生。新文学史的书写是文学革命的一个组成部分，也受到进化论影响，学者们一反传统，不再只用"文必秦汉，诗必盛唐"的复古观看待文学发展，而是以一种新的价值标准重新审视、评价中国文学史，认为"一代有一代之文学"，强调文学的运动、发展和进步。

在达尔文提出进化论后，经赫胥黎、斯宾塞等学者的阐释，进化论形成了不同的流派。与严复、梁启超和胡适等其他学者受斯宾塞的社会进化论影响不同，徐嘉瑞主要接受了达尔文生物进化论的思想，这从1936年出版的《近古文学概论》章节的标题可见，他明确将"总论"的第二节称之为"生物学的文学观"。同时，徐嘉瑞结合自然界中动植物繁衍生息的实例说明生物进化的规律，他在开篇即言"生物为自然界之试验品，故初期所称之粗模，逐渐毁弃，先后改造多次，始得达到环境所许之最高生命焉"。②

达尔文的进化论公开挑战基督教中"上帝创造世界"的观念，用

---

① 王中江：《20世纪西方哲学东渐史：进化主义在中国》，首都师范大学出版社2002年版，第237页。
② 徐嘉瑞著，马曜主编、徐演执行主编：《近古文学概论》，《徐嘉瑞全集》（卷一），云南大学出版社2008年版，第69页。

发展的眼光看待世界的演进,认为世界不是静止的,而是变动的。达尔文在跟随"贝格尔"舰进行环球考察时,搜集了丰富的实证,证明在悠久的历史中动植物最初的形貌与当下有较大差异,任何物种都是经过了漫长的历史演变而来的。进化论中发展变化的思想对徐嘉瑞文学史观的影响在于,使他以发展的眼光看待事物,认为宇宙中所有事物必然都会经历新旧之交替,"不仅人类为然,一切有生之物,莫不皆然"。[1] 这种新旧交替的进化便是严复所言之"公理",是无须证明的自然界的普遍客观规律。倘若没有新陈代谢,则事物无法繁衍生息,"而新陈代谢越剧烈者,则生命之更新能力亦越强大"。[2] 徐嘉瑞也以变化的眼光看待文学发展,认为文学作为有机的生命体,"亦当受进化法则之支配,随时变化,随时灭亡,随时更生,以适应于更新之环境而诞生最高生命之文学也"。[3] 徐嘉瑞赞成"一时代有一时代之文学",他在从《中古文学概论》到《近古文学概论》中,将先秦两汉至唐初、隋唐至宋元不同时期的文学进行了梳理,以"平民文学"论之,他认为各时代"平民文学"也不尽相同,先秦有《诗经·国风》和《九歌》,汉魏有《鼓吹曲辞》《横吹曲辞》和《相和歌辞》,五代和宋代有词和"永嘉杂剧"、金元有院本杂剧。

达尔文生物进化论的核心思想是"物竞天择,适者生存",他在《物种起源》中这样描述:"如果有益于任何生物的变异确曾发生,那么具有这种性状的诸个体肯定地在生活斗争中会有最好的机会来保存自己,根据坚强的遗传原理,他们将会产生具有同样性状的后代。我把这种保存原理,即最适者生存,叫作'自然选择'。"[4] 达尔文看到动植物在生存中会有种内竞争、物种间的竞争,甚至还需要和外在

---

[1] 徐嘉瑞著,马曜主编、徐演执行主编:《近古文学概论》,《徐嘉瑞全集》(卷一),云南大学出版社2008年版,第69页。
[2] 同上。
[3] 同上书,第70页。
[4] 耿步健:《达尔文的"进化论"思想及对人生观的影响》,《求索》2009年第12期,第88页。

环境竞争。为了能够生存，动植物在竞争中在保持祖先特征的基础上，逐渐发生物种的多元变异。只有当这些变异最能适应环境时，动植物才能存活并繁衍生息，于是最有利的变异得以代代保存，这样一个变化的过程促使动植物由低级向高级进化。所以徐嘉瑞认为文学要更向高方向就发展不能故步自封，要不断以新思想取代陈腐僵化的内容。首先，徐嘉瑞在文学史编写过程中，大胆否定传统的"杂文学观"，提倡现代的"纯文学观"。在《中国文学史大纲》中，徐嘉瑞指出传统文学史的弊病，"对于文学范围，不能精确划定，因袭的见解，作兼容并包的搜罗。所以'老庄之作''孔孟之书'一切非文学的作品，都应有尽有"。① 徐嘉瑞认为这样的文学史非真正的文学史，只能被称为"国学史"或"国故史"。于是他认为文学史编写要"把一切非文学的作品，全部割爱"，把叙述的重点放在诗词曲赋、小说和戏曲等文体上。其次，徐嘉瑞在"优胜劣汰"思想的影响下，积极倡导"平民文学"，认为其终将取代旧的、陈腐的"贵族文学"，"文学之进化，由平民的进而为文人的，由文人的进而为贵族的……然韵律与藻饰使用过度，遂成为无生命之古典文学，渐硬化而死亡，而民间之新文体又起而代之"。②

进化论是"五四"新文化运动中最有影响的思想，与这一时期大部分文学史的书写一样，徐嘉瑞的文学史观也不可避免地受到进化论的影响。

二 人道主义对徐嘉瑞的文学史观的影响

进化论使学者们明确了新文学史的书写要否定旧文学，要建立符合时代要求的"活的文学"和"人的文学"。建立新文学史的资源来

---

① 徐嘉瑞著，马曜主编、徐演执行主编：《中国文学史大纲》，《徐嘉瑞全集》（卷一），云南大学出版社2008年版，第243页。
② 徐嘉瑞著，马曜主编、徐演执行主编：《近古文学概论》，《徐嘉瑞全集》（卷一），云南大学出版社2008年版，第71—72页。

自于何处？一方面，当时的学者向西方学习，以西方文学作为典范和模板，确立新的文学史观；另一方面，他们回到中国的"平民文学"中，以历史悠久的"平民文学"作为新文学史研究的主要对象和构建新文学史的理论资源。徐嘉瑞选择了后者，他的《中古文学概论》《近古文学概论》《云南农村戏曲史》都是以"平民文学"为主线编写的文学史。如第一章第一节所述，对"平民文学"的重视主要受到西方人道主义中博爱、平等思想的影响，尤其是受到俄国民粹主义中重视民众力量的思想的影响。西方人道主义以人为中心，而不是以上帝为中心来衡量一切事物，肯定了人的价值和作用，俄国的民粹主义进一步将人道主义中的"人"具体指为社会底层的工人和农民，表现出强烈的民众崇拜的倾向。

受此影响，中国学者们在文学史写作中，开始重视一些原处于文学史边缘或视域之外的民间文学作品，如民间传说故事、歌谣和乡村小戏等，徐嘉瑞说："民谣在中国，是各时代人民的声音。国风、九歌、鼓吹曲辞、横吹曲辞、清商曲辞、西曲歌、梁鼓角曲以及唐以后的七绝民谣、佛曲、变文、大曲、杂剧、院本、诸宫调、九张机、调笑转踏、队舞曲等，在中国文学史中，占重要地位。"[1] 为了能够与传统的旧文学观较量，学者们有意识地将搜集到的"平民文学"的资料历史化，通过编写一部部以"平民文学"为主线的文学史，确立和巩固新文学观的地位。由此这些民间文学的存在得到认可，价值得到重视，逐渐成为新文学史关注的主要对象。于是在"五四"运动以来出现了一大批以"平民文学"为主的文学史论著，既有在文学史编写中对"平民文学"的专章论述，也有"平民文学"的通史，还有"平民文学"的专门史。在文学史中对"平民文学"专章论述的代表作有胡适的《五十年来中国之文学》、陈子展的《最近三十年

---

[1] 徐嘉瑞著，马曜主编、徐演执行主编：《云南农村戏曲史》，《徐嘉瑞全集》（卷四），云南大学出版社2008年版，第8页。

中国文学史》、胡怀琛的《中国文学史略》、钱振东的《中国文学史》、谭正璧的《中国文学进化史》等。"平民文学"通史方面的代表作有胡适的《国语文学史》和在其基础修正而来的《白话文学史》，以及胡行之的《中国文学史讲话》、曹聚仁的《中国平民文学概论》、郑振铎的《中国俗文学史》和徐嘉瑞的《中古文学概论》《近古文学概论》等，尤其是徐嘉瑞的两部文学史都将文学分为"平民文学"和"贵族文学"两部分进行写作，其中1923年出版的《中古文学概论》是国内最早问世的"平民文学"史，1936年出版的《近古文学概论》继续完善和深化了徐嘉瑞的"平民文学"思想。在"平民文学"专门史方面的代表作有胡怀琛的《中国民歌研究》和《中国寓言研究》、钱南扬的《谜史》、洪亮的《中国民俗文学史略》、钟敬文的《歌谣论集》、卢冀野的《民族诗歌论集》和徐嘉瑞的《云南农村戏曲史》等。① 其中的《云南农村戏曲史》既有理论的创新，更有丰富的史料价值。徐嘉瑞在书中以云南昆明的农村小戏——花灯为研究对象，在梳理花灯的源流、内容和语言的同时，更将新旧花灯戏的剧目和曲谱完整地整理出来。该书成了中国第一部民间戏曲史著作。这些文学史论著在今天看来，有的过于强调作者的个性色彩，有的过于使史料服务于理论，未做到"论从史出"，但在当时新旧文学观念交替的背景下，这些"平民文学"史的编写有助于新文学观的构建和完善。

第二节 "三线文学观"

徐嘉瑞在文学史中提出"三线文学观"，用"贵族文学""平民化之文学""平民文学"来指代中国古代文学史上的"三线"演进，认为在文学史书写中进行文学分类是有必要的，"任何民族，其文学

---

① 该部分对文学史梳理的材料主要依据《20世纪前期中国文学史写作编年研究》。

性质极为复杂,性质之分析不精,则进化之公例不明;故文学分类在文学史上极为重要者也"。①徐嘉瑞在"五四"新文化运动背景下书写文学史,按照新的时代标准对文学类型进行重新划分,从而提出了新的文学史观——"三线文学观"。

一 "三线文学观"的主要内容

(一)以创作主体为标准划分文学类型

在中国现代文学发展中,以新的时代观念重新书写中国文学史是当时学界的潮流,胡适从倡导的白话思想出发,在文学史研究时提出了"双线文学"的命题。胡适将中国文学发展分为并行不悖的两条线:"半僵半死的古文文学史"和"活的白话文学史",他在《白话文学史》中说:"从此(汉代)以后,中国的文学便分出了两条路子:一条是那模仿的沿袭的,没有生气的古文文学;另一条是那自然的,活泼泼的,表现人生的白话文学。向来的文学史只认得那前一条路,不承认那后一条路。我们现在讲的是活文学史,是白话文学史,正是那后一条路。"②与胡适的"双线文学观"不同,徐嘉瑞在1923年的《中古文学概论》中提出的"三线文学观"不是以文学表现工具——语言作为文学的划分标准,而是以创作主体的阶级性质为标准,将文学分为"平民文学""平民化之文学"(即文人文学)"贵族文学"三类。

在"五四"时期前后,谈论"贵族文学""平民文学"的学者为数众多,也有很多与它们类似的表述,如"庙堂文学""民间文学""活的文学""死的文学""文言文学""白话文学"等,徐嘉瑞在文学史中所言的"贵族文学""文人文学""平民文学"的内涵究

---

① 徐嘉瑞著,马曜主编、徐演执行主编:《近古文学概论》,《徐嘉瑞全集》(卷一),云南大学出版社2008年版,第77页。

② 胡适:《白话文学史》,上海古籍出版社2009年版,第14页。

竟为何,可以从他在文学史的表述中把握。徐嘉瑞在《中古文学概论》中首次提出这三类文学,他从内容、形式、作者和音乐四个方面进行界定,他认为"贵族文学"在内容上是"取材于宫廷,崇拜君权",在形式上是"古典的、堆砌的",在作者身份方面是"知识阶级,官僚,有名望者",在音乐方面都"不能协音律,与音乐无关系",即使有音律也都是"人为音律,非自然音律"。与之相对的"平民文学",徐嘉瑞认为在内容上是"取材于社会,取材于民间,摹写人生",在形式上"无一定方式,写实的,生动的",在作者身份方面是"平民作者:非知识阶级,非官僚,无名者",在音乐方面,"平民文学:可协之音律。文学史与音乐发展路径相同"。徐嘉瑞在1936年出版的《中古文学概论》的姊妹篇《近古文学概论》中进一步完善了"平民文学"的含义,他说:"平民文学一语,久已流行。然其观念甚为暧昧,盖多流于形式分类:以为浅近明白之文学,即平民文学;能作浅易明白之文章者,即为平民文学家;此大谬也。"[1] 他认为真正的"平民文学"是"集体的,非个人主义的,所以找不出作家的主名;是普遍的,平凡的,所以非常浅近明白,容易流行;是共通的,社会的,所以具得有类型性;是从人人自己生活里呼喊出来的,所以还没有分工,还没有成为文人学士专有的职业"。[2] 在提出"贵族文学"和"平民文学"后,徐嘉瑞并未将两者简单对立,而是在它们之间加入了第三类文学——"文人文学",他认为"文人文学"是在内容上"是直接描写人生,已经是'平民化'",在形式方面"已经打破贵族文学'古典的''雕刻的'形式,而采用'自然的''写实的'形式",在作者身份方面,"都是些知识阶级,曾受过书本教育,并且还做过很大的官职",最后在音乐方面,文人

---

[1] 徐嘉瑞著,马曜主编、徐演执行主编:《近古文学概论》,《徐嘉瑞全集》(卷一),云南大学出版社2008年版,第77页。

[2] 同上书,第76页。

文学"同音乐只是偶然的关系"。仔细揣摩徐嘉瑞在不同文学史中对这三类文学的论述，可发现在这些话语的背后都表达了同一个思想，就是认可和尊重"平民文学"的价值，认为"平民文学"才是中国古代文学史的主流，以"平民文学"来否定传统的"贵族文学"，徐嘉瑞的文学史观就是基于这个观念出发的。

徐嘉瑞是在中国文学现代化转型过程中，在中国文学史书写时，最早将古代文学分为"贵族文学""平民化之文学"（即文人文学）"平民文学"的学者。徐嘉瑞认为在文学史中提出"三线文学观"既是历史上的必需，也是价值上的必要。从历史角度看，徐嘉瑞认为"平民文学"的性质和演进的过程与"贵族文学"绝不相同，有必要使用分析的精神将两者分开论述，"从根本上建立一种性质分类"；从价值角度看，因为"平民文学写实的成分较多，对于现代社会有提倡的必要"，"贵族文学，虽然也有相当的古典价值，但是现在已不适用。所以古典主义不能不退位，不能不代之以写实主义……所以由价值上不能不把平民文学、贵族文学分而为二，各还他一个评价，并且不能不偏重平民文学"。①

徐嘉瑞在文学史中提出"三线文学观"的同时，学界对"平民文学"的重视亦形成时代风气。刘师培认为"言者，直言之谓也。盖古人作诗，循天籁之自然，有音无字，故起源亦甚古"②，认为先有民间歌谣才出现诗歌；胡适认为"庙堂的文学之外，还有田野的文学，贵族的文学之外，还有平民的文学……庙堂的文学尽管时髦，尽管胜利，终究没有'生气'，终究没有'人的意味'。二千年的文学史上，所以能有一点生气，所以能有一点人味，全靠有那无数小百姓和那无数小百姓的代表平民文学在那里打一点底子"③；郑振铎说：

---

① 徐嘉瑞著，马曜主编、徐演执行主编：《云南农村戏曲史》，《徐嘉瑞全集》（卷四），云南大学出版社2008年版，第59页。
② 洪治纲编：《刘师培经典文存》，上海大学出版社2004年版，第249页。
③ 胡适：《白话文学史》，上海古籍出版社2009年版，第14页。

"清代是一个反动的时代。古典文学大为发达。俗文学被重重地压迫着,几乎不能抬起头来。但究竟是不能被压得倒的。小说戏曲还不断地有人在写作。而民歌也有好些人在搜辑,在拟作。宝卷、弹词、鼓词都大量地不断地产生出来。俗文学在暗地里仍是大为活跃。她是永远地健生者,永远地不会被压倒的"①。徐嘉瑞在文学史中首倡的"三线文学观"适应了"五四"时期以来文学革命的要求,打破了传统文学史编写的惯例,用民间话语对抗正统文学。

(二)论"贵族文学""文人文学""平民文学"与中国古代文学发展的关系

徐嘉瑞的"三线文学观"界定了三类文学的内涵,梳理了"贵族文学""平民化之文学"(即文人文学)"平民文学"在文学史中的关系,提出了"异源合流"的观点。所谓"异源"就是中国文学"从古代起,分为两大干流:一是民间的,另一是文人的。他的来源,绝不相同,所以叫'异源'……这两大干流,几千年来,分野都很明白,这就叫作'异源'。"②通过大量实例,徐嘉瑞认为中国古代文学虽起源不同,并非意味着它们发展过程中没有任何交集,而是存在"合流"的情况,"来源虽然不同,然而经过若干时间,他就合流起来了……如元代的曲,本是平民文学,到后明清文人,个个都喜欢作传奇,于是平民文学和文人文学,又发生了一度合流。这都是文学史上很明白的事,其他有许多交互综错的明暗合流,真是说不清楚。"③在进化论影响下,徐嘉瑞认为中国古代文学是一个完整的有机生命体,在中国古代文学的大树上,"贵族文学"和"平民文学"的树枝相互交织。同时,徐嘉瑞更把"异源合流"的观点放到文学史中来认识中国古代文学的发展,认为根据"平民文学"和"贵族文学"

---

① 郑振铎:《中国俗文学史》,商务印书馆2009年版,第12页。
② 徐嘉瑞著,马曜主编、徐演执行主编:《近古文学概论》,《徐嘉瑞全集》(卷一),云南大学出版社2008年版,第73页。
③ 同上。

合流情况不同,文学发展也不同,"有时曾诞生新儿,有时曾中毒硬化。例如:唐代黄金文学,是由汉魏六朝的民间文学和文人文学合流而生的。因为唐代对于贵族文学一度革命,贵族文学的原素少,而平民文学的原素多;又如明清的传奇,也是由元代的民间文学和文人文学合流而产生的。然而贵族文学的原素较多,所以就中毒硬化。……好像优生学上的异性结婚,优点合和,便生佳儿;劣点遗传,便生劣种"。①

据此,徐嘉瑞接着提出自己对文学发展的认识,发掘出古代文学发展的规律和动因。从文学发展规律来看,徐嘉瑞认为"文学之进化,由平民的进而为文人的,由文人的进而为贵族的"。② 具体来说是文体的演变带来了文学的发展,在诗歌的基础上产生了词,词发生变化后逐渐被曲取代,曲综合发展后又演变为杂剧,然后衍生出明清小说。徐嘉瑞认为每一种文体从新生到衰亡,都经历了由"平民文学"发展至"平民化之文学"(即文人文学),再发展至"贵族文学",然后"贵族文学"陈腐死亡,又被"平民文学"取代的变化过程,他说:"一切文学新体,率皆起自民间,渐次流行,即为文人采用……而文人文学为记叙性的,其主要之官能为目的,故其文辞多尚藻饰……然韵律与藻饰使用过度,遂成为无生命之古典文学,渐硬化而死亡,而民间之新文体又起而代之"。③ 在这个变化过程中,文学文体会随着内部基因的变异和外部环境的转换而有所革新,徐嘉瑞将这种革新称为"生命进化之法则",并将这种法则分为两类:"变化"和"适应","生命进化之法则,可约为二:一即变化,另一即适应。而其最终目的,则为最高生命之发展"。④ "变化"是指文学内部自身的调整更新,"适应"可理解为文学适应外部环境发生的

---

① 徐嘉瑞著,马曜主编、徐演执行主编:《近古文学概论》,《徐嘉瑞全集》(卷一),云南大学出版社2008年版,第73页。
② 同上书,第71页。
③ 同上书,第72页。
④ 同上书,第69页。

改变。

引起文学"变化"和"适应"发生的原因为何，这便涉及文学进化的动因。从哲学范畴来看，文学的发展有因有果，倘若找不到发展的原因，那么发展的规律只能是一片混沌，所以徐嘉瑞在文学史中对文学发展的动因进行了着力探讨。从文学内部革新而言，徐嘉瑞在文学史中提出的"三线文学观"将中国古代文学史分为"平民文学""平民化之文学"（即文人文学）和"贵族文学"三类。在这三类文学中，徐嘉瑞极其重视"平民文学"在文学发展中的影响，认为"平民文学"是中国古代文学的主流，是促使中国正统文学变化发展的最重要的内因，既是中国正统文学产生的基石，也是中国正统文学发展的养分，任何一种文体的新生和演变都离不开"平民文学"的作用，关于此种重要影响将在本章第三节具体论述。徐嘉瑞不仅认为每一种文学文体的发展受制于"平民文学"，还认为从文学发展的总体趋势而言，"平民文学"也终将取代"贵族文学"。姜亮夫评价说："过去作文学史的人，只看见平民以上的作品与作家，他们也想在这里面去寻演变的因缘，然而始终是在浑塘子里去搅，越搅越浑，结果只捉到些泥底下的泥蚯蚓蟒蜓，不曾捉到一条清水里的鱼。而梦麟的书，是捉到了这一点最重要的标准，这是他对于'史'的观点为他人所不及的。"[1] 从进化论观点来看，"平民文学"也在不断演变发展，就"平民文学"自身发展而言，徐嘉瑞多从外部环境研究推动"平民文学"发展的因素，姜亮夫评价说："自来之人，都只在文学本身的酵母上去寻因缘；而他却多用力寻求中国文学所以变迁的外铄之力，这是对于'史'的观念，为他人所不及的。"[2] 徐嘉瑞认为影响"平民文学"发展的外部因素为来自西域的文化，尤其是佛教文

---

[1] 姜亮夫著，马曜主编、徐演执行主编：《近古文学概论序》，《徐嘉瑞全集》（卷一），云南大学出版社2008年版，第646页。

[2] 徐嘉瑞著，马曜主编、徐演执行主编：《近古文学概论》，《徐嘉瑞全集》（卷一），云南大学出版社2008年版，第65页。

学推动了中国古代"平民文学"的发展。

徐嘉瑞在将"平民文学"视为中国古代正统文学发展重要动力时,其研究特色之一在于看到"平民文学"与音乐的密切关系,认为音乐性是"平民文学"的合理表现,所以他的文学史也看重平民音乐在文学发展中的重要性,具体体现为以下三个方面。

首先,徐嘉瑞认为"平民文学"的重要特征之一是具有音乐性。徐嘉瑞在《中古文学概论》开篇就分析了"平民文学"的四个特征,其中之一就是认为"平民文学"具有音乐性,他说"平民文学:可协之音律(老妪能听,有井水处能唱)。文学史与音乐史发达路径相同"[1],"从音乐方面观察中国平民文学,从《九歌》,一直到《南北曲》,无论哪一种,都同音乐有密切的关系"[2]。徐嘉瑞在《近古文学概论》中更强化了"平民文学"具有音乐性的观点,他认为平民文学家多具有音乐才华,"彼等之出生极微贱……大都备有音乐天才,不惟能作,亦复能唱,宛如希腊之 Homer,唱者与作者,歌人与诗人,殆无差别"[3]。徐嘉瑞还认为"平民音乐是平民文学的基本"[4],看到部分"平民文学"的产生源自音乐,如民间弹词受到佛教音乐影响,"若承认弹词是敦煌佛经佛文遗传下来的,可知道弹词的乐曲,决非中国音乐,一定是随着敦煌所遗俗文输入中国的。而敦煌所遗俗文的乐曲,当是印度乐"[5]。徐嘉瑞认为"平民文学"与"贵族文学"最大的区别也在于有无音乐性,他根据王灼《碧鸡漫志》中的观点整理中国古代诗歌,将其分为两类,第一类是"入乐之诗、音乐诗

---

[1] 徐嘉瑞著,马曜主编、徐演执行主编:《近古文学概论》,《徐嘉瑞全集》(卷一),云南大学出版社2008年版,第73页。

[2] 徐嘉瑞著,马曜主编、徐演执行主编:《中古文学概论》,《徐嘉瑞全集》(卷一),云南大学出版社2008年版,第9页。

[3] 徐嘉瑞著,马曜主编、徐演执行主编:《近古文学概论》,《徐嘉瑞全集》(卷一),云南大学出版社2008年版,第79页。

[4] 同上书,第83页。

[5] 同上书,第98页。

歌、'风'、民间的、'民诗'",第二类是"不入乐之诗、独立诗歌、'雅'、文人的、'士诗'"。① 徐嘉瑞认为"平民文学"都是可以和乐演唱的,他在文学史中提到汉代的民间文学《相和歌辞》中"相和"的命名是依据音乐,取丝竹相和之意,这些民谣可用中国本土乐器演奏,如琵琶、琴、瑟、笙和笛等,《鼓吹曲辞》和《横吹曲辞》是用外域乐器演奏,如长鸣角、胡角、大横吹和筚篥等;他认为六朝民间歌谣《吴声歌曲》可以演唱,其曲调一方面承袭中原旧曲,另一方面是从民间采来的新调;他在《诗经》研究中,认为"风诗"是"民间的歌谣",最早采集风诗的人是为了生存不得不采诗的民间盲人音乐家,"国风所以有种种不同的风格……其中有盲音乐家的个性趣味夹杂在里面"②;他认为《离骚》是"由民间歌谣组成的悲凉的乐曲";他还认为云南"各民族的长诗,都是能歌唱的,并且多数都用器乐合奏"③。可以说,徐嘉瑞提出的"平民文学"并非只是涵盖诗歌、小说、散文的狭义的文学,而是包含了民间文学、民间戏曲、民间音乐和民间舞蹈在内的"大平民文学"。

其次,由于徐嘉瑞认为"平民文学"具有音乐性,他在以"平民文学"为主线书写文学史时,更把音乐作为"平民文学"的一个重要特征放在了文学史框架中,他说"文学和音乐有密切关系,希腊古代,诗皆合乐,假管弦之力,与表情思。补言语之不足……中国古代文学,都可以被之管弦……音乐系统,即是文学系统。此种'音乐文学史'从来编文学史的,都没有注意"。④ 徐嘉瑞不仅在《中古文

---

① 徐嘉瑞著,马曜主编、徐演执行主编:《近古文学概论》,《徐嘉瑞全集》(卷一),云南大学出版社2008年版,第75页。
② 徐嘉瑞著,马曜主编、徐演执行主编:《诗经研究》,《徐嘉瑞全集》(卷一),云南大学出版社2008年版,第290页。
③ 徐嘉瑞著,马曜主编、徐演执行主编:《漫谈云南民族文学》,《徐嘉瑞全集》(卷二),云南大学出版社2008年版,第561页。
④ 徐嘉瑞著,马曜主编、徐演执行主编:《中古文学概论》,《徐嘉瑞全集》(卷一),云南大学出版社2008年版,第10页。

学概论》中专列一编论述中国古代舞曲的历史和发展，对唐《霓裳羽衣舞》有过细致的论述，更在《近古文学概论》中将文学发展与音乐演变建立紧密关系，该书共分为五个部分，除去"总论"，其余四个部分"音乐史""词史""戏曲史""队舞"均与音乐有密切关系，有学者认为此文学史的特色在于"此书的全力所在的四夷音乐输入之分析"①，甚至将该部文学史称为"音乐文学史"。

再次，徐嘉瑞认为"平民文学"带有浓郁的音乐色彩，所以民间音乐能与"平民文学"一起推动中国文学的发展，表现为乐调变化会使文体随之变化，并且民间音乐富有自然情感的旋律可以弥补文学语言表情达意的不充分。以宋代的词和杂剧的出现、发展为例，徐嘉瑞认为这与西域传入的音乐有关。徐嘉瑞认为最初传入中国的有乐无词的乐曲《大曲》是词的祖先："《大曲》是从西域输入中原的新音乐。在很早很早的北周时代，已经很整齐的以龟兹为主而输入中原，到了后来变成词，变成杂剧，变成院本，变成《南北曲》，都是以《大曲》为胚胎的种子。"②徐嘉瑞认为后人根据《大曲》的曲调填词，这才是宋词的渊源之一："柳永《乐章集》中之《六么令》，晁无咎《琴趣外篇》之《梁州令》，《宋词》中之《伊州令》，《石州引》。周密之《大圣乐》是也。此等皆由《大曲》摘出片段之音调，流入词中，遂为词之主体，所谓三千小令四十大曲者，实《宋词》最大之渊源。"③若说《大曲》的片段是词之源流，那么整部《大曲》则产生了宋杂剧，"至于宋代则原始之独立《大曲》，一变而为有词有舞，且有故事之歌舞杂剧，再变而与纯表演之杂剧化合产生歌舞表演混合之杂剧，遂为《院本》与《北曲》之先河"④。

---

① 姜亮夫著，马曜主编、徐演执行主编：《近古文学概论序》，《徐嘉瑞全集》（卷一），云南大学出版社2008年版，第64页。
② 徐嘉瑞著，马曜主编、徐演执行主编：《近古文学概论》，《徐嘉瑞全集》（卷一），云南大学出版社2008年版，第126页。
③ 同上书，第141页。
④ 同上书，第131页。

徐嘉瑞基于对"平民文学"和民间音乐具有紧密关系的认识,他在《中古文学概论》中说:"要想看出'真正的文学历史','有生命的文学历史',非从'音乐'和'平民的音乐','平民的有韵文'里边去找,决定不会成功!"① 徐嘉瑞还在《近古文学概论》中总结说"中国文学,无时不受音乐的影响。编中国文学史,应当注重音乐,建立一种音乐的文学史"②,这在当时文学史写作中普遍重视"平民文学"价值的时代潮流中,较之其他学者的文学史观,无疑是徐嘉瑞的创建所在。

二 "三线文学观"的理论创新

徐嘉瑞于 1923 年就在文学史中提出了"三线文学观",顺应了"五四"时期的文学思潮,这时的文学家们的视野开始向下看,关注到"平民文学"中丰富的学术资源。具体来说,徐嘉瑞的"三线文学观"具有以下五个方面理论创新:

首先,徐嘉瑞的文学史书写由于受到进化论影响,主张用一种新观念取代旧文学观,于是提出了"三线文学"观,即指:"贵族文学""平民化的文学(文人文学)""平民文学",这是第一次将文学史分为"平民文学"和"正统文学"。徐嘉瑞基于"平民文学"的"三线文学观"打破了传统文学史编写的惯例,传统文学史多按朝代和文体记录文学的演进,徐嘉瑞认为"我们既然用历史方法整理文学,当然要打破向来囫囵吞枣的方法,重分析的精神,即是要打破'战国文学''建安文学''太康文学'等混混沌沌的时代划分,另从根本上建立一种性质分类"③,他以"平民文学"为主线编写文学史,认为

---

① 徐嘉瑞著,马曜主编、徐演执行主编:《中古文学概论》,《徐嘉瑞全集》(卷一),云南大学出版社 2008 年版,第 10 页。
② 徐嘉瑞著,马曜主编、徐演执行主编:《近古文学概论》,《徐嘉瑞全集》(卷一),云南大学出版社 2008 年版,第 81 页。
③ 徐嘉瑞著,马曜主编、徐演执行主编:《〈中古文学概论〉第二版自叙》,《徐嘉瑞全集》(卷一),云南大学出版社 2008 年版,第 59 页。

中国最有生命力的文学作品都由平民创作,指出:"下级民众……虽其知识品格卑微,而社会教育之大权反操于此辈手中。其流行之广且远,这非文人所能比"[1]。徐嘉瑞的文学史观在新的民族国家建立的背景下,使"平民文学"成为颠覆传统、重构意识形态的学术资源。

其次,徐嘉瑞的"三线文学观"打破了机械的二元对立的划分方法,在"平民文学"和"贵族文学"之间增加了"平民化之文学"(文人文学)。难能可贵的是徐嘉瑞对待这三类文学的态度,徐嘉瑞一方面将文学史发展主流视作"平民文学",认为"文学最初,不过最微小之民间文学而已",随后在"平民文学"影响下才产生了其他文体,这样的论述抬高了"平民文学"在文学史上的地位,适应了"五四"时期文学革命的潮流。同时徐嘉瑞也并没有一味褒赞"平民文学"的价值,还认识到"平民文学"存在的缺点,他说:"民众文学作者多为下层阶级,故其学识浅薄,闻见疏陋,引用史实,大多谬误,不过依托史事,附以里巷琐闻而已。"[2] 对于"文人文学",徐嘉瑞并未全盘否定,而是从文学思想倾向出发予以更清晰之区分评价,他说:"我们所反对的文学,不是文人文学的全体,而是文人文学中的贵族文学。我们所崇拜的文学,固然是民间文学,而尤其崇拜的是文人文学中倾向于平民(平民化)的文学。"[3] 徐嘉瑞甚至对具有平民化倾向的"文人文学"和文人作家给予了更高评价,认为平民化的"文人文学"是知识分子将"平民文学"进一步加工、完善后的作品,其中知识更加准确,语言也平易近人,这样的作品更容易得到平民大众的认可,也更在民间流行。徐嘉瑞欣赏唐代文人诗人杜甫,他认为杜诗《自京赴奉先县咏怀》是"杜甫的伟大诗篇之一",该诗

---

[1] 徐嘉瑞著,马曜主编、徐演执行主编:《近古文学概论》,《徐嘉瑞全集》(卷一),云南大学出版社2008年版,第77页。
[2] 同上书,第164页。
[3] 徐嘉瑞著,马曜主编、徐演执行主编:《中古文学概论》,《徐嘉瑞全集》(卷一),云南大学出版社2008年版,第60页。

描写了"唐王朝腐烂豪门的无耻与荒淫,官吏的贪污与残酷剥削,人民的饥饿、流离与死亡……完全是杜甫对当时社会的深刻描绘"①;他说"五代以前,曲子大多流行于民间,文人欣其新奇,采为新体诗歌,此为文人之词与平民之词第一次之异姓结婚,故产生灿烂光辉之五代词,及温柔旖旎之五代词人"②;他认为冯延巳的《长命女词》、伊用昌的《忆江南》和温庭筠的《花间集》等"无意把平民词的影响透露出几分来",具有平民词之抒情、明快的特点;他还称赞董解元的《西厢记》具有平民性,"董解元生在专制的时代,并且还做专制时代的官,可他一点官僚气息都没有。作出来的作品,居然能够叫平民看去容易明了领会其中的滋味"③。

再次,较之胡适的"双线文学观",徐嘉瑞的"三线文学观"对文学分类更加细化。胡适的"双线文学观"认为"古文文学"和"白话文学"在历史上是两条并行不悖的直线,他在"双线文学观"中提出的"白话文学"内涵宽泛,既指民间文学,也指由文人创作的语言直白的通俗文学,徐嘉瑞从阶级性质着手,对文学分类更加细致,他说"学术绝不是单纯的东西,所以最重分析,越分析越精密越便利。我们先从历史上分民间文学文人文学为二。而文人文学之中,性质又很不同,所以又把他分为二。一是贵族的,二是平民化的"④,徐嘉瑞认为文学分类越细致,论述也越准确,"文学分类关系文学史者至大,分析不精,则进化变迁之公例,必不能明"⑤。当然由于古

---

① 徐嘉瑞著,马曜主编、徐演执行主编:《中国文学史大纲》,《徐嘉瑞全集》(卷一),云南大学出版社2008年版,第269页。
② 徐嘉瑞著,马曜主编、徐演执行主编:《近古文学概论》,《徐嘉瑞全集》(卷一),云南大学出版社2008年版,第153页。
③ 徐嘉瑞著,马曜主编、徐演执行主编:《〈西厢〉源流考》,《徐嘉瑞全集》(卷四),云南大学出版社2008年版,第254页。
④ 徐嘉瑞著,马曜主编、徐演执行主编:《中古文学概论》,《徐嘉瑞全集》(卷一),云南大学出版社2008年版,第60页。
⑤ 徐嘉瑞著,马曜主编、徐演执行主编:《近古文学概论》,《徐嘉瑞全集》(卷一),云南大学出版社2008年版,第60页。

第二章 基于"平民文学"思想的文学史观 121

代文人身份也常属于贵族阶级，存在难以完全将"文人文学"和"贵族文学"厘清的情况，也存在分类过于细致造成分析困难的情况，徐嘉瑞认为这是由于历史现象的纷繁复杂造成的，并非分类方法的问题，"因为民间文学和文人文学，经悠久的历史，中间错综交流，把原来的流域漫灭，以致不能分析……像这样复杂纠纷的现象，不能怪我们方法不对，只能怪我们分析不精"。①

第四，徐嘉瑞的"三线文学观"受进化论影响，认为中国文学发展方向呈线性前进的状态，他说"我们把文学史看成一种文化发展的过程，文学是变化发展的，就从形式方面来说也是'变动不居'的"②。在用发展的眼光看待文学史的同时，徐嘉瑞秉持"革故鼎新"的观点，认为新文学观必将取代旧文学观。在中国救亡图存的社会背景下，以徐嘉瑞为代表的中国现代学者从"进化"中延伸出"革命"之意，认为"人为的进化"即为"革命"。本着进化论中弃旧图新的思想，中国文学界亦积极寻求变革，引发了文学革命。若说晚清文学的"三界革命"是在传统文学内部进行的调整，那么"五四"以来的文学革命是彻底地从文学观念、文学语言和思想内容方面的革新。文学领域的变革当然也会影响到学者们对文学史的重新认识。所以学者们一反传统，不再只用"文必秦汉，诗必盛唐"的复古观看待文学发展，而是以一种新的价值标准重新审视、评价中国文学史，认为"一代有一代之文学"，强调文学的运动、发展和进步，最终实现了中国文学的现代转型。

第五，徐嘉瑞提出"三线文学观"带有较强主观色彩，注重文学史书写的实用性。历史的发展是客观的，但任何一种对历史的叙述都会不可避免地带上主观色彩。在西方现代思想的影响下，徐嘉瑞的文

---

① 徐嘉瑞著，马曜主编、徐演执行主编：《中古文学概论》，《徐嘉瑞全集》（卷一），云南大学出版社2008年版，第60页。
② 徐嘉瑞著，马曜主编、徐演执行主编：《云南农村戏曲史》，《徐嘉瑞全集》（卷四），云南大学出版社2008年版，第8页。

学史观用新的价值标准衡量中国文学史，由此编写出的文学史必然会服务于不同的阶级，产生不同的社会效用。在现代文学观念指导下的文学史书写是文学革命的一个组成部分，文学革命又是整个中国社会变革的一个组成部分。换言之，20世纪上半期的文学史研究和写作的目的性较强，徐嘉瑞期望借由新的文学史观的确立和文学革命的开展为整个社会的变革提供思想的动力。此外，同时期的许多学者亦持相同观点，如陈独秀在《文学革命论》中说："欲革新政治，势不得不革新盘踞于运用此政治者精神界之文学，使吾人不张目以观世界社会文学之趋势及时代之精神，日夜埋头故纸堆中，所目注心营者，不越帝王权贵鬼怪神仙与夫个人之穷穷通利达，以此而求革新文学革新政治，是缚手足而敌孟贲也。"① 所以，徐嘉瑞提出的"三线文学观"不仅具有学术价值，更具有社会现实意义。

第三节　徐嘉瑞论"平民文学"对中国古代正统文学发展的影响

与其他学者相比，徐嘉瑞的文学史观更多是研究了文学发展的规律及影响文学发展的因素。徐嘉瑞认为他的文学史就是要解答"平民文学"对正统文学产生的影响，他阐释《近古文学概论》的写作目的是"所述的是要知道民众文学怎样产生，和怎样影响到文人文学"。② 姜亮夫认为徐嘉瑞的文学史的长处在于："一、认清了文学的'史'的演进方法。二、认清了演进方法中的最重要的动力条件。"③ 在徐嘉瑞基于"平民文学"的文学史观中，认为中国古代文学发展的路径如下："平民文学"是

---

① 陈独秀作，朱德发、赵佃强编：《文学革命论》，《国语的文学与文学的国语——五四时期白话文学文献史料辑》，人民出版社2013年版，第16页。
② 徐嘉瑞著，马曜主编、徐演执行主编：《近古文学概论》，《徐嘉瑞全集》（卷一），云南大学出版社2008年版，第77页。
③ 姜亮夫著，马曜主编、徐演执行主编：《近古文学概论序》，《徐嘉瑞全集》（卷一），云南大学出版社2008年版，第65、66页。

推动正统文学发展的动力,"平民文学"的自身发展受到外域文化,尤其是佛教的影响,在其得到充分发展的基础上,进一步促进正统文学发展,"平民文学"是正统文学发展的基石和养分。

一 徐嘉瑞研究佛教对"平民文学"发展的影响

关于佛教对"平民文学"产生的影响,徐嘉瑞在1936年出版的《近古文学概论》主要研究的是佛教变文对中国民间小说产生和发展的影响,他在该书出版的前后也陆续发表了多篇研究佛教与文学关系的学术论文。

(一)徐嘉瑞的佛教变文研究的背景

清朝末年,敦煌藏经洞被意外打开,发现了丰富的佛教经卷、民间文学、经史子集类著作、词曲和话本等,敦煌文学的发现引发了国内外研究的热潮。最初是来自欧洲的探险者伯希和和斯坦因以极低的价格买回大量经卷,欧洲的汉学家在占有第一手资料的基础上开始了敦煌文学研究,法国汉学家沙畹是早期整理研究敦煌文学的学者。中国学者对敦煌文学的研究,有的是对敦煌文学进行了整理编订,如罗振玉是国内较早研究敦煌文学的学者,他的《敦煌拾零》中翻印了《佛曲三种》;有的是直接购买敦煌残卷进行研究,如胡适收藏有敦煌的《降魔变文》;还有的便借助访学、工作和流亡等机会,在欧洲图书馆中对流失海外的敦煌文学进行抄录、拍照和研究,因为最珍贵的敦煌遗书多被伯希和与斯坦因掠至欧洲,如王重民被派至英法工作的5年期间,大量接触了伯希和和斯坦因盗去的敦煌遗书材料,他进行了系统的研究,编成了《伯希和劫经录》等书,并在国内重要报刊发表了多篇论文;郑振铎在流亡英法时,也在巴黎图书馆对敦煌文学原始资料进行了抄录,发表了《三十年来中国文学新资料发现记》一文;还有刘半农也从巴黎抄回很多敦煌文学作品,整理为《敦煌掇琐》一书出版。

在20世纪初"敦煌热"的研究背景下,徐嘉瑞也十分重视敦煌文学研究，一方面他在文学史中多次引用法国的敦煌学研究者沙畹的观点；另一方面他依据发现的敦煌文学的材料发表多篇论文，如《外国乐曲输入中国的译音变化》《对于敦煌发现佛曲的疑点》《中国长篇白话小说起源》《秦妇吟本事》等；同时他也在《近古文学概论》中列专章"敦煌佛曲"对敦煌文学进行讨论。徐嘉瑞在研究敦煌文学的过程中，看到这些作品的内容和形式与佛教密切相关，并不完全符合中国传统文学的审美趣味。可以这么说，敦煌文学的发现为学界认识中国古代文学发展找到了一个至关重要的外部动力——佛教的影响，徐嘉瑞在《近古文学概论》中也说："中国文学，无时不受到外来的影响，'尤其是西域'。"①

（二）徐嘉瑞论佛教变文对中国民间小说的影响

在徐嘉瑞1944年发表的《词与交通》中认为，佛教传入中国具有复杂的社会历史背景，主要是伴随民间商业贸易传入中国的。中国在初唐年间与西方的交流是通过西突厥作为中介，后随着唐王朝文治武功的强盛，经过盛唐年间的武力扩张后，唐王朝成了西域的实际控制者，并设立了安西都护府管理西域地区。在强盛的唐王朝管理之下，西域地区的交通畅通而稳定，频繁的民间商贸往来得以开展，伴随着商贸活动有了密切的中西之间的民间文化交流，徐嘉瑞引用法国汉学家沙畹的言论，说道："经行突厥境内者，不仅商货而已，思想亦遵循商道而为转移。"②徐嘉瑞认为佛教是在这样的背景下在中国广为传播并产生了深远影响。佛教传入中国后，不仅需要上层贵族信奉，更需要在民间传播教义，为了便于普通百姓接受佛教教义，扩大佛教在民间的影响，佛教讲经结合音乐通过有说有唱的形式传播思想，讲是用散文，唱是用韵文，内容主要是佛经故事，于是出现了变

---

① 徐嘉瑞著，马曜主编、徐演执行主编：《近古文学概论》，《徐嘉瑞全集》（卷一），云南大学出版社2008年版，第99页。
② 徐嘉瑞著，马曜主编、徐演执行主编：《词曲与交通》，《徐嘉瑞全集》（卷一），云南大学出版社2008年版，第459页。

文。在徐嘉瑞的佛教变文研究中，需要注意的是，徐嘉瑞在文学史表述中对"变文"一词的使用有一个变化的过程。徐嘉瑞在早期文学研究中，一方面由于敦煌遗书残缺严重导致其中部分文字难以辨识，对变文的认识不充分，另一方面由于较重视音乐在文学发展中的作用，所以将变文与佛曲混同起来，放在"音乐史"的章节下讨论，未认识到变文与唐代佛曲在内容上的不同，如他说："《佛曲》输入中国以后，中国民间文学受了很大的影响，民间大大地流行。七字句的长篇叙事诗，在唐代已经大大流行。"[①] 随着学界对敦煌变文研究的深入，徐嘉瑞才逐渐将"变文"与"佛曲"清晰地区分开，只是在语言表达中仍经常将两者交叉使用。

徐嘉瑞在研究中认为佛教对"平民文学"发展的影响，主要体现为促进"平民文学"出现新文体，尤其是认为民间长篇白话小说的产生主要是受到佛教变文的影响，他说："我们把佛曲变文加以分析，分析的结果，知道变文的本身已经有两种不同的倾向。（1）散文部分特别多，韵文部分较少的如《佛本行经变文》等是；（2）韵文部分特别多，散文部分较少的如《譬喻经变文》等是。第一种是小说的远祖，第二种是弹词的远祖。"[②] 徐嘉瑞基于以下两个原因认为中国民间长篇白话小说源于佛教变文。

第一，徐嘉瑞认为变文不是中国本土的传统文体，是从外域传入的，"这一类《佛曲》决非由中国古代文学（诗赋乐府小说散文）遗传进化而来，是由外国音乐输入中国的"[③]。徐嘉瑞认为佛教变文与印度宗教诗歌的体裁类似，他列举了印度婆罗门教的《祀法书》，这是一种赞美神祇的韵文和散文混合的特殊诗体，他认为包括婆罗门教

[①] 徐嘉瑞著，马曜主编、徐演执行主编：《近古文学概论》，《徐嘉瑞全集》（卷一），云南大学出版社2008年版，第118页。

[②] 徐嘉瑞著，马曜主编、徐演执行主编：《中国长篇白话小说起源》，《徐嘉瑞全集》（卷一），云南大学出版社2008年版，第476—477页。

[③] 徐嘉瑞著，马曜主编、徐演执行主编：《近古文学概论》，《徐嘉瑞全集》（卷一），云南大学出版社2008年版，第115页。

和佛教在内的印度宗教诗歌的体裁均相似,都是由韵文和散文混合而成。这样体裁的文学作品与中国传统文学有较大不同,"中国原有的文学体裁是单纯的,骈文是骈文,散文是散文。变文则不同,它吸取印度散韵重叠的表现形式,又渗透以中国民族形式的诗文载体,夹杂了民间歌曲的因素,唱白并用,讲的部分用散文,唱的部分用韵文,边唱边讲,唱多讲少"。①

第二,徐嘉瑞认为变文与中国民间通俗小说的结构没有太大区别,他通过对《文殊问疾》《欢喜王夫人佛曲》《佛本行经变文》等变文的结构组织进行分析,认为变文由四个部分组成:白、断诗、经和侧,其中白即是说白,属于散文,侧即是本曲,属于韵文,它们是变文最主要的组成部分。

如《大目乾连冥间救母变文》(片段):

"和尚却归,为传消息,交令造福,以救亡人。除佛一人,无由救得。愿和尚捕提涅槃,寻常不没,运载一切众生智惠,钮勤磨不烦恼林而诛威行,普心于世界,而诸佛之大愿,倘若出离泥犁,是和尚慈亲普降。"目连问以,更往前行。时向中间,即至五道将军坐所,问阿娘消息处:

五道将军性令恶,金甲明晶,剑光交错,左右百万余人,总是接长手脚。叫激似雷惊振动,怒目得电光耀鹤,或有劈腹开心,或有面皮生剥。

目连虽是圣人,煞得魂惊胆落。目连啼哭念慈亲,神通急速若风云。

若闻冥途刑要处,无过此个大将军。左右攒枪当大道,东西立杖万余人。

纵然举目西南望,正见俄俄五道神。守此路来经几劫,千军

---

① 方立天:《中国佛教与传统文化》,中国人民大学出版社2012年版,第266页。

万众定刑名。

　　从头自各寻缘业，贫道慈母傍行檀。魂魄漂流冥路间，若问三涂何处苦，

　　咸言五道鬼门关。畜生恶道人遍绕，好道天堂朝暮间。一切罪人于此过，

　　伏愿将军为检看。将军合掌启阇梨，不须啼哭损容仪，寻常此路恒沙众，

　　卒问青提知是谁。太山都要多名部，察会天曹并地府。文牒知司各有名，

　　符吊下来过此处。今朝弟子是名官，暂与阇梨检寻看。百中果报逢名字，放觅纵由亦不难。

　　将军问左右曰："见一青提夫人以否？"左边有一都官启言："将三年以前，有一青提夫人，被阿鼻地狱牒上索将，见在阿鼻地狱受苦。"目连闻语，启言将军。报言："和尚，一切罪人，皆从王边断决，然始下来。"

　　从该段变文可见，第一段和最后一段都是散文，交代了目连救母的缘起和决心，并言明目连之母的下落。该段变文中关于目连在地狱中所见所闻的长达十六句的描述都是韵文，这段韵文每句七个字，前后押韵，韵文和散文交织无法分割。由此，变文的结构特点就十分清晰了，一是变文的体制是韵文和散文混合而称；二是变文的篇幅都较长，这样的结构对中国民间小说的出现产生了重要影响。

　　徐嘉瑞在分析变文结构的基础上，将京本通俗小说《拗相公饮恨半山堂》《陈可常端阳仙化》《崔待诏生死冤家》《范鳅儿双镜重圆》等与佛教变文比较，看到宋代以后的白话小说和变文一样，篇幅都很长，更重要的是在散文之外，文中有大量韵文，韵文多为小说中的首尾的诗歌和中间点缀的诗歌。经过将变文与民间小说的结构进行细致对比后，徐嘉瑞明确认为变文推动了中国民间长篇白话小说的出现，

他说:"小说是由变文演变而成,已经不是假想,而是事实了。中国从汉到唐,从唐到宋,一千多年只有短篇笔记体传奇的小说。到了宋代,突然产生长篇小说,除了用变文来做他突变的因素外,找不到其他的解释。"①

除小说之外,徐嘉瑞认为弹词和宝卷也是从变文的组织中产生的,认为变文中韵文较多的部分,如《太子变文》和《譬喻经变文》是弹词和宝卷这类民间通俗文学的祖先,他说:"印度经中的体裁即是弹词体的祖宗,中国在唐以前找不出这样鸿篇巨制的文字。因此,中国的弹词不是中国人创作,而是模仿翻译印度体文字。"② 同时,徐嘉瑞认为中国戏曲散白兼用的体裁也是得益于变文的影响,他说:"我以为中国戏曲受佛曲的影响很大。因为佛曲是散文,有韵文,即是有唱曲、说白,所缺乏的只是动作,只要加上动作,就成为戏剧。"③

在20世纪初中国的敦煌研究热中,认识到佛教文学促进了中国"平民文学"发展的学者不只有徐嘉瑞,梁启超、胡适和郑振铎等学者亦持相同观点。郑振铎将敦煌文学放入中国俗文学史的研究中,说:"在敦煌所发现的许多重要的中国文书里,最重要的要算是'变文'了。在'变文'没有发现以前,我们简直不知道'平话'怎么会突然在宋代产生出来?'诸宫调'的来历是怎样的?盛行于明、清二代的宝卷、弹词及鼓词,到底是近代的产物呢?还是'古已有之'的?但自从三十年前史坦因把敦煌宝库打开了而发现了变文的一种文体之后,一切的疑问,我们才渐渐的可以得到解决了。我们才在古代文学与近代文学之间得到了一个连锁。……我们才明白许多千余年来

---

① 徐嘉瑞著,马曜主编、徐演执行主编:《中国长篇白话小说起源》,《徐嘉瑞全集》(卷一),云南大学出版社2008年版,第477页。
② 徐嘉瑞著,马曜主编、徐演执行主编:《近古文学概论》,《徐嘉瑞全集》(卷一),云南大学出版社2008年版,第115页。
③ 徐嘉瑞著,马曜主编、徐演执行主编:《云南农村戏曲史》,《徐嘉瑞全集》(卷四),云南大学出版社2008年版,第47页。

支配着民间思想的宝卷、鼓词、弹词一类的读物,其来历原来是这样的、这个发现使我们对于中国文学史的探讨,面目为之一新。"① 在这一时期,佛教变文促进中国民间文学发展的看法得到了学界普遍认同。

二 徐嘉瑞研究"平民文学"推动中国古代正统文学的发展

徐嘉瑞基于"平民文学"的文学史观认为中国古代文学发展的脉络是:佛教文学促进了"平民文学"中新文体的出现和发展,"平民文学"在普通百姓中流行后,又影响了文人创作。以变文为例来看,其主要内容是讲述佛经故事,先是在民间流行,然后普通百姓和说书艺人将中国历史故事结合变文的结构演述进去,推动了中国民间白话小说的出现,徐嘉瑞说:"这些演述佛事的变文,在民间极为流行,因此有人依其格式,换其内容,将古代的历史故事演述进去,因此非佛教故事的变文,就因之而起了。如舜子至孝变文、列国传、明妃传诸篇都是。"② 随后,民间白话小说的流行又影响文人小说的创作,如《西游记》《水浒传》等由文人创作的小说的结构也都受到变文影响,徐嘉瑞说:"我想小说所以叫演义,叫说话,是由变文中的说白部分产生出来的。又变文的说白部分,是骈散相间。小说中如《西游记》中忽然来上一段骈文加以描写的,也是从变文中的说话部分蜕化来的。"③ 于是,中国古代文学得以全面的发展。

徐嘉瑞的文学史确立了以"平民文学"为中心的新文学史观,认为"平民文学"才是中国古代文学的主流,认为中国正统文学文体产生的根源在"平民文学",每一种文学文体的发展都需从"平民文学"的语言和情感中汲取营养。总而言之,"平民文学"是中国正统

---

① 郑振铎:《中国俗文学史》,商务印书馆2009年版,第162页。
② 徐嘉瑞著,马曜主编、徐演执行主编:《中国长篇白话小说起源》,《徐嘉瑞全集》(卷一),云南大学出版社2008年版,第478页。
③ 同上书,第475页。

文学发展的基石和养分。

（一）徐嘉瑞指出"平民文学"是中国古代正统文学发展的基石

徐嘉瑞把"平民文学"看作中国正统文学新文体萌生的土壤，他说："平民文学是民众全体的文学，是社会全体的产物，研究文学起源（尤其是平民文学）应当注意民众全体——社会全体——社会文化全体，才能得着文学的生命起源，不然都是盲人跳舞。"①徐嘉瑞认为"平民文学"是中国正统文学产生的基础，诗歌、词、戏曲和小说等文体均起源于民间，"文学最初，不过最微小之平民文学而已，儿童之歌谣、田野之徒歌、委巷男女抒情之什，不入于士大夫之耳。其个体异常细微，而其生命之势力，则异常充实，其流行亦异常广元。如楚之《九歌》，诗之《国风》，汉魏六朝之《乐府》，平民之词，宋代之杂剧，金之《院本诸宫调》，元之《剧曲》是也"。②

具体从各种文体的产生而言，徐嘉瑞认为"文学的起源，以诗歌为先""文学发达，都是先有诗而后有文"，中国最早出现的文体是诗歌，且在先秦已较为发达。徐嘉瑞看到民间歌谣是古代正统诗歌产生的基础，尤其是反映农业劳动的诗歌，徐嘉瑞说："无论何国祭典，都相伴于农业。在中国祭典中，雩宗祭水旱，大蜡祭万物，同农业都有密切关系……所以文学方面，在上古时代主要的是农诗，或是简单的农剧。"③徐嘉瑞更以诗体句式演变为线索，发掘民间歌谣对正统诗歌发展的影响。徐嘉瑞认为："其实中国历代的新诗，如乐府、如词、如曲，都是从大众中生长出来的"④"七言绝句亦起源于民间，以后文人模仿，遂放特

---

① 徐嘉瑞著，马曜主编、徐演执行主编：《近古文学概论》，《徐嘉瑞全集》（卷一），云南大学出版社2008年版，第169页。
② 徐嘉瑞著，马曜主编、徐演执行主编：《中古文学概论》，《徐嘉瑞全集》（卷一），云南大学出版社2008年版，第69页。
③ 徐嘉瑞著，马曜主编、徐演执行主编：《中国田园诗人陶潜》，《徐嘉瑞全集》（卷一），云南大学出版社2008年版，第503页。
④ 徐嘉瑞著，马曜主编、徐演执行主编：《大众化的三个问题》，《徐嘉瑞全集》（卷三），云南大学出版社2008年版，第120页。

殊之光彩……六朝时候已经有七言四句的民谣在民间大大流行,所以唐代诗人才取来做新体诗,美其名七绝,霸为己有,以为七绝那时文人创造的,其实他们何尝有创造新体诗的能力!"①

关于诗歌的起源,鲁迅先生曾提出"杭育杭育派"的观点,认为诗歌旋律是与上古人类的劳动节奏对应,多为两音一顿或一音一顿,所以中国最早的诗体多以二言、三言为主,如中国最古老的诗歌《弹歌》:"断竹,续竹;飞土,逐宍",共四句八字,就是二言诗,表现了上古人类的狩猎活动。论及中国诗歌的起源,徐嘉瑞在认同诗歌起源于人类的劳动的同时,认为上古诗歌和商周诗歌"大部是赝品,仅可备为传说,不可信为实录"②,认为中国诗歌的真正源头需从《诗经》谈起。徐嘉瑞把《诗经》中的"风诗"看作纯正的平民文学,认为"'风'是中国最古的民谣,一切文学的源泉",他引用郭绍虞的话佐证自己的观点:"一般研究文学史的人,推论文学之缘起,以为始于风谣,风谣实是最古的文学。"③徐嘉瑞认为《诗经》中由文人士大夫创作的"雅诗"和"颂诗"产生的年代略晚于"风诗",在句式结构上多受到了"风诗"的影响,"还没有文字以前就有民间歌谣(风),而'雅'却是有了文字以后,士大夫知识分子模仿'风'而做的"④,"雅是知识分子的作品,但是最初还是受到平民文学的影响,是由民间文学变化而来的"⑤。

如果说《诗经》所收录的多为中原地区的诗歌,遥远神秘的楚地孕育着另一种新诗体——楚辞,楚辞的代表作家是屈原。徐嘉瑞曾在

---

① 徐嘉瑞著,马曜主编、徐演执行主编:《近古文学概论》,《徐嘉瑞全集》(卷一),云南大学出版社2008年版,第145页。

② 徐嘉瑞著,马曜主编、徐演执行主编:《中国文学史大纲》,《徐嘉瑞全集》(卷一),云南大学出版社2008年版,第243页。

③ 徐嘉瑞著,马曜主编、徐演执行主编:《近古文学概论》,《徐嘉瑞全集》(卷一),云南大学出版社2008年版,第288页。

④ 徐嘉瑞著,马曜主编、徐演执行主编:《诗经选读》,《徐嘉瑞全集》(卷一),云南大学出版社2008年版,第288页。

⑤ 同上书,第295页。

武汉华中师范大学任教，在武汉期间，他多次考察屈原故乡，完成了《离骚统笺》和楚辞研究的系列论文。徐嘉瑞认为屈原所作《九歌》的内容和风格，受到楚地的民歌民谣和民间宗教歌舞的影响。对于《九歌》受到何种民间文学的影响，徐嘉瑞引用王逸的《楚辞注》认为其是受影响于民间祭祀的乐舞，"王逸《楚辞》注云：'屈原出见俗人祭祀之礼，歌舞之乐，其辞鄙陋，因为作九歌之曲。'"①徐嘉瑞还从楚国的祖先、楚国的风俗和巫师的身份这三方面对《九歌》进行考证，认为"《九歌》是巫歌，是一种宗教歌舞，是吁嗟之歌……是南方楚民族文化的结晶，是超出于儒教思想以外的中国古代南方文化，是楚民族的古代歌谣，是平民的作品，而不是文人的创作"②。可见，徐嘉瑞认为《九歌》是屈原在楚地民谣影响下，为楚国祭祀和娱乐鬼神创作的歌舞词，所以《九歌》的组织也接近楚国的民谣体。除《九歌》外，徐嘉瑞从句式上分析认为屈原其他部分创作也受到楚国民歌影响，"屈原还采用民歌体来创作，即是《离骚》和《九章》。《离骚》在一定位置上加和声，即两句间加'兮'，一定的字数第四字上加一定的联接词"③，徐嘉瑞看到诗句加入"兮"字作助词，将整齐的四言变为五言或七言，使诗歌充满了楚地浓郁的神巫色彩。

民间歌谣在百年间经过妇孺儿童之口代代传唱，在汉代被官方搜集整理后统称为"汉乐府"。时至秦汉，中央政府开始重视民间歌谣，设立了专门的音乐机构进行搜集整理，也模仿民谣进行乐舞的创作，这些机构在秦代称太乐署，在汉代称乐府。《汉书》记载："武帝乃立乐府，采诗夜诵，有赵代秦楚之讴。"至汉成帝末年，乐府发

---

① 徐嘉瑞著，马曜主编、徐演执行主编：《近古文学概论》，《徐嘉瑞全集》（卷一），云南大学出版社2008年版，第75页。
② 徐嘉瑞著，马曜主编、徐演执行主编：《九歌的本质》，《徐嘉瑞全集》（卷二），云南大学出版社2008年版，第182—183页。
③ 徐嘉瑞著，马曜主编、徐演执行主编：《屈原诗歌的现实主义与人民性》，《徐嘉瑞全集》（卷二），云南大学出版社2008年版，第197页。

展为颇具规模的音乐机构,文人士大夫们受到这些民歌的影响,开始大量仿制创作诗歌,文人仿制的诗歌和民间歌谣一同被称为"汉乐府"。徐嘉瑞认为文人士大夫写的乐府诗多是对汉代民间歌谣《相和歌辞》《鼓吹曲辞》《横吹曲辞》的模仿。这些民间歌谣以唱诵为主,为了表情达意的方便,在句式和音乐上并没有严格规范,于是在语言上很多都是杂言诗,如《中古文学概论》中收录的《妇病行》:

> 病连年累岁,传呼丈夫前一言。
> 当言未及得言,不知泪下一何翩翩?
> 属累君两三孤子,莫我儿饥且寒!
> 有过慎莫笞答,行当折摇,思复念之。
> 乱曰:抱时无衣,襦复无里,闭门塞牖舍。
> 孤儿到市,道逢亲交,泣坐不能起。
> 从乞求,与孤买饵,对交涕泣,泪不可止。
> 我欲不伤悲,不能已。探怀中钱,持授之。
> 入门见孤儿,啼索其母抱。
> 徘徊其舍中,行复尔耳,弃置勿复道![1]

该诗的句式是三言、四言、五言、六言和七言交替杂糅,不同于《诗经》多为整齐划一的四言句式,同时这首乐府诗饱含感情,把一个妇人在病重时对儿子的牵挂,声泪俱下地表现了出来。后在文人仿制的乐府诗中也多见杂言诗,其中也不乏描写人民生活困苦的佳作,徐嘉瑞的《中古文学概论》还收录了曹丕的《上留田行》:

> 居世一何不同?上留田!
> 富人食稻与粱,上留田!

---

[1] 徐嘉瑞著,马曜主编、徐演执行主编:《中古文学概论》,《徐嘉瑞全集》(卷一),云南大学出版社2008年版,第23页。

>　　贫子食糟与糠，上留田！
>　　贫贱亦何伤？上留田！
>　　禄命悬在苍天，上留田！
>　　今尔叹息，将欲谁怨？上留田！

徐嘉瑞认为通过此诗可想见当时人民的困苦，其中情感与云南民谣《秧歌》颇有相通之处。

诗体在演变过程中，受到民间歌谣影响，音律句式上不再有严格束缚，整齐划一的诗歌句式演变为长短句，可以配合音乐演唱，于是词体诞生了。在词的起源上，徐嘉瑞认为与市民社会密切相关的民间词曲是文人词作产生的基础，徐嘉瑞认为"宋人之词，皆士大夫拟民间之词而作，与拟古乐府相同，除苏、辛、秦、柳文人之词而外，必有更浅俗鄙俚之民众之词之存在"。[①] 自敦煌莫高窟收藏文卷的问世后，为徐嘉瑞的观点提供了充分的佐证。1900年，敦煌的大门被打开后，莫高窟中除了发现佛教文书外，还有大量的唐代以来的经、史、子、集典籍、字画和民间词曲等。这些典籍中的词曲经整理成书后被称为《云瑶集杂曲子》，是中国现存最早的词选，其中大部分都是唐末五代时期的民间词。徐嘉瑞将这些敦煌出土的词曲与文人词相比，发现宋代文人词的语言虽已十分通俗，敦煌词中确有比文人词更加浅俗鄙俚的民众之词。徐嘉瑞在《近古文学概论》中引录了敦煌词中的《长相思》《雀踏枝》《西江月》《风归云》《天下传孝十二时》等，认为这些词与文人创作的词相比较，在语言上比柳永最浅俗的词作更加俚俗，体裁也更加独特，"足见真正之民众之词，其体裁风格，别为一体。而文人之词，早已为文人改变，面目失真，所谓上不似诗，下不似曲者，但可为文人之词说法；而真所谓民众之词，则上不似诗而下颇似曲也。"[②] 徐嘉瑞认为在唐宋民

[①] 徐嘉瑞著，马曜主编、徐演执行主编：《近古文学概论》，《徐嘉瑞全集》（卷一），云南大学出版社2008年版，第150页。

[②] 同上。

第二章 基于"平民文学"思想的文学史观

间流行的曲词不像诗歌,更像小曲,应是文学进化过程中重要的一个阶段,是最原始之词。关于"词"名称的形成,徐嘉瑞认为其最初称为"曲子词",是因为"当时之词皆民间流行的作品(乐曲),其词颇为通俗,故当时亦名曲子"。[①]

徐嘉瑞通过对句式和风格的分析,认为最早的文人词源于唐末的民间词,同时,他还对宋代民间社会环境进行研究,认为在宋代民间流行的词作也对文人创作产生了影响,"勾栏一名瓦子,是妓寮,也是词曲小说发源的地方"。[②] 徐嘉瑞看到早期的民间歌词多为宴会娱乐的唱本,用词曲娱宾佐欢的风气至宋代更甚,中国市民社会至宋代初步形成,繁荣的市民社会是民间曲词创作、风格形成和流行传播的基础。徐嘉瑞引用宋人孟元老的《东京梦华录》书中说"近北则中瓦,次里瓦,其中大小勾栏五十余座。内中瓦子莲花棚,牡丹棚,里瓦子,夜叉棚,象棚最大,可容数千人。自丁仙现,王团子,张七圣辈,后来可有人于此作场。瓦中多有货药卖卦,唱故衣,探搏饮食剃剪,纸画令曲之类"[③],徐嘉瑞由这段记载分析认为:"可以看出当时的词曲小令都是由勾栏中产生出来,编这些小令词曲的人是当时的平民文学家,也即是一种流氓。他们奔走在娼妓与富商大贾的身边,编造出一些即景调情伤离惜别之作,以娱游客。其中最流行的曲子,印刷成书,在瓦子附近贩卖。"[④] 徐嘉瑞在《近古文学概论》中列举了当时的一些平民文学家,如丁仙现、曹元宠、张七圣等,认为他们在勾栏瓦肆中创作词曲,词曲成为歌女们表演的必需,她们又为这些词曲的传播起到一定作用。徐嘉瑞的文学史认为随着民间词曲的流行,文人不满意民间词曲的语言通俗浅白,于是加以修改另作新词,但是

[①] 徐嘉瑞著,马曜主编、徐演执行主编:《近古文学概论》,《徐嘉瑞全集》(卷一),云南大学出版社2008年版,第151页。
[②] 徐嘉瑞著,马曜主编、徐演执行主编:《词曲与交通》,《徐嘉瑞全集》(卷一),云南大学出版社2008年版,第466页。
[③] 同上书,第465页。
[④] 同上。

文人词在体制、词调、句式和音调上都受到民间词曲的影响,"文人之词不独体制来自民间,而音调亦取之民间"。

对于小说这种新文体的产生,徐嘉瑞认为是在封建社会后期,随着市民社会的形成,逐渐发展起来的,民间小说和说书人的话本是文人小说产生的基础。民间小说的题材部分来自于历史事件,客观的史实经过普通百姓祖祖辈辈、家家户户的不同叙述后,主人公的数量增加了、事件的情节丰富了、故事的内涵也更加深厚。随着市民社会逐渐形成后,在汴梁、杭州这些大都市里出现了职业的说书艺人,《东京梦华录》的"京瓦伎艺"条里记载了有专讲三国故事的霍四究、专讲五代故事的尹常卖,徐嘉瑞在《近古文学概论》中也记录了乔万卷、李郎中、宋小娘子等说书家的姓名。徐嘉瑞看到"不唯文人诗歌由平民诗歌而起,而小说等亦非文人创作,乃由平民说书而起者也。最伟大之《三国演义》恐非文人创作,乃平民口讲之小说,后乃为文人集而笔之于书者也。孟元老《东京梦华录·京瓦伎艺》有霍四究说三分,盐谷温语谓说三分即说《三国》,则《三国》乃起源于妓寮中之平民说书家也。又有尹常卖说《五代史》,乃今日始出世之《五代史平话》之起源也。平民说书皆以口述,而听众皆按日而来,《东京梦华录》所谓不以风雨寒暑小间。诸棚观看人,日日如是者是也。故起头即云:话说大宋某年……而长篇故事,非一日所能毕,故必分若干会,且告听众云:'未知后事如何?且听下回分解。'此即章回小说起源于民间之自然的形式也。"[①] 从此段讲述可见,作为说书人底稿的话本成了文人小说的雏形,说书人的话本为文人小说情节发展奠定了基础,说书人讲述的方式也对文人小说的章节结构产生了影响。同时,说书人的现场表演也促进了小说的流行,徐嘉瑞说"勾栏附近,就卖着纸画令曲。不仅只是令曲,还有许多小说都是瓦

---

① 徐嘉瑞著,马曜主编、徐演执行主编:《中古文学概论》,《徐嘉瑞全集》(卷一),云南大学出版社2008年版,第76页。

子印行的"。① 在说书人讲述完毕后，受欢迎的故事被大量公开印刷，作为文本被保存下来，文人创作的话本小说和章回小说无不受到它们的影响，《三国演义》的主要情节在话本《全相三国志平话》已经完备；《西游记》是吴承恩在话本《大唐三藏取经诗话》基础上整理加工为小说的，其中已经存在孙行者的角色；《水浒传》是在《大宋宣和遗事》里保存的话本《梁山泊聚义本末》基础上发展为小说的，梁山好汉也由最初的三十六人发展至一百〇八人。

徐嘉瑞认为正统戏曲产生的民间基础有二：一是民间勾栏瓦肆的表演；二是民间的村坊小戏。戏曲作为综合艺术出现时间较晚，戏曲的出现需建立在其他门类艺术发展完善的基础上。徐嘉瑞认为勾栏中的民间曲艺表演已经孕育着戏曲的萌芽，他在《词曲与交通》中说："所谓勾栏，即是宋代的妓院，也是戏曲发源的地方，故金杂剧名'院本'。"② 原因在于戏曲是综合艺术，在勾栏瓦肆中表演的各种民间艺术为戏曲的出现奠定了基础，徐嘉瑞说："小说、歌舞、傀儡、杂扮都是戏曲的幼虫，而戏曲即是小说、歌舞、傀儡、杂扮的化合物……只需拿小说作材料，用音乐谱了出来，歌唱的歌唱，跳舞的跳舞，表演的表演，遇排演英雄剧的时候，把武术参加进去，于是构成了最完备的歌舞剧、表演剧、歌舞表演混合剧、历史剧、神话剧、英雄剧等等。"③ 由此可见，戏曲的出现是依赖于各种民间技艺的发达，"小说、歌舞、音乐、表演、武术已经样样发达，戏剧的基础和材料已完备了。所以北宋之末，南宋之初，北方产生了'北曲'，南方产生'南曲'，是很容易的事"。④

在民间技艺的基础上，民间戏曲形成并开始流行，这些民间小戏

---

① 徐嘉瑞著，马曜主编、徐演执行主编：《词曲与交通》，《徐嘉瑞全集》（卷一），云南大学出版社2008年版，第466页。

② 同上。

③ 徐嘉瑞著，马曜主编、徐演执行主编：《近古文学概论》，《徐嘉瑞全集》（卷一），云南大学出版社2008年版，第172—173页。

④ 同上书，第173页。

成了正统戏曲产生的前提。徐嘉瑞引用《南词叙录》和《都城纪胜》等书观点,说明"戏曲是由各地方土戏多元的发生,最初不过是在乡村中流行,音调也很简单,不过是顺口可歌的村坊小戏"。① 徐嘉瑞认为戏曲的产生远在元代之前,"宋代的南方戏剧,遂不止温州一处,除温州外,还有海盐、余姚、慈溪、黄岩、永嘉等处,都有俳优,足见南戏在宋代早已流行民间了"。② 随着民间小戏的流行,民间戏曲在题材和语言等方面对文人戏的创作产生影响,仅就《西厢记》而言,徐嘉瑞认为经历了其改编后由"平民文学"变为"文人文学"的过程,"以《西厢》一书而论,由商调《蝶恋花鼓子词》一变而为董解元之《西厢掐弹词》,三转而为王实甫《西厢》,四转而为明之南《西厢》"。③ 徐嘉瑞出于对戏剧的喜爱,对戏剧研究颇有心得,他认为不唯中国正统戏曲起源于民间,西方戏剧也来自民间劳动生活,"原来戏剧的起源是和人民生活有密切关系的。希腊戏剧史起源于酒神祭。当葡萄收获,农民欢欣鼓舞的时候,祭礼酒神代育尼锁士,就有假装行列,扮演故事,这就是希腊剧的起源"。④

由上述可见,徐嘉瑞认为中国正统文学的根源在民间,"平民文学"以其丰沃的养分滋养着中国正统文学各种文体萌芽,促使中国正统文学文体不断变化,向前发展。在西方现代思想的影响下,为了否定传统旧文学,"平民文学"作为新文学的重要资源,其价值和地位在这时期得到极大提升,胡适在1928年出版的《白话文学史》中也持相同看法:"《国风》来自民间,《楚辞》里的《九歌》来自民间。汉魏六的乐府歌辞也来自民间。以后的词是起于歌妓舞女的,元曲也

---

① 徐嘉瑞著,马曜主编、徐演执行主编:《云南农村戏曲史》,《徐嘉瑞全集》(卷四),云南大学出版社2008年版,第13页。
② 徐嘉瑞著,马曜主编、徐演执行主编:《近古文学概论》,《徐嘉瑞全集》(卷一),云南大学出版社2008年版,第169页。
③ 同上书,第166页。
④ 徐嘉瑞著,马曜主编、徐演执行主编:《希腊的国民祭》,《徐嘉瑞全集》(卷四),云南大学出版社2008年版,第445页。

第二章 基于"平民文学"思想的文学史观 139

是起于歌妓舞女的。弹词起于街上的唱鼓词的,小说起于街上说书讲史的人——中国三千年的文学史上,那一样新学不是从民间来的?"①

(二)徐嘉瑞认为"平民文学"是中国古代正统文学发展的养分

如果说"平民文学"是中国正统文学文体萌生的土壤,徐嘉瑞认为"平民文学"也为中国正统文学发展提供养分。徐嘉瑞把文学的发展比喻为植物的生长,从幼嫩枝芽到满树繁花,最后枯萎凋零;徐嘉瑞也把文学的发展看作像是人的生命历程,经历了壮年的极盛期之后,衰老死亡。但是树木枯萎,人类衰老,并不意味生命的永远终结,相反预示着新的生命即将展开。

换言之,某种文学文体在发展过程中,受贵族文人审美趣味的影响后会逐渐过于追求形式的雕琢和语言的华丽,忽视了语言的生动自然和情感的真挚朴实,于是这种文体的生命就会渐趋僵化衰亡了。"一般来说,文学风貌的发展变化总是由较为质朴、浑成而趋向日益细巧、雕琢的,整体进程如此,各别文类亦如此。当一种文体演进到相当精巧繁密的程度,人们回过头来瞻望一下它的本初状态,每每会情不自禁地惊叹其风貌的古朴与气势的浑全。"② 可见,当时以徐嘉瑞为代表的许多学者都认为中国正统文学的创新多局限于文辞语言的表现形式,文学的情感和精神是不容许"弃旧图新"的。徐嘉瑞说"平民文学""其后渐入于士大夫之手。遂流于因袭雕刻,无论思想方面,形式方面,均产生过多之无用物质,或成棘形,或成突形,或成赘瘤,至于最终,则入于灭亡之域。如宋玉以后之辞赋,六朝之诗,梦窗派之词,明清两代之传奇,皆此类也"。③ 当旧文学逐渐走向衰亡时,新文学的种子又开始在"平民文学"的母腹中孕育,文学是一个有机生命体,具有自然的新陈代谢的过程,为了自身的延续

---

① 胡适:《白话文学史》,上海古籍出版社2009年版,第15页。
② 陈伯海:《文学史与文学史学》,北京大学出版社2012年版,第202页。
③ 徐嘉瑞著,马曜主编、徐演执行主编:《中古文学概论》,《徐嘉瑞全集》(卷一),云南大学出版社2008年版,第70页。

和发展，会对内（具体指文学领域自身内部）向"平民文学"汲取养分。"平民文学"具有鲜活的生命力，它在语言和情感等方面都可以为正统文学的发展提供能量，徐嘉瑞说文学发展若是"韵律与藻饰使用过度，遂成为无生命之正统文学，渐硬化而死亡，而民间之新文体又起而代之"。[①] 简言之，要是某类文体走向衰亡，后继者须依赖"平民文学"之力为自己注入新的生命活力。

徐嘉瑞在《中古文学概论》中指出"贵族文学"的五点不足："模仿、堆砌、晦涩、冗沓和阿谀。"通过他在文学史中所举例子来看，前四者是指语言方面的缺点，后者是指情感方面的匮乏。情感是文学的灵魂，语言是情感的载体。徐嘉瑞认为"平民文学"主要是从语言和情感两方面向正统文学进化提供养分，使文学摆脱"贵族文学"的陈腐僵化，发展为语言生动、情感真挚的文学。

首先是文学语言。语言是文学作品情感的载体，"平民文学"中率真自然的情感须对应浅近通俗的语言。在人类文明进步中，人类思维逐渐理性化，文学创作中对语言的选择、加工和使用愈加精致化和繁复化，一方面，文学家们对文学语言的音律有了严格要求，另一方面，对于如何遣词造句也有了更加严谨的考量。文学作品过多地专注于语言的声律、熔裁、练字和雕饰，难免会使一些文学家刻意追求语言的奇巧之美，在作品中滥用怪僻生字来炫耀自己博学的高明，使语言丧失其自然本性，担上人工雕琢的负累。徐嘉瑞认为正统文学语言雕琢之风始于南齐的永明体，南齐在传统文学史中被认为是文学复兴的年代，徐嘉瑞却不赞同，他说"不过就是骈俪方面，说他是复兴罢了。其实永明体一发现，文学越更拘束"。[②] 可见，徐嘉瑞认为南齐永明体诗歌在语言的音律和用词方面过于烦琐。南齐时，文学家周

[①] 徐嘉瑞著，马曜主编、徐演执行主编：《中古文学概论》，《徐嘉瑞全集》（卷一），云南大学出版社2008年版，第72页。

[②] 同上书，第52页。

颙、沈约等人提倡"四声八病"说,《南史·陆厥传》中记载,"时盛为文章,吴兴沈约,陈郡谢朓,琅琊王融,以气类相推毂。汝南周颙善识声韵,约等文皆用宫商,将平上去入为四声。以此制韵,有平头、上尾、蜂腰、鹤膝。五字之中音韵悉异,两句之内,角徵不同,不可增减。世呼为永明体"。"四声八病"说的提出对文学语言的形式和音韵有了具体要求,但也由于其规定过于烦琐,使诗人限制在技术层面追求词语的对仗和音韵的流畅,忽视了诗歌语言的内涵美,徐嘉瑞认为由此产生的负面影响延续至今。正因如此,徐嘉瑞说"六朝文人虽多,简直可以说完全没有文学",他引用古代诗话对六朝主要的文人文学家进行了批评,认为颜延年的诗"喜用古事,弥见拘束";认为谢灵运的诗"出于陈思,杂有景阳之体;故尚巧似,而逸荡过之,颇以繁芜为累";批评梁代文人的创作"转拘声韵,弥尚丽靡,复逾于往时"。徐嘉瑞以六朝为例,对中国正统文学语言中普遍存在的弊病,总结道"六朝人把音律、修辞看做文章的要素,这种观念,很是正确。不过他们用人工和机械的方法去做所以就失败了!……巧而不要,就是用过度的雕琢,在美学上就叫作'所动的不合的'。隐而不深,就是只是'晦涩',而无'深曲'的境界。'深曲'和'晦涩'是绝对不相同的"。[①]"贵族文学"语言的雕琢,使诗风由清新逐渐变为了绮靡,丧失了生命力。

幸而在"贵族文学"之外并行着鲜活的"平民文学",徐嘉瑞看到"虽然他们——平民、外夷——作品的光耀,被'贵族文学'掩盖埋没,很少人知;但是经过的年代越久,才慢慢地放射出最新奇的光焰来"[②],徐嘉瑞认为"平民文学"的语言"有许多优美的

---

① 徐嘉瑞著,马曜主编、徐演执行主编:《中古文学概论》,《徐嘉瑞全集》(卷一),云南大学出版社2008年版,第53页。

② 同上书,第33页。

修辞，如民歌中的双关语，是中国历代诗宗词客到死都没有学会的技巧"①。"贵族文学"中的"平民化之文学"受到"平民文学"语言风格的影响，打破了陈腐僵化的表达，形成质朴自然的风格。"平民文学"使用的语言同普通百姓的生活环境、生产方式和思维模式紧密相关，是出自于他们历史文化积淀和生活习惯中形成的自然本能，这种语言不肖古人，因而最富生命活力。"平民文学"使用的语言大多语出自然，未经过多修饰，有时甚至直接将地方方言或乡俗俚语入诗、入文。徐嘉瑞看到"《相和歌》的文字，虽不只出于一人之手，但是词语真率，其中还参用当时的方言俚语，或用一种声音，来辅助本词，使他发生韵律的美感。如'羊吾夷''伊那何'之类，都是用自然的声音，来表现内心的情感。使文学的神味，活活泼泼，跃于纸上。不像词赋派的文章，只是向字典里翻些死字"。② 这些"平民文学"的语言没有生僻雕琢的词藻，通俗易懂，具有一种自然的质朴之美，最易为普通民众接受。站在向"平民文学"语言学习的角度，徐嘉瑞对唐代倾向于平民的文人诗歌的语言就颇为赞赏，认为唐代文学家善于学习民间，文人士大夫创作的作品属于"平民化之文学"，"唐人文学……最佳的句子，多半都是从六朝'平民文学'中蜕化而来。如李白'何日重相见，灭烛解罗衣'，乃由'开窗秋月光，灭烛解罗裳'蜕化而来；杜甫'听猿实下三声泪'，乃由'巴东三峡巫峡长，猿鸣三声泪沾裳'蜕化而来；李商隐'小姑居处本无郎'，乃由'小姑所居，独处无郎'蜕化而来"③，这些民间文学语言经过文人加工之后又脱去了纯粹平民语言的俚俗，形成了唐人诗歌语言的独具特点："第一就是用字很平凡，不像六朝人用那些生涩偏僻的字；第二就

---

① 徐嘉瑞著，马曜主编、徐演执行主编：《大众化的三个问题》，《徐嘉瑞全集》（卷三），云南大学出版社2008年版，第120页。

② 徐嘉瑞著，马曜主编、徐演执行主编：《中古文学概论》，《徐嘉瑞全集》（卷一），云南大学出版社2008年版，第20页。

③ 同上书，第9页。

是他的句子很自然，不像六朝人故意雕刻，用那些好看的字眼来堆砌场面；第三是不多用成语，不多用典；第四是音律自然协调……有这四种好处，所以他们虽然是律诗家，却比六朝的古诗高得百倍了。"①

其次是文学作品中的情感表现。文学作为情感的艺术流淌着人类最真实的情感体验。语言是情感的载体，生动自然的文学语言应承载鲜活真实的情感。徐嘉瑞认为造成文学作品情感僵化的原因有两方面。一是贵族文人的创作多为阿谀奉承之作。徐嘉瑞批评秦汉文人之赋多为帝王歌功颂德，他说："宋玉之徒，滑稽谐笑于帝王之前，已开扬马之风。班固《明堂》《辟雍》《灵台》《宝鼎》《白雉》诸诗，皆颂帝王圣神功德，扬雄《甘泉赋》言帝王郊祀之事；潘安仁《藉田》言天子亲耕之事；司马相如《子虚》《游猎》，因狗监杨得意以达于皇帝；扬子云奏《羽猎赋》，遂得为郎。文人无行，以词赋派为甚。②"再如陈代诗人多为陈后主所养的狎客，他们的诗歌是为满足皇帝消遣之娱，如江总的《东飞伯劳歌》：

> 南飞乌鹊北飞鸿。弄玉兰香时会同。谁家可怜出腮膊。春心百媚胜杨柳。银床金屋挂流苏。宝镜玉钗横珊瑚。年时二八新红脸。宜笑宜歌羞更敛。风花一去杳不归。祗为无双惜舞衣。

该诗为艳情诗，这些宫廷作家为满足帝王寻欢作乐的心理，专注于描写美人的闺房和仪貌等等，语言看似华丽，但格调较低，既无生动的情感，更无充实的内容。

二是儒家美学强调文学中的情感应是合乎道德规范的有节制的情感，束缚了个体情感的自由表达。③ 先从"合乎道德规范"论之，儒

---

① 徐嘉瑞著，马曜主编、徐演执行主编：《中古文学概论》，《徐嘉瑞全集》（卷一），云南大学出版社2008年版，第57—58页。
② 同上书，第51页。
③ 张黔主编：《艺术美学导论》，北京大学出版社2008年版，第10页。

家美学对文学艺术追求善的第一性，美的第二性。换言之，文学艺术在儒家美学视野下不存在独立的审美价值，更多是为政治、为道德、为宗教服务。在中国文学史中，文学家个体的情感被集体的道德压抑和束缚，一方面是创作中的情感需要符合儒家道德规范，另一方面是很多民间文学中的自然情感也被道德挟持了。徐嘉瑞对此批评道："一般学究多把感情自然流露的作品勉强拉扯到文王武王的历史上去，这样一部活生生的文学，因了他们的牵强附会，便失掉了他的本来面孔。如《关雎》一诗明明写男性思恋女性的诗，而朱熹却在诗传上说什么'文王生有圣德，又得圣女姒氏，以为之配'的鬼话。"[1] 除了"合乎道德"外，儒家美学要求文学中的情感还应是一种"有节制的情感"，是一种"哀而不伤，乐而不淫"的情感。在儒家美学的审美标准中，情感的泛滥有害人心，于是确立了以"和"为中心的审美标准。在封建统治时期，文学被纳入儒家伦理道德的体系中，集体的道德情感不断被强化，个体的审美情感则逐渐被消解，文学丧失了自身的审美性，沦为了政治和伦理道德的传声筒。

与这些情感陈腐僵化的正统文学相对的是，徐嘉瑞充分认识到"平民文学"中鲜活的情感表达的审美价值。"平民文学"中生动自然的情感的形成，一方面是由于"平民文学"的创作者是来自社会底层的百姓，他们"别自有其团体，别自有其生活，别自有其教育，一切皆与文人不同"[2]，"民众没有受过高深的教育，思想比较单纯，表情也比较真率，不像知识分子的作品，委婉曲折，怨而不怒"[3]，平民百姓较少受到儒家思想的影响，也无须为了歌颂统治者进行创作，可以自主自由地表达感情；另一方面是由于"平民文学"内容

---

[1] 徐嘉瑞著，马曜主编、徐演执行主编：《中国文学史大纲》，《徐嘉瑞全集》（卷一），云南大学出版社2008年版，第245页。

[2] 徐嘉瑞著，马曜主编、徐演执行主编：《近古文学概论》，《徐嘉瑞全集》（卷一），云南大学出版社2008年版，第77页。

[3] 同上书，第79页。

直接取材于普通百姓的真实生活，既有对农家节令、鲜活植物的展现，也有对自己不幸的家庭的哀叹等等。

受到"平民文学"影响下，文人士大夫们不再一味地为帝王歌功颂德，也试图突破儒家道德规范的束缚，在文学作品中表达"真我"，提倡"性灵"。徐嘉瑞认为陶渊明的"真我"体现为诗歌中回归自然的田园气息；杜甫的"真我"是通过亲身实践展现的家国情怀；汤显祖的"真我"是冲破儒家道德的藩篱追求自然天真的男女之爱；纳兰成德的"真我"是家道中落之后对自我悲苦命运的诉说。在"平民文学"影响下，个性化和多样化情感的注入，使中国正统文学逐渐洗去"晦涩堆砌，死气沉沉"的尘埃，在发展过程中显现出瑰丽丰富的色彩。同时，由于文学作品中情感的改变，旧有文体无法充分表现情感时，文体也就随之进化。

由上所述，正统文学的雅化和规范化的确对文学发展有积极作用，但过度雅化会造成文学生命的僵化，这就是徐嘉瑞所说的"由文人文学变为'古典的''硬化的'文学"，主要体现为语言形式的繁复雕琢和情感表现的呆板陈腐。文学作为一个有机的生命体，为了生存发展，便需突破文人创作迎合献媚帝王、遵循儒家道德和堆砌炫耀知识的藩篱，获取新的生命养分。

早在20世纪20年代初，徐嘉瑞便将"平民文学"视为了正统文学发展的基石和养分，他的这一观点对其他学者的文学史编写均产生了一定影响。胡适在1928年出版的《白话文学史》中说："一切新文学的来源都在民间。民间的小儿女、村夫农妇、痴男怨女、歌童舞妓、弹唱的、说书的，都是文学上的新形式与新风格的创造者。这是文学史的通例，古今中外都逃不出这条通例。"[①] 郑振铎1932年出版的《插图本中国文学史》中亦表现出相同观点："有一个重要的原动力，催促我们的文学向前发展不止的，那便是民间文学的发展。原来

---

① 胡适：《白话文学史》，上海古籍出版社2009年版，第15页。

民间文学这个东西,是切合与民间的生活的。随了时代的进展,他们便也时时刻刻的在进展着。他们的形式,便也是时时刻刻在变动着,永远不能有一个一成不变或永久固定的定型。又民众的生活又是随了地域的不同而不同的,所以这种文学便也随了地域的不同而各有不同的式样和风格。……他们自身常在发展,常在前进。一方面,他们在空间方面渐渐地扩大了,常由地方性的而变为普遍性的;另一方面,他们在质的方面,又在精深的向前进步,由草野的而渐渐的成为文人学士的。这便是我们的文学不至于永远拘系于'古典'旧堡中的一个重要原因。"①"平民文学"最重要的审美价值是具有鲜活生动的生命力,这种生命力来自民众真实的生活,表现为通俗质朴的语言和真挚自然的情感,正是这种旺盛的生命活力为中国正统文学的进化源源不断地注入养分。

站在文学多元发展的今天,反思徐嘉瑞基于"平民文学"的文学史观,其中也有值得商榷之处。

首先,徐嘉瑞的文学史观受到进化论影响,在对"进化"词义的理解上,和当时许多学者一样,普遍将"进化"等同于"进步",认为进化意味着向更好的方向转变。在今天学者的研究看来,"进化"不过是一个中性词,"在达尔文看来,生物系统的演变只会导致生物对所生活的环境更加适应,而不会导致结构更加复杂或异质性更强意义上的进步"。② 这意味着文学的变化只是对自身环境的适应,而非往常所理解的进步,文学发展中亦存在退化的现象。换言之,对 20 世纪上半期各种新文学思潮只进行正面研究和评价也是不妥的。

其次,徐嘉瑞的文学史写作的创造性在于提出了"平民文学"思想,据梳理资料看来,徐嘉瑞应是国内最早以"平民文学"思想写作文学史的学者,这既是他的特色,同时也是他的缺陷所在。以"平

---

① 郑振铎:《插图本中国文学史》,当代世界出版社 2009 年版,第 7 页。
② 耿步健:《达尔文的"进化论"思想及对人生观的影响》,《求索》2009 年第 12 期,第 88 页。

民文学"思想指导文学史写作无疑是一种"主题先行式"的文学史思维,从客观的文学史来看,徐嘉瑞将"平民文学"看作中国文学的主流难以得到全部读者的认可。同时,徐嘉瑞把"平民文学"是中国正统文学发展的根源有以偏概全之嫌,只能说中国一部分正统文学的根源来自民间,但并非中国所有正统文学都源于民间。有学者认为"诗歌、戏曲、平话、说唱起于民间固多,古文、骈文、赋颂、铭诔、笔记、志怪则不能这么说,甚至近体诗、新乐府、长篇歌行和一部分曲子词亦属文人自造。文人诚然接受了民间文学的精华,而不少文人作品流传民间(如李白的诗歌、关汉卿的戏曲以至施耐庵、罗贯中、吴承恩等人的小说),也会对民间创作起良好的推动作用,是一个互相影响、互相补充的关系。至于说民间形式到文人手里逐渐僵化,自是事实,但任何创新都有可能因模拟而趋于衰退,又不仅仅是由民间向文人创作转化中独特现象。由此可见,对长期流行的'民间文学本源'说需要重加推合理的成分"。[①] 若说"平民文学"是中国正统文学发展的动力,归根结底这动力也还不是"平民文学",而应是底层民众的生产生活。

再次,对文学发展的方向和规律也值得反思。徐嘉瑞和他同时代的学者在进化论影响下,普遍认同文学是本着线性的规律、向着越来越好的方向发展,在发展过程中要用新文学取代旧文学。若将文学的发展只认为是朝着一个唯一正确的终极目标前进的,这样的思路便与文学审美多样性的特征相悖,同一时代应并存着风格多样的文学,难以使用"旧"和"新"的表述来概括所有古代和当代的文学,也难以全用后者取代前者。且文学的发展也不应是以新文学的胜利和旧文学的死亡而结束,有研究者认为"新文学与旧文学的关系,本应从否定与扬弃的辩证发展逻辑上去理解,并非绝对的死与绝对的生,况且文学作品作为一种艺术品的历史存在,其特殊价值时不容简单抹杀

[①] 陈伯海:《文学史与文学史学》,北京大学出版社2012年版,第221页。

的。文学革命者们对这一问题的认识较为模糊。他们一方面站在革命的立场，言辞过度而偏激，把斗争矛头紧紧指向旧文学根本性、基本性的东西，另一方面他们又感到不能完全割裂文学发展的历史链条，正统文学中有价值的价值的东西又不能视而不见。这颇有点让他们陷入康德式二律背反困境的意味"。①旧文学不等于没有价值的文学，相反旧文学创作时间早，流传年代久远，经历住了更多读者的审美考验，也应具有更为丰富的审美价值。

最后，徐嘉瑞的文学史观以"平民文学"否定"贵族文学"，具有浓郁的政治阶级斗争的意味，忽略了文学本身的审美价值，也错失了很多优秀的贵族文人创作的文学作品，如谢灵运的诗歌等，这样对文学类型的划分显得机械呆板，时代局限性明显。

---

① 朱丕智：《文学革命的理论基石：进化论文学史观》，《西南师范大学学报》，2004年第1期，第145页。

第三章 基于"平民文学"思想的文学实践

徐嘉瑞是一位学者,是一位文史学家,还是一位文学家。他在学术研究之外,更有丰富的文学实践活动,具体可分为三大类:文学作品的创作和改编、文学翻译和民间文学的搜集整理。从 2008 年出版的《徐嘉瑞全集》的目录来看,徐嘉瑞的文学实践包括:出版诗集十部、创作长诗三首、根据民间传说改编创作长诗两首、创作戏剧作品五部、根据民间传说改编创作戏剧两部、写作杂文数十篇、翻译戏剧作品两部和英国浪漫主义诗歌十首,另外也译过部分文学作品的片段、搜集云南新旧花灯共十五部、至少搜集整理云南民族民间长诗五部和民间故事六部。徐嘉瑞的文学实践与他的"平民文学"思想相互呼应,通过文学实践活动体现"平民文学"思想,也用"平民文学"思想指导文学实践的展开。

第一节 文学创作和改编体现的"平民文学"思想

在徐嘉瑞的文学实践中,文学创作和改编的成果最为丰富,其中尤以诗歌和戏剧创作成就最高。徐嘉瑞在云南文坛最早崭露头角、得到认可就因其在诗歌创作上的成就。在文学创作和改编中,文学语言是表达思想的媒介,文学内容是传递思想的内核,徐嘉瑞通过他文学创作的语言和内容体现"平民文学"思想。

一 徐嘉瑞的文学语言体现的"平民文学"思想

王国维在《论新学语之输入》中说:"言语者,思想之代表也",可见语言不仅是文学创作的工具,更是表达思想的载体。徐嘉瑞在创作中对文学语言的使用是围绕着他的"平民文学"思想展开的。徐嘉瑞的"平民文学"思想认为文学创作的主体是平民,文学服务的对象亦是平民,所以他认为文学创作可以使用民间方言俗语,也应使用通俗易懂的语言创作出能为普通百姓接受和理解的文学作品。索绪尔认为人类的语言活动既是个人行为,也受到社会习惯制约,徐嘉瑞的"平民文学"思想由于受到不同的文学思潮和政治运动的影响,处于不断拓展变化中,徐嘉瑞对文学语言的具体运用,在不同时期也进行了调整变化,反之对徐嘉瑞不同时期文学作品中的语言的研究亦可见出其"平民文学"思想发展的过程。

(一)使用白话

徐嘉瑞认为由民众创作的和为民众创作的文学作品,在语言上应是"浅近明白,容易流行"的,要使用"明白如话"的语言。徐嘉瑞对白话语言的支持和倡导主要是受到"五四"新文化运动的影响,在文学创作中自觉地使用白话语言。

"五四"文学革命的内容之一是语言革命,要用白话取代文言。"五四"以来的学者们对中国传统古文进行了全面的质疑和反思。胡适在《文学改良刍议》《建设的文学革命论》《谈新诗——八年来一件大事》《国语文学史》《白话文学史》等文章和论著中,对古文文学和古文进行了否定。陈独秀认为文言"雕琢阿谀,词多而意寡",批评东晋以来的骈文律诗,"诗之有,文之有骈,皆发源于南北朝,大成于唐代。更进而为排律,为四六。此等雕琢的阿谀的铺张的空泛的贵族正统文学,极其长技,不过如涂脂粉之泥塑美人。以视八股试帖之价值，未必能高几何，可谓为文学之末运！"① 此外，在"五四"时期的"白话文运动"中，胡适和陈独秀的支持者们也对文言进行了激烈的批驳，如钱玄同将文言文称为"千年来腐臭之文学"，傅斯年认为古文文学导致文言分离，"虽深芜庞杂，已成要死"，徐嘉瑞也认为古文"以奇异罕见之字，堆砌而成。恶滥之风，莫此为甚。"这些学者的观点虽在今天看来过于激进，对古文的全面否定也还值得商榷，不过在20世纪初的时代背景下，他们对僵化陈腐的文学语言的反思确有较大的开创意义。

当"五四"新文化运动的浪潮影响云南时，徐嘉瑞只是一位24岁的年轻学者，他抱着满腔热情投身于新文化运动中。徐嘉瑞早年的文学创作多为古典诗词，如1914年的《湖上竹枝词》、1915年的《翠湖杂吟》、1916年的《哀青岛》和1919年的《荒村》等诗。受到"五四"白话文运动的影响后，徐嘉瑞和朋友刘尧民成为云南第一批进行新诗创作的文学家，自觉地使用白话进行诗歌创作。1921年11月徐嘉瑞发表了自己的第一首白话新诗——《农家生活》（一）、（二），诗歌用生动鲜活的语言描写的农村丰收的喜悦，与中国古典诗歌的平仄押韵，字句对仗相比，这首诗完全是口语式的即兴抒发。诗中的"真好""也喜欢得个飞起来了""又晴""又好""又大""人呵""马呵"等语言，均为口语，没有典故的运用，也没有华丽的修辞，使读者感到有如一个挑担前行的农民的既质朴又热情的口头叙述。

此后，从1921年至1940年左右，徐嘉瑞陆续创作了大量的白话新诗，如《神之眼》《自然之火》《开辟之歌》《菩提树》等，其中有对农村生活的描写、有对国民党的反抗、有对青年的期盼，还有鼓舞军民抗日的热情等等。另外，徐嘉瑞的戏剧和杂文均是用通

---

① 陈独秀著，朱德发、赵佃强编：《文学革命论》，《国语的文学与文学的国语——五四时期白话文学文献史料辑》，人民出版社2013年版，第15页。

俗明了的白话写成。徐嘉瑞更利用报刊为阵地，积极宣传白话文①，从1920年开始，徐嘉瑞和志同道合的朋友一起创办了多份报刊，如《均报》《救国日报》《澎湃》等。这些报刊在当时主要是宣传"五四"的进步思想，"在昆明，首先以白话文进行宣传的报刊，那就是1918年出版的《救国日刊》，它以民主主义的思想为旗帜，积极宣传反帝爱国的主张。"②

值得注意的是，"五四"时期的"白话文运动"发展至后期并未真正融入民众，虽然胡适也认为"白话文的'白'，是戏台上的'说白'的白，是俗语'土白'的白，故白话即是俗化"。③ 但在他领导下的"白话文运动"的文学语言并未真正实现通俗化和大众化，未真正创作出通俗明了的、易为普通百姓接受的文学作品。原因主要在于领导"白话文运动"的胡适等学者，接受的是西方精英教育，他们倾向于知识分子阶层典雅化的审美趣味，在文学语言运用问题上，他们从学术观念和学术资源上均受到西方思想影响，在"白话文运动"中多是以一种高高在上的姿态指导运动的开展，没有真正地走向民间，融入民众，导致后期的文学语言出现了欧化倾向。与他们不同，徐嘉瑞对文学语言的运用是以"平民文学"思想为基本立场，他的文学思想不仅受到"五四"新文化运动的影响，也受到他生长的这片土地——云南民族民间文化的影响，他在提倡使用白话的同时，更对来自民间的方言俗语有一种天然的喜爱，在白话语言的资源上，徐嘉瑞更主张通过向民间学习获取，而非一味欧化，提倡学习民歌民谣，创作出了能反映民众审美趣味的文学作品。所以在胡适等学者走上了文学语言欧式化道路之时，徐嘉瑞的文学作品中的语言仍保持着浓郁的平民色彩和乡土气息。

---

① 徐演：《徐嘉瑞略传》，云南民族出版社2013年版，第51页。
② 熊朝隽：《五四时期的昆明文艺活动》，《昆明师范学院学报》1980年第6期。
③ 胡适著，赵家璧编：《答钱玄同》，《中国新文学大系·建设理论集》，上海文艺出版社1980年版，第86页。

（二）使用云南民间方言俗语

语言是文学作品的重要载体，语言的出现和运用是人类的一种本能，并逐渐内化为人类的思维方式。在"五四"新文化运动中，胡适、陈独秀等学者认为文言是承载中国封建思想文化的载体，要想建立民主、平等的新社会，就必须反对文言文，反对文言文代表的封建文化，建立起以白话文为代表的新的思想体系。在文学革命中，对于如何运用白话进行文学创作，受到西方思想影响的胡适等学者主张从西方文学名著中获取语言资源，胡适说"中国文学的方法实在不完备，不够做我们的模范"，"只有一条法子，就是赶紧多多的翻译西洋的文学名著做我们的模范"。[①] 胡适的学生傅斯年也在《怎样做白话文》中提出"直用西洋词法"来创作白话文学。于是"白话文运动"后期出现了文学语言欧化现象，左翼文学家批评他们使用的文学语言并不代表底层民众的利益，仍反映的是资产阶级权贵的思想，瞿秋白批评这些"心肝脾肺都浸在'欧风美雨'里"的学者，"对于中国社会的价值，真正没用，同样的没用"。

徐嘉瑞自幼生活的云南拥有丰富的民族文化资源，他是听着大理白族的歌谣和传说故事，受着民族民间文化的熏陶成长起来的，他对于来自民间的方言俗语有着本能的认同。云南少数民族的普通百姓把日常口语随手拈来，整合成歌，唱起来自然亲切，这些民间方言俗语就成了徐嘉瑞文学语言的宝库，这是徐嘉瑞在文学语言运用上与胡适等学者最大的区别。

方言多指云南本地语言，俗语是指在民间流行的固定的词语或句子，徐嘉瑞感受到民间方言俗语自然自在的质朴之美，也喜欢在自己的文学创作中使用方言俗语。云南方言在徐嘉瑞的杂文中多见，如《妻的问题》中的"土唎土气""脑后的一条尾巴，也老是梳着理着

[①] 胡适作，朱德发、赵佃强编：《建设的文学革命论》，《国语的文学与文学的国语——五四时期白话文学文献史料辑》，人民出版社2013年版，第54页。

拖着摆着";《一对恋人》中提到的"婆娘""应当要以我为主位才合";《么台了》一文的标题"么台了",还有《忏悔》中的"佩服了佩服"等语言,均是云南昆明本地方言的表达方式,体现出明显的语言地域性。徐嘉瑞的戏剧创作中,尤其是花灯戏,由于是民间土戏,在人物对话里更是常用云南的方言,如《姑嫂拖枪》中王大嫂的唱词:"这两个死砍头的,把我的男人杀了,把我家的谷子烧了,又把我搭(和)我的姑太拉了出来,要整哪样?","天啊!死砍头的,你来把我杀掉,我倒能挨(同)你去"等,其中的"要整哪样"意思是"要做什么","挨"与"搭"都是"和"的意思,这些语言表达都是云南方言。另外,徐嘉瑞也常将民间俗语用于戏剧创作中,同样在花灯戏《姑嫂拖枪》中,为了表现民众对中华人民共和国成立的欢欣,剧中百姓合唱起了"十二杯酒":

  五月里,看樱桃,樱桃花开似火烧。樱桃花开红似火,花烧火了天王庙。六月里,荷花香,五星红旗真好看。我家有的高粱酒,要与你们醉一场……冬月里,冬月冬,糯米粑粑火上烘莫嫌粑粑不好吃,莫嫌火炉心不红;腊月里,梅花香,解放军来到云南。二十五省人都有,要与你们跳一场。

这"十二杯酒"原是产生于陕西的民歌,语言简短明快,传入云南后加入了本地的风俗特色,显得曲风流畅自然。

徐嘉瑞认为在文学作品中加入方言俗语,这些语言越俗越好,"越俗的越近于真,可以说越土越好,因为其中有真的生活,真的性情"[①]。徐嘉瑞文学创作中运用的方言俗语体现出他文学思想的平民色彩,也为他之后文学创作倡导使用"大众语"提供了丰富的语言资源。

---

① 徐嘉瑞著,马曜主编、徐演执行主编:《云南农村戏曲史》,《徐嘉瑞全集》(卷四),云南大学出版社2008年版,第13页。

（三）使用"大众语"

"五四"新文化运动发展至1922年逐渐落潮，中国社会局势在20世纪20年代后期发生巨变。1924年在孙中山领导下的中国国民党与中国共产党合作，增强了革命的力量，推动了大革命高潮的来临。1927年蒋介石背叛革命，同年7月15日公开宣布与中国共产党决裂，并大肆捕杀中共党人，全国都笼罩在白色恐怖中。1931年，日本侵华的步伐加剧，震惊中外的"九·一八"事变爆发，东北三省沦陷。这时，"五四"时期表现个性解放的文学逐渐转向表达更广阔的社会内容，与阶级斗争和民族解放联系在一起。徐嘉瑞亲历了的社会动荡，他的学生惨遭迫害使他痛心，白色恐怖的威胁使他惊心，作为一名有高度社会责任感的学者，徐嘉瑞深感不仅应重视民众的创造力，更应通过文学唤醒底层民众，让他们加入革命队伍。随着"平民文学"思想的发展，徐嘉瑞将底层民众视为文学服务的对象，认为为了实现文学对民众的教育任务，文学创作用应使用平民大众可以理解的语言，创作者需实现文学语言大众化，要使用"大众语"。"大众语"提出的时代背景是20世纪30年代的"大众的崛起"，受到马克思主义文艺思想影响的无产阶级文学家们否定了"五四"时期的"白话文运动"，认为"白话，是那时新兴资产阶级民主政治的一种表现……因他们阶级本身的缺陷，不能进一步干个彻底。他们只在字面上'白'与'不白'地兜圈，不敢深入到社会的底层去和大众相联系"[1]，认为白话也只是资产阶级的特权，于是提倡文学创作要使用让底层民众真正"说得出，看得懂，看得明白"的"大众语"。

徐嘉瑞积极投身于20世纪30年代的"文学大众化"运动，认为可直接使用民间方言俗语进行文学创作，也认为知识分子可通过学习民间创作出通俗易懂语言。在徐嘉瑞文学创作中，他在"五四"新文化运动中倡导白话文时，文学创作的语言其实并未真正实现白话的

---

[1] 若生：《建设"大众语文"应有的认识》，《申报·本埠增刊》，1934年7月4日。

浅显明白，如他在 1924 年发表的《日本女流小说家紫式部》中有这样的语言："日本王朝时代，实为日本文学之黄金时代，在文学史上，放一大光明。尤以当时女流作者人才辈出，皆挥其绚烂之笔，以抒写其天才的作品。就中如《源氏物语》，实为此时期之代表作家也……紫式部既达于妙龄，乃嫁藤原宣孝。宣孝亦富于学琴瑟静好夯，生二女焉。然幸福不能永续，至长保三年四月，其夫宣孝遂抛弃其爱妻爱儿，长与亏世辞矣。紫式部之悲恸，已臻极顶。《源氏物语》，实紫式部之泪的人生观之结晶也。"① 这样的语言仍是文白夹杂，并不符合口语的通俗流畅。在 20 世纪 20 年代后期至 20 世纪三四十年代，徐嘉瑞受到政治思潮的影响后，文学创作主张使用大众语，语言更加浅近直白，如他在 1937 年创作的《中国的声音》：

一种声音，
从高处落下来；
像大海的波涛，
像雷电，
像风的狂吼，
火的呼啸！
听呵，
新中国的声音！

该诗的语言简短有力，感情色彩更加浓烈，如口语般直接，使普通读者便于理解，语言具有更明显的平民性。此外，徐嘉瑞的《中华民族的歌唱》《全国总动员》《无声的炸弹》《二等兵陈龙》《飞将军孙桐岗》《新从军行》等诗，均是用自由浅近的语言创作，通俗得如白话一般，符合底层大众的审美趣味。

---

① 徐嘉瑞著，马曜主编、徐演执行主编：《日本女流小说家紫式部》，《徐嘉瑞全集》（卷四），云南大学出版社 2008 年版，第 433 页。

第三章 基于"平民文学"思想的文学实践

在诗歌创作之外,徐嘉瑞部分杂文的语言甚至是将普通民众的口语未经任何加工地使用在文中,如《身份》中的"乱七八糟的说了一些,连自己也莫名其大舞台对过是些什么,算啦,算啦,不要再说啦。但上面是说些什么呢,也不得不表明一下,作为本篇的结束"[1];《反帝标语之被撕去》中的"现在桂系军阀快要倒台了,而满墙满壁革命化的标语又将映入我们的眼帘了,岂不快哉!说到这里,小伙计应该申明一下,小伙计并不是希望电杆墙壁都革命化起来就算完事,是希望中央和民众们都实行我们的标语,实行我们的口号,那才有深切的意义呢"[2];还有《烟袋师》中的"然则,管他妈的能不能,横竖我们只知道烟袋师是可鄙的,其他的如烟袋师一般的人也是可鄙的,我们只消明了这一点,我们就可以不再加注解了"[3],这些语言不仅通俗,而且俚俗,在民众的教育程度不高的背景下,确是可以迎合普通大众的审美趣味,使杂文中的思想易被接受。

徐嘉瑞对大众语的支持和提倡是伴随着中国社会局势变化及其"平民文学"思想发展而展开的,是在特殊时代背景下出现的具有浓郁政治色彩的文学语言,对激励民众的革命热情具有积极作用。不过站在今天文学的立场,反观徐嘉瑞创作中使用的"大众语",语言的阶级属性和政治感染力被过多强调,文学语言的语气都过于绝对,表现出一种非此即彼的政治极性思维,文学语言的独立审美价值被大大削弱。对比来看,"五四"时期陈独秀的文学语言观颇有值得借鉴之处,他在倡导使用白话的同时,认为"文学之文,特其描写美妙动人者耳。其本义原非为载道有物而设",陈独秀提出"文学美文之美"的四个要素是"结构之佳""择词之丽""文气之清新""表情之真

---

[1] 徐嘉瑞著,马曜主编、徐演执行主编:《身份》,《徐嘉瑞全集》(卷三),云南大学出版社2008年版,第535页。
[2] 徐嘉瑞著,马曜主编、徐演执行主编:《反帝标语之被撕去》,《徐嘉瑞全集》(卷三),云南大学出版社2008年版,第544页。
[3] 徐嘉瑞著,马曜主编、徐演执行主编:《烟袋师》,《徐嘉瑞全集》(卷三),云南大学出版社2008年版,第557页。

切",突出了文学语言之文学性的特质。

二 徐嘉瑞的文学内容体现的"平民文学"思想

徐嘉瑞的"平民文学"思想不仅从文学形式上注重使用贴近民众、通俗易懂的语言,更注重文学思想内容方面的建设。文学语言是表达思想的载体,是传递观念的工具,通俗易懂的语言所表达的内容也应是贴近民众生活的。徐嘉瑞于"五四"时期初步形成的"平民文学"思想是"人的文学"思潮的具化,作为文学研究会成员的徐嘉瑞与该会的"表现人生、指导人生"的文学观是相契合的。徐嘉瑞的文学创作的内容也关注现实人生,只是他关注的视角更倾向于民间,倾向于底层百姓的现实人生,充满了浓郁人道主义的关怀和现实的社会性。

徐嘉瑞的文学创作内容体现了他的"平民文学"思想,他在《中古文学概论》中认为"平民文学"的作品内容丰富,"从宫廷,帝王后妃起,一直到兵士、走卒、旷夫、怨女,凡是社会上所有的事,大概都有"[①],所以他的文学创作的内容也很丰富,表现了底层百姓的个性解放的思想,描写了与底层百姓相关的悲悯深广的人道主义题材,还展现了民众生活时代的动态。可以说,徐嘉瑞以"平民文学"为中心的文学创作内容既突出了底层民众个体生命的价值,也包含了对平民大众的伦理关怀。

(一)平民个性解放的内容

"五四"时期是一个狂飙突进的年代,在"民主"和"人权"思想的影响下,新文化思潮冲击了传统的封建道德观,学者们开始清晰地意识到传统思想对人的个性的压抑,发现中国传统文学中难有自我意识的鲜明表达,更多强调的是"文以载道"的任务,徐嘉瑞就看

---

① 徐嘉瑞著,马曜主编、徐演执行主编:《中古文学概论》,《徐嘉瑞全集》(卷一),云南大学出版社2008年版,第20页。

到"诗歌在古代是有实用的价值和社会的价值"。"五四"时期个性解放的思潮唤醒了学人的意识,使他们发掘出个人的自我价值,强调在文学中要尽情地表现自我,这成为"五四"文学的主流。在"五四"文学中,出现了一批表现人的生命力的文学作品,如鲁迅在《狂人日记》等文中塑造了"五四"时期忧愤深广的知识分子的形象;郭沫若在《女神》中塑造了一个器宇轩昂的,要创造全新一切的女神形象;郁达夫的《沉沦》等个性化写作中展现了知识分子自我剖析的心路历程。徐嘉瑞的"平民文学"思想呼应了"五四"文学的"表现人生、描写人生"的主调,只是他在主张个人个性解放的同时,更关心被压迫最严重的底层百姓的个性解放,尤其关心底层妇女的人格和命运,具体体现为徐嘉瑞的文学作品多表达其真情实感、描写其真实的生活内容,这些在文学中的主要表现形式是启蒙。

1. 真实情感的表达

《毛诗序》中说:"情动于中而形言,言之不足故嗟叹之,嗟叹之不足故咏歌之,咏歌之不足,不如手之舞之,足之蹈之也。"胡适也说:"情感者,文学之灵魂。文学而不情感,如人之无魂,木偶而已,行尸走肉而已(今人所谓'美感'者,亦情感之一也)。"[①] 郑振铎认为:"文学是人生的自然呼声。人情绪的流泻于文字中的,不是以传道为目的,更不是以娱乐为目的,而是以真挚酌情感来引起读者的同情的。"[②] 可见,情感是文学最重要的审美特征之一。徐嘉瑞的"平民文学"思想发掘出古代"平民文学"中蕴藏的鲜活情感,同时也提倡当时的年轻学子进行文学创作要勇于表达真情实感,他说:"所以现在的时代的青年男女们,应该发展你们的天才,加强你们的个性,努力地去赞美你们所要赞美的,同时努力去感伤农民所要感伤

---

① 胡适著,朱德发、赵佃强编:《文学改良刍议》,引自《国语的文学与文学的国语——五四时期白话文学文献史料辑》,人民出版社2013年版,第6页。
② 郑振铎:《新文学观的建设》,《文学旬刊》第37期。

的……假如是春天，你就感伤着春的循环，和西南风的缥缈。假如在湖畔看见落叶的时候，你就要感伤着玄武湖之秋了。假如你在冬夜呢，你就要说这黑暗之力啊！"①

诗歌便于直接抒发感情，徐嘉瑞认为包括自己在内的民间大众都有表达自己的权利，他在早期创作的许多诗歌都表达出不同的情感体验，他用文学创作来实践思想认识。1912年，徐嘉瑞因无力负担学费，从工矿学堂退学后创作了诗歌《有怀母校工矿学堂》：

得遇卿卿恨已迟，来时疏淡去时思，
羡君潇洒风流惯，知我穷愁贫病时。
太不团圆初夜月，易逢零落最高枝；
而今相见不相语，留有眉头万种痴。
三生前已种情芽，此日相偿岂有他。
说到因缘佛也笑，翻来惆帐念都差。
寡言聊亦忏绮孽，回首不须幻空华。
惨淡秋山凄碧水，西风一夜孤雁斜。
落落胸怀七尺躯，那堪群小较锱铢。
亡羊莫笑臧翁错，失马庸知塞老愚。
恍忽一篇千宝记，依稀几幅禹王图。
最怜牛皂栖迟日，着与群鸡一例呼。
肠断青山青树梢，两楼相对水云蚴。
死狐亦解正丘首，飞鸟犹难忘旧巢。
曾识莲心苦似胆，也知柳絮黏于胶。
莫将身世间渔父，对此茫茫百感交。

该诗把徐嘉瑞因为家贫无力负担学费，不得不弃工学文的无奈和

---

① 徐嘉瑞著，马曜主编、徐演执行主编：《文艺杂谈：诗人论》，《徐嘉瑞全集》（卷三），云南大学出版社2008年版，第570页。

悲伤表现出来，诗中把诗人的抑郁和懊恼，还有对前途的茫然表现得淋漓尽致，尤其是"知我穷愁贫病时""惨淡秋山凄碧水"和"对此茫茫百感交"等诗句充分表现出诗人在生活窘境中的百感交集。

1917年，徐嘉瑞随唐继尧军队驻军外地途中，创作了诗歌《黔西县》：

> 蹇驴得得进荒城，逆旅城中愁病身。
> 回首家山烟雨里，伤心滋味与谁论。

该诗是表达了年轻的徐嘉瑞对战争生活的感叹、随军期间多病的感伤以及对家乡云南的想念，可以感受到诗人身处闭塞的小城又抱病在身的低落的心情。

自由的情感表达是个体生命重要的组成部分，是文学本身的重要内容。徐嘉瑞大胆地挑战旧的社会等级观念，在文学作品中表现出自然的而非功利性的情感体验。

2. 普通百姓真实生活的描写

"五四"文学革命使学人们觉醒，认识到文学不应只是政治、道德和宗教的附庸，个人也不是皇权的奴隶。"个性解放的实质就是人的解放，是使人从自然和社会的各种限制其自由健康发展的束缚中摆脱出来，获得人的本有价值，即作为一个不断向上发展的人所应有的人格、权利。"[1] 这种自我个性的解放，反映在文学中不仅要表现真实的情感，更要表现普通百姓的生活以及他们在日常生活中的追求，徐嘉瑞的文学创作从平民立场出发描写普通百姓的生活场景。由于徐嘉瑞的思想渊源和他童年时期的生活，他的文学创作的内容不仅表现民间生活，更多地还描写民间乡村生活，对于这些生活的描写有的是通过诗歌专门展现，有的是穿插在戏剧作品中，为戏剧作品展现一个

---

[1] 许志英、邹恬主编：《中国现代文学主潮》，南京大学出版社2008年版，第62页。

广阔的生活背景。

如前第一章所述,徐嘉瑞的"平民文学"思想受到俄国民粹主义的影响,表现出对乡村的向往,他创造有多首描写农村生活的诗歌,充满了理想色彩的诗情画意。徐嘉瑞于1921年发表了新诗《农家生活》(一)(二):

(一)

今年的谷子真好!一驮两驮,一挑两挑,
压折了马腰;又压断了人腰。
那大路上的尘灰,也喜欢得个飞起来了。

(二)

今年的谷子真肥。
天气又晴,太阳又好,田坝又大,干堆万堆。
等候着人呵!马呵!
一驮一驮,一挑一挑,喜喜欢欢地挑回,
才见着唱秧歌不抬头的女儿,
又听着争着热头打谷子的声气。
农家的生活呵!
上半年是真正的快乐,下半年又实在的欢喜。

丰收的喜悦,热闹的场景,近景中谷子的丰收压弯了马的腰、压驼了农人的背,远景中广阔的田坝子上堆着满满的丰收的粮食,"唱秧歌不抬头的女儿""争着热头打谷子的声气",徐嘉瑞用农人的动作把热火朝天的收获场面营造出来。

1940年,由于抗日战争形势的严峻,为了躲避战火,徐嘉瑞携家人迁往老家大理居住。这期间徐嘉瑞的多首诗歌都描写了大理乡间优美的风光,如《与之棠游洱海滨村落》《至喜洲呈泽承、渔庄、之棠诸兄》《苍山杂吟》《思亲》等,如"斜阳映积雪,村市买鱼回。对月作忘客,临轩更举杯"等的诗句,在描写乡间宁静生活时没有华丽的修辞和语言的雕琢，意境悠远、灵动。

在徐嘉瑞的由长诗改编成的歌剧《望夫云》中，用白族民众喜悦的语言道出白族的赛马盛况：

> 万紫千红开遍，春天呀来到了苍山，一年一次的盛会，我们也来到三塔寺前。南诏国兵马强壮，一匹匹像活虎生龙，佩着那绣鞍金镫，红绣球万头攒动，老百姓赶着瘦马，也要来显一显英雄。①

这段文字中说明白族赛马会举行周期和时间是一年一度，一般在春季举行，参加的民众来自各地，赛马会既展现了南诏王室的兵强马壮，也满足了老百姓娱乐的心理。另外，徐嘉瑞在长诗《多沙阿波》中也描写了许多云南哈尼族的日常生活，如建房、做饭、捕猎、赶"老博街"等。

徐嘉瑞看到动荡的时局给人民带来的困难，农村处当时社会最底层，百姓生活的困苦更加严重，他清醒地认识到农村生活并非都是诗情画意的，也充满了苦难。徐嘉瑞在中华人民共和国成立后创作的多部作品中都还原了1949年以前农村生活的悲苦面貌：徐嘉瑞在1950年创作的花灯剧《驼子拜年》中描写了中华人民共和国成立前，农村百姓在过年时被抓壮丁的悲剧，"你看往年的大年初一就要抓壮丁。我家赵贵就是去年大年初一被背时鬼老蒋抓出去，我老两个哭得两双眼睛肿得搭桃花是（音深）嘞（的），眼睛也睁不开，使力呢（的）睁，才睁得有豌豆米儿大，显见得太阳只有豆大"②；他在1959年创作的长诗《多沙阿波》中，用比喻的修辞把哈尼族老百姓受到

---

① 徐嘉瑞著，马曜主编、徐演执行主编：《望夫云》，《徐嘉瑞全集》（卷四），云南大学出版社2008年版，第271页。

② 徐嘉瑞著，马曜主编、徐演执行主编：《驼子拜年》，《徐嘉瑞全集》（卷四），云南大学出版社2008年版，第348页。

土司剥削的残酷写出来："老鸦无树桩，土司剥穷人，好像剥芭蕉。剥了芭蕉皮，剥到芭蕉心"①；他在1960年创作的长诗《何振古歌》中，描写了何振古家乡清溪的百姓在中华人民共和国成立前的悲苦生活："清溪乡是一个悲惨的地方，牛大恒、余伯平来逼租，把振古的哥哥打死在山前；和国英、唐文清来抓兵，把振古的爹爹关进牢监。妈妈哭瞎了右眼，奶奶饿死在草荐上；振古被抓去当兵，逃回家不成了人样。"②

徐嘉瑞的文学创作以真挚的情感、以关切的胸怀，描写民间农村生活的日常，以农人的欢喜为欢喜，以农人的悲切为悲切。

3. 对女性人格、命运的关注

"五四"文学受个性解放思潮影响，追求自我意识的觉醒和独立人格的形成，个性解放的对象应是包括每个社会成员。如果说社会底层民众的个性在封建社会受到压抑，千年来一直被视作男性附庸的妇女的个性更是受到严重束缚，在"五四"文学中，女性的人格和价值开始得到重视。徐嘉瑞体现"平民文学"思想不只关切普通平民，也尊重社会中的女性，他的文学创作的内容包含了对女性的人格、命运的关心和同情。

徐嘉瑞有许多文学作品是以女性为描写对象，他最早的诗歌《虞姬》《明妃》《杨妃》就是描写古代三位著名美人，诗中没有写美人的美貌，而是讲述了她们成为时代和政治牺牲品的悲剧命运，徐嘉瑞对于女性无力主宰自己的命运寄予了同情。徐嘉瑞在中华人民共和国成立后最重要的两部长诗《望夫云》和《多沙阿波》，其中的主人公也是女性。他在诗中将这些女性塑造成具有独立人格、自我意识和战斗精神的时代新女性。《望夫云》改编自白族的民间传说，诗中的白

---

① 徐嘉瑞著，马曜主编、徐演执行主编：《多沙阿波》，《徐嘉瑞全集》（卷三），云南大学出版社2008年版，第311页。

② 徐嘉瑞著，马曜主编、徐演执行主编：《何振古歌》，《徐嘉瑞全集》（卷三），云南大学出版社2008年版，第364—365页。

族公主敢于打破自己的命运,勇敢地追求与猎人自由的爱情,这位白族公主不贪图锦衣玉食的生活,也厌倦宫廷的阴暗和斗争,她的思想没有半点贫富阶级的杂念,"她厌恨宫中沉闷的生活,她厌恨宫中虚伪的礼节;她恨不能飞出宫门,去看一看宽广的世界"[1];白族公主对待爱人的情感是真诚的,她说"这个人十分可爱,实在是又热情、又诚实,一见他我心中高兴,一眨眼他已回来"[2];白族公主对爱人的情感更是执着的,得知爱人遇害之后仍不放弃爱的信念,"果然是你们把他暗害,你们这般人真是凶狠。我到死也不回去,我要变做暴风把你们吹成粉碎……看一看我的猎人,我要把海水吹开,把海底的沉冤吹散。我到死也不回头,除非是海枯石烂"[3]。诗中塑造的白族公主没有一点贵族似的娇气,她大胆地追求自由的爱情,即使遭受了恶势力的打压也不放弃,表现出一种崇高的斗争精神。长诗《多沙阿波》中塑造了一位带领各族人民起义的哈尼族女英雄的形象,诗中动情地描写云南秀丽的山水孕育了美丽的多沙阿波,"大家围着叶支来唱歌,她的声音亮又甜。她唱的调子是'翻年',阿爷教过她几百遍。牛听着不会吃草了,竺鸟忘记把食找,白云不动了,被歌声迷在山腰。只有太阳的路程远,慢慢地走进西山道。伙伴们一边唱着一边笑,赶着牛儿回家转"[4];诗中更表现多沙阿波在饱受土司欺压之下,带着民众起义的勇敢形象,"阿波骑着白马,身背长枪,腰带弓箭,她紧皱起眉毛,紧握着宝剑。仇恨把脸烧得通红,两眼射出闪闪的电光。她想着她的爹爹,想着她的妈妈,想着比哀牢山高的仇恨,想着比红河水深的血债。惹木爷又在耳边唱起来了:'你不是叶支姑娘,你是多沙的阿波。拿起你阿爹的宝剑,替大家报仇,替你的爹妈报

---

[1] 徐嘉瑞著,马曜主编、徐演执行主编:《望夫云》,《徐嘉瑞全集》(卷三),云南大学出版社2008年版,第260页。
[2] 同上书,第265页。
[3] 同上书,第278页。
[4] 徐嘉瑞著,马曜主编、徐演执行主编:《多沙阿波》,《徐嘉瑞全集》(卷三),云南大学出版社2008年版,第293页。

仇.'她的心要跳出来了，咬破了她的下唇"。① 徐嘉瑞文学作品中塑造的白族公主和多沙阿波的女性形象，具有了反抗的精神和掌握自己命运的要求，不再是娇羞孱弱、受人欺凌的形象，显得大胆而充满生命力，是时代的新女性。除此之外，徐嘉瑞还在花灯戏中塑造了许多善良质朴的新女性形象。

（二）徐嘉瑞作品的人道主义题材

徐嘉瑞的"平民文学"思想对普通百姓情感和生活的关心，往往是与对社会的关注联系在一起的。个人的价值需要在社会中体现，个人只有加入社会才能更好地实现自我，社会发展也才能为自我完善创造更好的条件，徐嘉瑞说"表现个人的心境，而忘却了决定个人意识的社会，这样空虚的议论，只有在玄学、哲学上可以成立"。② 在徐嘉瑞的"平民文学"思想中，底层百姓的个性解放与社会形势紧密联系，他的文学创作始终关注弱势群体的悲悯人生，要寻找到产生悲苦的社会根源予以尖锐的批判。

1. 对底层民众悲苦生活的书写

徐嘉瑞以亲身经历为基础形成的"平民文学"思想，充满着对底层民众深切的关心和同情，在这一思想的指导下，他认为文学作品的内容要展现平民大众的悲苦人生，只有这样才能打动更多人，推动社会变革。徐嘉瑞是文学研究会的成员，他的思想与文研会"为人生"的文学观契合，周作人起草的《文学研究会宣言》中就强调，"将文艺当作高兴时的游戏或失意时的消遣的时候，现在已经过去了"，"为人生"的文学观就是要以人为本，尤其要关注下层民众非人的生存现状，茅盾认为文学的任务是"欲把德谟克拉西充满在文学界，使文学成为社会化，扫除'贵族文学'的面目，放出'平民文学'精

---

① 徐嘉瑞著，马曜主编、徐演执行主编：《多沙阿波》，《徐嘉瑞全集》（卷三），云南大学出版社2008年版，第362页。
② 徐嘉瑞著，马曜主编、徐演执行主编：《忏悔》，《徐嘉瑞全集》（卷三），云南大学出版社2008年版，第572页。

神。下一个字是为人类呼吁的，不是供贵族阶级赏玩的；是'血'和'泪'写成的，不是'浓情'和'艳意'做成的，是人类中少不得的文章，不是茶余饭后消遣的东西"①，郑振铎也认为"我们现在需要血的文学和泪的文学"。徐嘉瑞的"平民文学"思想中浸透着人道主义的关怀，他从文学内容的社会意义出发，认为文学作品应关注和表达民间疾苦，应重视社会底层工农的悲苦生活。

作为文学家的徐嘉瑞利用自己手中的笔来直接书写人民的苦难。他的歌剧《蛇骨塔》改编自大理白族的民间传说，剧中描写了白族百姓的疾苦，特别书写了础石工的艰辛和受到的剥削：

> 正月挖石满山雪，二月挖石手开裂。
> 三月挖石红血开出了杜鹃花，四月挖石石工在想家。
> 五月六月雨水落，七月八月洪水冲。
> 九月十月就下雪，冬月腊月大雪把山封。
> 我们的粮食吃完了，要想下山风又寒。
> 要不下山就饿死，好叫我们难上难。
> 一出洞门北风像剪，二出洞门大雪埋到腰。
> 金刚岭上的石工三十六，手拉着手像链条。
> 一个石工背着一块大理石，一齐走到财主家。大财主说"现在无钱我不买"，二财主说"这些石头只好拿去做猪食槽"。②

徐嘉瑞创作的花灯剧《姑嫂拖枪》，通过王大嫂之口道出了由于连年战争导致的民不聊生，王大嫂面对压榨百姓的国民党军官唱道："你这两个死砍头的，把我的男人杀了，把我家的谷子烧了，又把我搭（和）我的姑太拉了出来，要整哪样"，短短几句已经把战争年代老

---

① 茅盾：《现在文学家的责任是什么?》，《东方杂志》第17卷第1号。
② 徐嘉瑞著，马曜主编、徐演执行主编：《蛇骨塔》，《徐嘉瑞全集》（卷四），云南大学出版社2008年版，第311页。

百姓生活的难以为继唱出来了,这种苦难不是天灾,而是人祸造成的。《多沙阿波》中通过惹木爷爷之口唱出了哈尼酒歌:

> 古时候哈尼人住在大江上边,这地方叫努每阿马。
> 很多很多年以前,我们祖先很早就来到红河,落脚在哀牢山上。
> 竹楼盖起一间间,梯田开出山连山,一代代子孙像蜜蜂多起来,山都有我们哈尼人的村寨。
> 栽山养虎,虎大伤人,人烟兴旺了,日子好过了,养活了土司,土司来吃人。收回的谷子拿去了,养肥的牛羊牵去了。
> 养大的姑娘抢去了,千捐百税上贡上粮,日子一天比一天难过。①

这首酒歌用通俗的语言唱出了哈尼百姓的悲苦,其中有叹息,有愤怒,更有对生活的无可奈何。

徐嘉瑞体现"平民文学"思想的文学创作受到人道主义的影响,但却不是以个人主义为中心。徐嘉瑞不像郁达夫等文学家主张私人化写作,只剖析个人的精神,而是将关注的视角始终落在平民大众生活的社会上,始终关心社会中"被损害与被侮辱"的群体,真正做到表现人生和指导人生,为其"平民文学"思想的文学内容向"人民文学"发展奠定了基础。

2. 对黑暗社会的批判

徐嘉瑞的"平民文学"思想在对底层百姓的悲苦人生寄予深切同情之时,也清晰地认识到这些苦难并非命中注定、并非因果轮回报应,而是社会黑暗导致的,徐嘉瑞的"平民文学"思想到了中后期从表现个体人生,转向关注整个社会民众的命运。

中国古代文学具有批判现实的传统,加之"五四"以来传入中

---

① 徐嘉瑞著,马曜主编、徐演执行主编:《多沙阿波》,《徐嘉瑞全集》(卷四),云南大学出版社 2008 年版,第 402 页。

国的19世纪欧洲批判现实主义文学的影响，中国现代文学也将文学作品视作投枪匕首来揭示社会的病态。鲁迅以敏锐的视角、深刻的思想和犀利的笔触，描绘出病态社会的浮世像；老舍的《骆驼祥子》对城市贫民的悲剧命运予以同情，揭露了城市文明对心灵的腐蚀；郁达夫的自传体小说揭示了黑暗的社会导致当时青年人精神的病态。如果说鲁迅等文学家的作品带有思想启蒙的色彩，旨在拯救人性的话，徐嘉瑞对社会黑暗的批判更源自他的"平民文学"思想的对底层百姓深沉的热爱和关切。鲁迅是徐嘉瑞最敬重的人之一，他曾买过《鲁迅全集》反复阅读，他如同鲁迅一样，也将自己的杂文看作战斗的武器。徐嘉瑞在1928年至1929年担任《云南民众日报》社长期间，主编了两个副刊《杂货店》和《象牙塔里》，并在其中发文三十余篇抨击时政社风、揭露封建残余、讽刺歪风陋俗。在这些文章中，如作者在《妻的问题》中以新式知识分子的第一口吻表达了对旧式婚姻的不满；《一对恋人》将在云南通行的两种货币法票和富滇票比喻为一对恋人，抨击了法票在云南通行以来导致的物价上涨，以及对百姓财富的盘剥；《日帝国主义将增兵满洲》揭露了日本在"满洲"增兵明为保护，实为侵略的本质；《唯官主义》则批评了那些不顾实业、靠钻营苟且谋官的小人；《文明与野蛮》对何为文明，何为野蛮进行辩证的区分，揭露了所谓西方"文明"的虚伪和唯利是图的本质；《两种枪》揭露了烟枪对中国人精神的腐蚀和机枪对中国和平的摧毁。

徐嘉瑞面对因社会腐朽而国将不国的危局时，在文学中具有高度责任心地不遗余力地批判社会黑暗，不仅关注个体民众的命运，更将视野转向关心广大民众的群体生存的命运，其文学创作内容具有丰富的社会性。当然，今天研究徐嘉瑞的文学思想，更应辩证看待，也要认识到徐嘉瑞由于受到时代不同社会思想影响，抨击时政的部分观点太过偏激，有失偏颇。如《妻的问题》一文，徐嘉瑞同情面对旧式婚姻充满苦恼的新市青年，支持他与裹着小脚的旧式妻子离婚，文中说到：" 我想你们一定能同情，因为这是新人物应该干的伟业。以我们这新的资格，还不出而提倡，不是失了我们的本职么？来罢，我们大家都来践行。"① 这在当时颇为流行的思想且不说是对传统道德观念的挑战，即使在今天看来也属不妥，新式青年为追求新思想和新生活，便与育有三子的结发之妻离婚，不仅是对妻子感情的背叛，更是对家庭责任的逃避。在当时进化论影响巨大的时代背景下，自认为是新式人物的青年激进地想与所有旧式传统割裂关系，殊不知"旧"不等于"错"，不等于"无价值"，许多传统价值观经过悠久历史的考验，已凝聚为民族的核心美德，更显珍贵，亦有存在价值，不能一味地将其归结为"旧式的"而进行全盘否定。

（三）对政治事件和政治思想的反映

徐嘉瑞在求学和工作的期间经历了新旧政权的更迭、军阀的混战、国民党制造的白色恐怖，以及随着日本入侵而极度尖锐的民族矛盾，这些亲身经历使他的"平民文学"思想对社会时政始终保持高度关注。在受到左翼文学思潮影响后，徐嘉瑞对自己早年创作的纯粹表达爱情的作品表示出深深忏悔，他说"我发表了几篇洋二气的恋歌，登了若干日，还登不完，这才是使我十分的忏悔哩"。② 徐嘉瑞认为主张文学要与政治紧密联系，要反映政治活动，他看到经过了"五四"新文化运动思想洗礼的民众已不是茫然无知，"民众的知识程度，抗战意识，也是前几百年民众所不能比拟的了"。徐嘉瑞认为不要"把民众估计得太低"，现在的民众同样关心时政，政治已成为普通百姓生活中的重要内容，直接影响了他们的生活，所以为平民大众创作文学作品的内容"要把握这一个动的事态，不要机械地去观

---

① 徐嘉瑞著，马曜主编、徐演执行主编：《妻的问题》，《徐嘉瑞全集》（卷三），云南大学出版社 2008 年版，第 528 页。

② 徐嘉瑞著，马曜主编、徐演执行主编：《忏悔》，《徐嘉瑞全集》（卷三），云南大学出版社 2008 年版，第 573 页。

察……也不至于在距大众十万八千里外兜圈子"。① 徐嘉瑞在20世纪三四十年代创作的文学作品内容主要是表现抗战救亡的题材，在中华人民共和国成立后主要是表现新中国的各项建设工作。

1. 对抗战救亡的表现

随着日本侵华形势的严峻，徐嘉瑞提倡的"平民文学"的价值和意义此时被置于重要地位，与民族救亡联系在一起，文学家们认为要深入民间，用"平民文学"的形式和语言宣传抗战救亡的思想，激发民众抗敌的情绪。

学界对于抗战文学的认定一般是指20世纪40年代以来的文学，但徐嘉瑞早在1931年"九·一八"事变之后就开始主张文学内容要表达抗战救亡的主题。徐嘉瑞是文学家的同时还是社会革命家，在1938年至1941年，与云南诗人罗铁鹰、雷溅波等合办了全国唯一一份只刊登抗战诗歌的诗刊——《战歌》，他在其中发表了多首表现抗战救亡主题诗歌。徐嘉瑞的诗歌《中华民族的歌唱》《全国总动员》《无声的炸弹》《二等兵陈龙》《飞将军孙桐岗》《新从军行》《从桥上走了过去》都是抗日战争题材的诗歌，其中有对1937年"八·一三"淞沪会战惨烈的描写，同时也歌颂了中国军队取得的胜利；有对全中国动员起来抵抗日本的热血沸腾的展现；有对国民党当局通过投"纸弹"，对日本进行反战宣传的认同；有对战争中军官士兵的抗战事迹的记录；还有对抗战必胜坚定信念的书写。这些诗歌的语言通俗但不俚俗，使用了比喻、拟人、象征等修辞手法，如"一行行的战士，一列列的炮车，头上戴着树枝，机关枪上戴着紫藤，是新中国胜利的花环"，"螺旋桨在转着歌喉歌唱，它的声音今天特别的明亮。第一个轮旋曲已经唱完，八只铁鹰发怒似的拍着它们的翅膀，一架一架地飞上高空"，这些语言使诗歌内容更具感染力，加之诗人充满强

---

① 徐嘉瑞著，马曜主编、徐演执行主编：《大众化的三个问题》，《徐嘉瑞全集》（卷三），云南大学出版社2008年版，第119页。

烈感情的书写，在内容和语言两方面表现出时事性、思想性和通俗性、艺术性。

诗歌的受众群体毕竟有限，多为知识分子和学生，徐嘉瑞为了调动全民抗战的热情，更创作了多部抗战救亡主体的话剧，《我们的时代》讲述了一对姐弟奔赴东北参加抗日战争最终牺牲的英勇故事；《炮声响了》展现了"七·七事变"后社会里的众生相；《台湾》讲述了清末名将刘永福抗击倭寇的事迹。徐嘉瑞选择创作话剧的原因在于，一方面话剧可以在社会中进行公演，能够产生更广的社会效应；另一方面话剧通过演员通俗易懂的表演，即使文化程度不高的民众也容易理解，可以扩大在民众中的影响。

面对抗日战争的危急，面对中华民族的生死存亡，徐嘉瑞的"平民文学"思想认识到文学若只表现个体民众的生活和情感会具有狭隘性，也不能只写个人在战争中的不幸。徐嘉瑞将自己个人情感和家国情怀融合在一起，主张要正确评估民众的价值，描写他们关心的社会动态，书写整个国家民族在战乱中的不幸和坚守，书写全民抗战的内容。更可贵的还在于无论是面对抗日战争形势的严峻，还是面对家庭在战争中的困难，徐嘉瑞从未在他的作品中流露过消极的情绪，一直都是以饱满的热情进行反战的宣传。同时从文学审美价值来看，徐嘉瑞的表现抗战主题的文学作品，具有社会积极意义的同时，在艺术技巧上还是略显简单粗糙，无论是诗歌语言还是话剧中人物对话，情绪化、口号式的语言表达比较常见。不过这不只是徐嘉瑞个人文学创作的不足，也是时代的产物，是当时文坛流行的风气。

2. 对新中国新气象的歌颂

毛泽东的《在延安文艺座谈会上的讲话》（以下简称《讲话》）明确了文艺为工农兵服务的方向，将文学创作视为中共意识形态构建的重要手段。《讲话》在第一次文代会上经周扬阐释后，强化了文学为政治服务的思想。加之中华人民共和国成立后，不存在阶级的对立，徐嘉瑞的"平民文学"发展为"人民文学"，多书写主旋律的政治思想和社会事件。

徐嘉瑞在1949年后感受着社会的新气象，陆续创作了一大批时政色彩浓郁的文章和诗歌，尽管现在看来这些作品的政治色彩浓郁、文学性不高、语言略显简单直接，但当时它们多是发表在报刊上，以一种通俗的、及时的方式向工农兵群众传递了最新的社会信息。从1951年至1965年期间，徐嘉瑞写作了《春天来了》《高尔基的巨著母亲》《再论高尔基的小说母亲》，朗诵诗《苍山歌》《志愿军归国代表在滇西各地传达纪略》《伟大的日子——"九一三"》《庆祝中华人民共和国建国两周年》《人类历史中最辉煌的一页》《热爱我们的祖国，加强我们的学习》《纪念毛主席〈在延安文艺座谈会上的讲话〉发表十周年》《学习鲁迅先生的战斗精神》《衷心的感激》《云南美术创作的新气象》《一部伟大的著作》《做一个献身祖国人民献身于党的新知识分子》等共五十四篇文章和诗歌，这些作品有的是庆祝建党40周年作品、有的是国庆献礼作品、有的是外交活动感言、还有的是对青少年的鼓励和教育等，都具有较强的现实意义。只是徐嘉瑞受到当时"文学创作一定要表现重大政治事件"等文艺方针的影响，照顾了文学的思想性却忽略了文学的艺术性。

综上所述，徐嘉瑞文学创作的内容是其"平民文学"思想的具体体现，他将底层社会作为自己的关注重点，认为通过文学要将底层百姓从传统道德的束缚中解放出来，要展现老百姓悲苦的生活，要批判社会的黑暗，要描写普通民众生活时代的动态……他的文学作品充满了人道主义关怀。徐嘉瑞的"平民文学"思想是以认可民众、尊重民众和学习民众作为思想核心，由此也带来了文学内容上的缺陷，过于强调底层民众的价值，重视底层民众情感的珍贵，使徐嘉瑞的文学内容较多地迎合底层民众的审美趣味，而忽略了他们人性上的复杂性，未对此提出任何的批判，也未将整饬人性作为自己文学创作的主要任务，这便是徐嘉瑞与鲁迅等思想大师相比存在的距离。

第二节 "平民文学"思想指导下的文学翻译活动

徐嘉瑞作为文学家的实践活动，不仅有丰富的文学创作，更有多部国外文学著作和多篇研究论文的翻译。徐嘉瑞曾翻译过莎士比亚的戏剧作品《恺撒大将》《仲夏夜之梦》《安东尼与克里阿巴特拉》，也曾翻译过英国浪漫主义诗歌《天使》《梦》《献给爱》《生日》等，还曾翻译过学术论文《印度之佛教美术》《宗教之起源》《支那文学概论》《产业与艺术》等。徐嘉瑞在学术活动早期，通过文学翻译活动，丰富了"平民文学"思想的理论基础，逐渐完善了自己对"平民文学"思想的理解和建构。

徐嘉瑞的文学翻译活动是在20世纪初社会局势动荡，多种文化思潮交替和碰撞的背景下展开的，受到中国近现代文学翻译活动的影响。晚清是中国文学翻译活动的酝酿期，其目的不仅是救国，更为了"保君"。鸦片战争之后，清朝的洋务派主张向西方学习，不能再只是墨守成规。于是近代以来，以"保君"为终极目的，以"富国强兵"为目标，以学习西方先进科学技术为主要内容的自上而下的早期翻译活动兴起。1862年，在冯桂芬、曾国藩和马建忠等人的建议下，清政府在北京设立了同文馆。同文馆成立后，先后翻译了一批西方的政治、法律和自然科学方面的著作，如《万国公法》《法国律例》《格物入门》《化学阐原》《天学发轫》等，对当时学习西方文化产生了一定影响。同文馆从1862年至1890年期间共招收学生528名，培养出大批专业的翻译人才，为之后中国翻译文学的盛兴奠定了基础。此外，由洋务派创办的江南制造局，出于生产需要，也在其内部自设翻译馆，进行以自然科学和应用技术的主要内容的翻译活动，从1868年至1896年共译书一百余种，促进了中国现代科技发展，也影响了同时代的许多学者，如康有为、梁启超和章太炎等。清朝末年的翻译活动是在列强入侵、国家飘摇的背景下，由清政府主导，自上而下开展的活动。近代翻译活动注重对西方科学技术类著作进行翻译，对文学著作翻译关注较少，同时较有远见的官员主张设立学堂，注重对翻译人才的系统培养，为民初至"五四"运动中文学翻译的盛兴奠定了人才基础。但在历史时代的大背景下，仅注重"器"层面的革新，是难以挽回清政府走向没落的命运的。

随着"五四"新文化运动兴起，中国现代翻译活动进入兴盛时期。"五四"以来翻译活动的最终目的不再为了"保君"，而是为了"救国"。辛亥革命虽然推翻了清政府统治，但是国内的不同政治派系纵横对立，普通百姓生活艰辛，人心难安。为了建立一个现代的民主的和平的国家，具有忧患意识的学者们也主张学习西方先进文化，他们为传播西方思想自觉地在民间进行翻译工作，开展了现代以来的自下而上的翻译活动。这些学者清楚地认识到仅是技术的革新无法带来整个社会的变革，更需要思想观念的革新，于是他们更期望通过西方文学来改造社会思想。"五四"以来的翻译活动沿着以下路径展开：通过翻译西方文学作品，从中获取思想和理论的资源，从而促进中国新文学建设，翻译的文学作品以生动可感的形式和内容潜移默化地启发民众的思想，通过文学作品实现全社会的思想启蒙。由于小说和戏剧的形式通俗、语言生动，易为普通的底层民众接受，学者们重视它们的社会教育功能，在文学翻译中多译小说和戏剧，在正统文学中原处于边缘地位的小说和戏剧逐渐成了现代文学的主流，担负起思想启蒙的任务。胡适、陈独秀、鲁迅、周作人和刘半农等文学家都自觉地从事文学翻译，实现文学现代化转型、思想启蒙和社会改造的目的。当时中国的学者多数精通外语，或有留学欧美或日本的经历，了解、熟知西方思想，在语言表达和内容描述等方面，他们的翻译较之前人更加融通。

徐嘉瑞自幼家贫，无力留学海外，由于认识到西方文化的先进性，年仅18岁的徐嘉瑞在昆的明陆军医学院担任司药生期间，便开始自学英语和日语，这为他日后访学和翻译外文著作打下了语言基础。徐嘉瑞的文学翻译活动集中于学术活动初期，最早的翻译作品发表于1920年的《澎湃》杂志，这正是"五四"新文化运动席卷全国之时。年仅25的徐嘉瑞满怀热情地投入这场文学运动中，积极翻译发表各种西方进步文学。在徐嘉瑞文学活动的中后期，随着他思想的成熟，以及国内日益严峻的革命形势和战争局势，他意识到只依靠翻译外国文学对中国现状影响不大，他于1934年出版了最后一部翻译作品《罗马大将恺撒》。

徐嘉瑞的文学翻译活动和他"平民文学"思想的关系在于，徐嘉瑞的"平民文学"思想在他的学术活动初期处于自然萌发状态，缺乏理论的深度和思想的系统性，他通过翻译外国论著了解先进思想，为"平民文学"思想寻找理论资源。同时，徐嘉瑞从自己的"平民文学"思想出发选择翻译对象，他的文学翻译的内容、语言和功能中均能体现出"平民文学"思想，而且徐嘉瑞翻译的作品有的经过正式出版在学校教学中使用，有的发表于云南的进步报刊《澎湃》《云南民众日报》等，产生了广泛的社会影响，对传播他的"平民文学"思想有积极作用。

一 译文体现的"平民文学"思想

从徐嘉瑞文学翻译的对象上看，以文学作品和文学评论为主，既有对文学作品完整的翻译，也有在文学评论中对作品中某一片断的翻译，翻译内容兼具了多样性和侧重性。

翻译者不直接言说自己的思想，其思想从译文中体现，徐嘉瑞期望通过文学翻译活动促进"平民文学"的确立。在"五四"新文化运动中，胡适、陈独秀等学者都主张否定传统的旧文学观，要建立属于这个时代的新文学观，学者们相信中国文学史的主流不是"贵族文学"，而是"平民文学"。胡适在《国学季刊》中说："庙堂的文学固然可以研究，但草野的文学也应该研究。在历史的眼光里，今日民间小儿女唱的歌谣，和《诗三百篇》有同等地位；民间流传的小说，和高文典册有同等的位置。"① 徐嘉瑞也说："贵族文学，在文学史上，固然也有相当的（古典的）价值……我们现在反过来，以平民文学为主。"② 可见，学者们开始以"平民文学"为中心进行新文学建设。

从这一目标出发，徐嘉瑞有针对性地选择文学翻译的内容，为"平民文学"的确立寻找思想资源。徐嘉瑞的"平民文学"思想的核心主张是对底层百姓的尊重和认可，要将普通百姓的个体情感从道德的束缚中解放出来，这些都可以从欧洲文艺复兴时期的人道主义思想中汲取营养，于是徐嘉瑞相对集中地翻译了欧洲文艺复兴时期的一批文学著作，如莎士比亚的戏剧《恺撒大将》《仲夏夜之梦》《安东尼与克利阿巴特拉》等，如塞万提斯和狄更斯的文学作品，如欧洲表达个性自由的浪漫主义诗歌等。尤其是徐嘉瑞翻译的《仲夏夜之梦》包含了文艺复兴时期追求自由、平等、博爱的人道主义思想，该剧讲述了经过种种磨难有情人终成眷属的爱情故事。剧中，雪尔米亚与莱桑德尔相爱，但雪尔米亚的父亲伊捷士却要将女儿强行嫁给德米特鲁。在该剧的开篇，伊捷士生气地对国王说："一个女儿是应该服从她的父亲的命令的。可是我的女儿现在已经变成了最顽固，最粗野的了。我的国王，假如她当着你的面还不肯和德米特鲁结婚，我请求你依照我们雅典的古规；假如她还是我的女儿，我就有处置他的特权。这就是，她或者是和父亲所许配的男子结婚，要不然就是死"③，从伊捷士的这段话可见，这是一位封建家长对自己子女婚姻的控制，要求子女按照封建婚姻制度听命于家长。《仲夏夜之梦》这部爱情

---

① 胡适：《国学季刊·发刊宣言》，《国学季刊》1923年第1期。
② 徐嘉瑞著，马曜主编、徐演执行主编：《中古文学概论》，《徐嘉瑞全集》（卷一），云南大学出版社2008年版，第16页。
③ 徐嘉瑞译，马曜主编、徐演执行主编：《仲夏夜之梦》，《徐嘉瑞全集》（卷四），云南大学出版社2008年版，第581页。

喜剧的矛盾冲突在于,女儿雪尔米亚并不愿听从父亲,要求自己主宰自己的婚姻,她说:"我希望我的父亲用我的眼睛去看,去选择……可是我决不服从我父亲的意志,毁灭了我的处女的贞操。他的意思是要把我的灵魂卖给德米特鲁,对于我的自由和我的权利一点都不尊重。"① 莎士比亚将雪尔米亚塑造成伊丽莎白时代具有人文主义精神的新人,要求自由地追求爱情和人生的幸福,莎士比亚在该剧中通过对现实人生的深刻观察,寄托了他追求自由、平等、博爱的人道主义思想。另外,徐嘉瑞其他的许多译作也都包含了人道主义思想,如莎士比亚戏剧《恺撒大将》②虽名为恺撒大将,其中刻画更为精彩的人物形象并非恺撒,而是为了争取罗马共和制度,反对恺撒专政,最终被安东尼所杀的悲剧人物布鲁塔斯,这个人物形象尽管存有诸多争议,在剧中确是象征罗马人民的自由精神;如英国诗歌《献给爱》《生日》《秋天的城郭》《歌》《花冠》等,均描写了爱情的甜蜜和忧伤;塞万提斯的《堂吉诃德》表现了"勇敢的、进取的、博爱的、人道主义的精神"。在文学翻译活动中,徐嘉瑞对欧洲人道主义思想有了深入的认识,为"平民文学"思想寻找到了理论资源。

二 翻译语言体现的"平民文学"思想

语言不仅是表意的工具,更是思想的承载,徐嘉瑞认为"平民文学"使用的是如白话般通俗易通的语言,他批评古文"以奇异罕见之字,堆砌而成。恶滥之风,莫此为甚",故徐嘉瑞在文学翻译中多使用白话。

徐嘉瑞在早期翻译活动中多译日本学者的学术论著,由于日本文

---

① 徐嘉瑞译,马曜主编、徐演执行主编:《仲夏夜之梦》,《徐嘉瑞全集》(卷四),云南大学出版社2008年版,第581页。
② 有的译本将该剧名译为《恺撒大帝》,本节研究对象为徐嘉瑞的文学翻译,为了尊重研究对象的翻译工作,于是使用徐嘉瑞所译原名《恺撒大将》。

学与中国文学具有渊源关系，这些论著内容与中国文化关联紧密，徐嘉瑞最初所使用的翻译语言仍多是半文言半白话，如他翻译的帆足理一郎的《宗教之起源》，开篇即言，"宗教之起源者，即神之观念之起源也。神之观念如何而入于人间生活乎？又以何时而入于人间生活乎？乃神之自身之启示乎？又或者人间之发见乎？又或创造者乎？皆不可不考查者也。今欲知宗教之起源，当分为两方面考查：即心理的方面与历史的方面是也"，译文的语言文白夹杂，不过徐嘉瑞这样文白夹杂的译文只有三篇。

"五四"新文化运动以来，白话取代文言在现代文学发展中已是大势所趋，"平民文学"的地位得到提升，徐嘉瑞翻译的欧洲文学作品和文学评论均使用了白话，特别是诗歌和戏剧，不仅语言是白话，而且分行、格式和标点也符合现代化。正如胡适所说"用古文译书，必失原文好处"，周作人也说"口语作诗，不能用五七言，也不必定要押韵；止要照呼吸的长短作句便好。现在所译的歌，就用此法，且来试试；这就是我的所谓'自由诗'"。[①] 徐嘉瑞在翻译的过程中多直译原文，他翻译莎士比亚的《恺撒大将》《仲夏夜之梦》、梅特林克的《青鸟》《英诗小辑》和象征主义的诗歌，都是直接从英文译为中文，直译原作可以忠于原文的文化背景和思想，不致原文思想经多次解读后被扭曲，保证了传播思想的准确性。徐嘉瑞的文学翻译同时遵守了严复提出的"信、达、雅"翻译三原则。徐嘉瑞早期的翻译语言以"信"为主，追求对原文准确的表达，但英语句式与中文句式相异，他直接按照英文语序译为中文，难免导致语句颇有生涩之感，如《产业与艺术》中的"我们再举一个抱着美的思想的多数欧洲人中的代表思想家拉斯铿氏"一句，明显受到英文定语从句的句式影响，阅读起来颇为拗口。随着徐嘉瑞英文水平的提高，在他后期的翻译中，基本可以符合"达"和"雅"的要求，翻译语言通顺而优美，

[①] 周作人：《古诗今译》，《新青年》第四卷第二号。

加之灵活使用汉语的各种修辞手法,使翻译作品既准确又兼具了可读性,如他翻译的小诗《天使》:

  安琪儿,睡的天使,白的外衣,银的头发。在你的美丽的草原上,在那柳树低垂着的地方,还有那悲哀的月色,在那温柔的河流上面,描写出他的轻微模糊的梦。①

该诗的翻译使用了多种修辞,语言表达极具画面美感。"达"和"雅"的翻译原则,更在徐嘉瑞翻译的莎士比亚的剧作中可见一斑,莎士比亚的剧作包含有丰富的典故,语言中的古词较多,为翻译工作带来极大难度,徐嘉瑞不仅准确表达了戏剧作品的内容,语言更是通俗优美,符合人物性格。徐嘉瑞翻译的《仲夏夜之梦》中把女主角赫米娅对爱情的痴狂对爱人的执着充分表现出来:

  赫:"把我叫作美人?这样的美人不要再提她了。德米特鲁恋上你的美色,啊!可爱的美人儿,你的眼睛像北极星;你的声音甜蜜得像百灵鸟的歌声,穿透了牧童的耳朵;当那田野里的麦子发绿的时候,当那山楂子的嫩芽初初吐出来的时候。迷人的相思,啊!假如有这样的恩惠,你所有的美我都能够得到。雪尔米亚,在我死于你以前,我的耳朵要取得你的声音;我的眼睛要取得你的明媚;我的舌头要取得你那甜蜜的音调。假如这世界都是我的,那么,除了德米特鲁以外,其他的一切我都愿意和你交换。啊,告诉我,你的眼睛是怎样地去看人?告诉我,你是用什么去收买了德米特鲁的心?支配他的行动?"②

---

① 徐嘉瑞著,马曜主编、徐演执行主编:《英诗小辑》,《徐嘉瑞全集》(卷四),云南大学出版社2008年版,第634页。
② 徐嘉瑞著,马曜主编、徐演执行主编:《仲夏夜之梦》,《徐嘉瑞全集》(卷四),云南大学出版社2008年版,第582页。

译文以通俗的比喻将两位女主角之间的爱恨纠结和羡慕嫉妒描写了出来。随着莎士比亚戏剧作品的流行，译文使用的简洁优美的白话得到了读者认可，"平民文学"中通俗直白的白话语言得以普及。

三 翻译功能体现的"平民文学"思想

任何的文学翻译都带有特定的目的，翻译者在清晰的目标驱使下选择翻译内容和使用翻译语言。徐嘉瑞的"平民文学"思想具有较强的实用性，期望通过文学作品实现对民众的教育作用，更多是具备了启蒙和改造的意义，徐嘉瑞的文学翻译也致力于社会思想的改造和推动新文学发展。

徐嘉瑞的大部分翻译作品都作为学生的教材，如莎士比亚戏剧《恺撒大将》并非是翻译的莎翁原作，而是译自弗兰克·艾伦森·朗巴德编辑的《学生版莎士比亚》，这个版本最大特点就是便于学生学习使用。他在书前详细地梳理剧中庞杂的人物关系，书中穿插有编者的"批评"和"问题研究"，方便学生对剧情的掌握和深入进行拓展思考。与其说这是莎翁的剧作，不如说是学习莎翁的教科书，柏西文为该书作序时就明确指出"这篇译文唯一的目的就是从实用的价值出发"。[①] 此外，徐嘉瑞翻译的其他的莎士比亚的原作，狄更斯的《二城故事》（即《双城记》）多是作为学生课外阅读使用，他翻译的"苏俄文学"也是作为教材使用，他甚至一度因为坚持使用"苏俄文学"作教材，遭到反动派的检查。

严格地说，徐嘉瑞不是专业的翻译家，他在"五四"新文化运动背景下为自己的"平民文学"思想寻找外国先进的思想资源，从他文学翻译的内容、语言和功能等方面看，他在翻译活动中促进了"平民文学"思想的确立，也通过这些译作的出版发行，传播了"平民

---

① 徐嘉瑞著，马曜主编、徐演执行主编：《恺撒大将前言》，《徐嘉瑞全集》（卷四），云南大学出版社2008年版，第463页。

文学"思想。难能可贵的还属徐嘉瑞文学翻译的态度,他在为"平民文学"思想寻求西方先进思想资源时,又非不加辨别地将西方思想全盘接纳,而是从自己文学思想核心出发,批判地接受西方思想。在他的《文艺杂谈:西方文化》中,一方面,徐嘉瑞承认对西方文化了解不足,说"这一大堆都是19世纪的西方文化,至于其他呢,我们也无从认识了","我们惭愧,除了这一些东西更没有其他的知识";另一方面,他更用充满隐喻的语言对西方文学家提出批评,对他们的创作脱离普通百姓现实生活提出了批评,他说:"写着《社会柱石》《玩偶之家》的易卜生,到晚年来也写着神秘古怪的象征剧以后,于是,作日出之前的霍布德曼,也敲起晨钟看汉列特升天,并且还高谈着异端了。总之,从现实游离了走到神秘的宫殿,尊严的颓废着的梅特林克或是走到坟墓去,嗅尸体的奇香而和蛆虫们对语着……"在"五四"新文化以来,在胡适等学者主张的"全盘西化"的文化背景下,徐嘉瑞未完全被他们的思想左右,仍从"平民文学"思想出发,清醒地对部分西方文学提出批评实属难得。

第三节 民间文学搜集、整理和研究中体现的"平民文学"思想

作为文学家的徐嘉瑞,从"平民文学"思想出发,在自己学术活动的始终都注重对民间文学的搜集、整理和研究。徐嘉瑞搜集整理的民间文学,既包括云南民间的新旧花灯,也包括云南少数民族的民间诗歌、神话和传说等,徐嘉瑞不仅搜集和整理了丰富的民间文学作品,也对民间文学有关问题进行了研究。以中华人民共和国成立为界线,根据受到影响的思想不同和搜集目的的不同,徐嘉瑞的民间文学搜集、整理和研究工作可分为前、后两期,这些文学实践活动体现出徐嘉瑞"平民文学"思想在不同时期的发展变化。

一 徐嘉瑞前期的民间文学搜集整理和研究的活动

徐嘉瑞在"五四"新文化运动背景下形成的"平民文学"思想，以关切民间和认可民间文学的价值作为核心内容。基于这一思想，他在早期对民间文学搜集整理的成果主要体现在两部著作中——《云南农村戏曲史》和《大理古代文化史》。这时，徐嘉瑞对民间文学搜集整理的目的是学术的，是为研究云南地方戏曲和云南民族文化准备资料。在前期的搜集整理活动中，徐嘉瑞既有对汉族民间文学的搜集整理，也有对云南少数民族文学作品的搜集整理。

徐嘉瑞最早的民间文学搜集活动可追溯至20世纪30年代，背景是受到"文学大众化"运动的影响。"五四"新文化运动以来对民间文学的搜集和研究，主要是通过北京大学的歌谣学运动开展的，该运动于1925年落潮，但全国各地对民间文学的搜集活动并未完全停止。20世纪30年代以来，国内时局动荡，战争形势严峻，这时亟须真正贴近民众的文学作品，在"左联"文学家的倡导下出现了"文学大众化"运动。应"文学大众化"运动主张的要求，民间文学再次受到学界重视，北京大学的歌谣研究会也于1935年恢复，民间说唱文学研究再次出现繁荣局面。徐嘉瑞既是出于对戏曲的喜爱，也是受到当时社会背景的影响，将原难登大雅之堂的民间小戏作为搜集和研究对象，于20世纪30年代开始搜集云南民间戏曲，他在《云南农村戏曲史》中说："我们要努力通俗化运动，就不能不向所谓'托体稍卑'的民间文学中去开创一新天地，就是要走出沙龙，去找和人民接近的事物。"[1]

徐嘉瑞最初对云南花灯戏的搜集和整理并不系统，多是和普通百姓一起观看演出，搜集工作陆陆续续地穿插在他的文学研究的其他活

---

[1] 徐嘉瑞著，马曜主编、徐演执行主编：《云南农村戏曲史》，《徐嘉瑞全集》（卷四），云南出版集团公司2008年版，第8页。

动中。20世纪30年代的后半期，徐嘉瑞开始了比较系统的搜集和整理工作，他定期邀请昆明花灯艺人前来家中演唱花灯，讲剧本，并仔细地记录下来。徐嘉瑞在《云南农村戏曲史》中记录着在1936年前后搜集花灯的情况："找到弥勒寺的老农陈老爹、方老爹写了七八本，又找到老鸦营农人董义写了许多新灯剧，最后找到福海村老农段义（村人呼为段小二老爹），他记得的戏本很多，他用口说，我用笔写，把以前采访遗漏的补写了四五种。"[1] 徐嘉瑞搜集云南花灯的工作在1939年后得到较大改善，他为了躲避日本飞机的轰炸，举家迁至昆明郊外的福海村韩家湾居住，这里正好是昆明集中的花灯演出地，为他的搜集和研究工作提供了极大便利，游国恩在为《云南农村戏曲史》作序时提到徐嘉瑞当时的搜集情况："余见其于乱鸦斜日中，借其夫人携一壶茶，一张几，访所谓段老爹者，听其抚节安歌，夫人静记其歌法，梦麟则随手记录，增补其阙遗，审正其讹谬，汲汲如恐不及，其用力之勤与用心之不苟如此。"[2] 在此期间，徐嘉瑞不仅搜集整理了花灯戏的剧本，由于花灯是民间戏曲，是说唱艺术，他还请音乐家李廷松记录了花灯的乐曲曲谱，力图展现云南花灯小戏的全貌。

在对花灯戏搜集和整理的基础上，以昆明的地方小戏——花灯为研究对象的《云南农村戏曲史》于1940年完稿出版，该书将花灯分为旧花灯和新花灯，对花灯的源流、曲调、内容、语言和表演等进行了全面的研究。在书末，徐嘉瑞附上了他搜集整理的花灯戏的剧本和曲谱，其中包含旧花灯剧本十部、曲谱十五种，新花灯剧本五部、曲谱十一种，占全书篇幅三分之二以上。多位学者对徐嘉瑞"平民文学"研究中的扎实的田野调查有较高评价。游国恩说"其考据之详，

---

[1] 徐嘉瑞著，马曜主编、徐演执行主编：《云南农村戏曲史》，《徐嘉瑞全集》（卷四），云南出版集团公司2008年版，第8页。

[2] 游国恩著，马曜主编、徐演执行主编：《云南农村戏曲史序》，《徐嘉瑞全集》（卷四），云南出版集团公司2008年版，第3页。

议论之审，见解之卓越，又为今日治民俗文学者不可少之书也"①；李何林也称赞徐嘉瑞在"平民文学"研究中对于实地田野调查花费了大工夫，"对于生活在民间的地方戏加以搜集、记录，并考订其源流与发展的徐嘉瑞先生的这部《云南农村戏曲史》，实在还是一部开始之作"②。

从徐嘉瑞在《云南农村戏曲史》中的表述可见，他对云南民间花灯戏的搜集、整理和研究具有以下五个特点。第一，徐嘉瑞明确了搜集民间戏曲的原因。如前所述，徐嘉瑞对花灯剧本和曲谱的搜集整理，是为了研究云南民间戏曲准备资料，他更在书中说明了他的搜集整理工作对不同人群的作用也不同，具体来说，"对于努力通俗化运动的朋友们，可以得到许多参考的资料；对于研究西南文化的朋友们，可以看出云南民间歌谣戏曲的来源和散布，可以考察出许多言语风俗的特质……由琵琶国手李廷松先生向乡下老人段义采访，将新旧农村戏曲的曲调写成工尺谱，以供音乐家的研究"。③ 第二，徐嘉瑞明确了搜集民间文学的方法和内容。徐嘉瑞认为民间歌谣代表的是人民的声音，"应该有一种严肃的态度和严格的选择"④，由此他继承了"五四"歌谣学运动的宗旨，所搜集的作品内容不涉淫亵。徐嘉瑞在研究中严格区分了"民谣"和"氓谣"，认为"由这一些人民劳动生活里发出的快乐或痛苦的声音，方能叫民谣……从人民生活中产生出来的曲子，是集团的创造，表现民众真心的作品，可以配称作民谣"⑤，与此相反的"那一些都市无业游民，或贱业的娼妓当中所产

---

① 游国恩著，马曜主编、徐演执行主编：《云南农村戏曲史序》，《徐嘉瑞全集》（卷四），云南出版集团公司2008年版，第3页。
② 李何林著，马曜主编、徐演执行主编：《读〈云南农村戏曲史〉》，《徐嘉瑞全集》（卷四），云南出版集团公司2008年版，第4页。
③ 徐嘉瑞著，马曜主编、徐演执行主编：《云南农村戏曲史》，《徐嘉瑞全集》（卷四），云南出版集团公司2008年版，第8页。
④ 同上书，第46页。
⑤ 同上书，第9页。

生的曲子,那一些都市中所产生的淫猥的曲子,都不能叫民谣"①。徐嘉瑞在搜集整理过程中,通过认真选择和对"民谣"正名,认为后一类荒淫猥亵的曲调不属于民谣,应放入被"排斥之列",徐嘉瑞搜录的花灯戏的剧本不包括后一类。第三,徐嘉瑞在对花灯戏搜集研究中始终采用实地调研的方法,保持实事求是的精神。徐嘉瑞研究搜集到的花灯剧本,根据内容和形式的不同,将它们分为新、旧花灯两类。徐嘉瑞认为在发展过程中旧花灯衰亡,新花灯逐渐取代了旧花灯。这种看法的形成不仅因为他受到进化论影响,持"一代有一代之文学"的观点看待花灯的发展,更因为徐嘉瑞进行了实地田野调查,看到了花灯戏在民间的自然的兴衰变化,"1937年、1938年旧灯剧还很盛行,最有名的灯剧班子,如'弥勒寺''明家地''福海村'都曾经盛极一时,代为盟主。……抗战初期,旧灯剧急速地死亡下去,新灯剧到处风行,成了一种趋势,不过一两年间,旧灯剧全无人唱,而新灯剧则风靡一时。各村都有团体,各村都有组织,都制备了新的行头……能唱旧灯剧的老农已经不多,年纪都在六十,他们死了以后,旧灯剧也就随着他们消灭了"②,徐嘉瑞站在历史发展的客观立场,而非个人喜好的倾向,总结道"我喜欢旧灯剧,但这也是一个潮流,也就无法反对了"③。第四,徐嘉瑞在搜集到花灯后,进行整理的过程中,用严谨的学术态度,大胆假设,小心求证。在徐嘉瑞针对农人演唱进行整理的过程中,由于是口唱,再加之方言发音的问题,难免有的文字记录不准确,他在后期整理过程中更通过史料记载对比考证。徐嘉瑞在书中就记录了这样一段经历,"如'倒搬桨'一曲,段义念作'刀班节',我听了莫名其妙,勉强把他写作'倒搬节';后来慢慢考察,才知即是明

---

① 徐嘉瑞著,马曜主编、徐演执行主编:《云南农村戏曲史》,《徐嘉瑞全集》(卷四),云南出版集团公司2008年版,第9页。
② 同上书,第45—46页。
③ 同上书,第46页。

代小曲中的倒搬桨。发现之后,为之狂喜"①。第五,徐嘉瑞在搜集云南花灯过程中始终保持辩证的态度。他一方面认可花灯的艺术价值,认为它们多是"天真素朴健康的牧歌",另一方面也清晰地认识到其中有封建落后的成分,"乡村的戏曲,大体是健康的,仍然是离不了他们的生活,所以又渐反于旧。但是封建迷信的东西,也还不少"②。

《云南农村戏曲史》通过扎实的资料搜集和田野考察,将研究对象放在田间地头的民间小戏,对其专书论述,也正体现出徐嘉瑞的"平民文学"思想对民间艺术的重视,该书的问世成了"中国第一部地方戏曲史",让原来不登大雅之堂的民间小戏登上了学术的舞台。

徐嘉瑞生活在西南边疆地区,在搜集民间文学作品时,他关注的对象不只是汉族的民间文学,还有少数民族的文学作品。在抗日战争形势严峻的20世纪40年代,徐嘉瑞带着家人于1940年搬回家乡大理躲避日本轰炸,他到大理后并未放弃学术研究,在幼年已接触到的大理民族文化成为这时期徐嘉瑞的主要研究对象。1944年由国民党军官马崇六和大理商人董澄隆等人资助,徐嘉瑞邀请了费孝通、罗常培、冯友兰、方国瑜等学者前来考察。在考察过程中,徐嘉瑞搜集到大理地区丰富的文化内容,包括云南历史发展、文化渊源、本土宗教和文学艺术等,其中徐嘉瑞搜集到许多当地神话、传说和诗歌,如太阳神话、洪水神话、狩猎者神话和汉武帝时期的行人之歌等。

在考察结束后,徐嘉瑞根据搜集的资料完成了《大理古代文化史》初稿,后经多次修改于1947年正式出版,该书是徐嘉瑞又一部

---

① 徐嘉瑞著,马曜主编、徐演执行主编:《云南农村戏曲史》,《徐嘉瑞全集》(卷四),云南出版集团公司2008年版,第15页。
② 同上书,第10页。

代表性著作。《大理古代文化史》从史前到段氏统治时期，对大理古代的历史、文化艺术、宗教等进行了论述。方国瑜的序言说明了该书将文化学理论和实地田野调查结合："考诸史乘，信而有征。"① 罗庸的序言充分肯定了此书的价值说："《大理古代文化史》之作……观其网罗群言，巨细咸采，折中至当，辨析微芒，每一篇中，三致叹服。……体大思精，三百年来所未有也。"② 该书在对搜集到的民间文学作品研究时，徐嘉瑞以"平民文学"思想为基础，未渲染民间文学中宗教性和想象性的内容，而是认为作品中的主人公都是当地劳动人民的化身，内容与人类社会的生产劳动活动无异，他说"其神乃是人世的，其好恶哀乐，亦与人同，其家庭生活琐屑事务，亦与人同。……其神属于民众所崇祀之神，如杜朝选、段赤城等皆英勇、正直、坚贞；其生时曾为民众而苦恼，而战斗，而欢乐，死后则为民众之神，与民众永远同在"。③

综上所述，徐嘉瑞前期的民间文学搜集整理和研究工作主要是延续了"五四"新文化运动以来的启蒙精神，以人道主义中平等、博爱的态度看待民间文学，同时他的搜集整理工作也符合"文学大众化"运动的要求，认为对民间文学的搜集研究有利于表达教育思想和唤醒民众意识。当然其中存在的不足也比较明显，较之周作人、刘半农、郑振铎和顾颉刚等学者对民间文学的搜集，徐嘉瑞的民间文学搜集整理工作缺乏系统性。这表现在两个方面，第一方面是缺乏系统的理论。由于徐嘉瑞的民间文学搜集整理只是手段，并非目的，是为了他的学术研究服务，所以他并未提出系统的搜集整理民间文学的理论，如指导思想、原则和方法等。第二方面缺乏系统的民间文学作品

---

① 方国瑜著，马曜主编、徐演执行主编：《大理古代文化史序》，《徐嘉瑞全集》（卷二），云南出版集团公司2008年版，第209页。
② 罗庸著，马曜主编、徐演执行主编：《大理古代文化史序》，《徐嘉瑞全集》（卷二），云南出版集团公司2008年版，第207页。
③ 徐嘉瑞著，马曜主编、徐演执行主编：《大理古代文化史》，《徐嘉瑞全集》（卷四），云南大学出版社2008年版，第331页。

集的出版。徐嘉瑞搜集到的民间戏曲、民间神话、民间传说等，要么作为附录放在他的著作的最后，要么作为例证散见于他的理论表述中，并未集成专门的民间文学作品集出版，这既难以唤起读者真正的重视，也给研究者在查询相关资料时带来了困难。

二 徐嘉瑞后期的民间文学搜集整理和研究的工作

在中华人民共和国成立后，以毛泽东文艺思想为核心制定的新中国文艺方针政策，强化了文学艺术的人民立场和为工农兵服务的目的，高度重视文学艺术，尤其是民间文学为政治服务的功能，这对新中国文艺工作的开展产生了深远影响。

徐嘉瑞的"平民文学"思想这时受国家主流意识形态影响，一方面他有意回避"平民文学"的话语表达，代之以含义相近且也符合国家话语的"人民文学"，或"工农兵文学"，另一方面他仍延续了对民间文学的搜集和研究。在这个时期，徐嘉瑞对民间文学的搜集整理和研究不再是纯粹从学术研究的角度开展，更是在国家主流意识形态引导下进行。主要原因是随着中华人民共和国的成立，新政权需要构建自己的文化体系，民间文学作为我国传统文化遗产之一，能提供丰富的理论资源，于是成了"人民文学"的组成部分之一。新中国文艺政策在重视民间文学搜集整理的同时，还根据党制定的民族平等的政策，将少数民族民间文学的搜集整理看作民间文学研究的重要内容之一。徐嘉瑞在中华人民共和国成立后搜集整理的民间文学就是以云南少数民族的文学作品为主，他说"兄弟民族的文化，是构成祖国文化的一部分，过去受轻视、受压抑、受摧残的兄弟民族文化，现在到开花的季节了"。[①]

徐嘉瑞从20世纪50年代开始进行的云南少数民族文学搜集整理

[①] 徐嘉瑞著，马曜主编、徐演执行主编：《对研究民族文艺的几点意见》，《徐嘉瑞全集》（卷二），云南大学出版社2008年版，第575页。

工作，具体可分为搜集整理和研究两大方面。在对云南少数民族文学搜集整理方面，"1957年3月，徐嘉瑞到楚雄专区的姚安县深入生活，参加农业生产大丰收运动，住在姚安县北20里的龙岗乡。工作之余，采访到龙岗乡附近的马游乡老人会唱彝族的史诗《梅葛》。……他立即建议姚安县委尽快组织人员，进行搜集整理工作"。① 通过口语记录、翻译和逐字斟酌的方式，徐嘉瑞等人此次搜集整理了彝族史诗《梅葛》共六千多行。在这个版本的《梅葛》出版前，徐嘉瑞无私地将整理稿交给云南大学和昆明师范学院学生调查队参考，并在其后的出版中要求不要再有自己的署名，说这部史诗的整理属于集体心血，体现出徐嘉瑞高尚的学术胸襟。② 此外，徐嘉瑞还与其他一些少数民族作家合作搜集整理了多部少数民族诗歌和民间故事，如傈僳族长诗《生产调》《求婚调》，纳西族长诗《相会调》，彝族长诗《逃婚的姑娘》，以及《绿斑鸠的故事》《傈僳族医生》《露角庄》《猎神杜朝选》《龙母》等民间故事。在民族民间的文学作品搜集整理之外，徐嘉瑞还发表了多篇民族民间文学的研究论文，他在《姚安白彝族史诗〈梅葛〉研究》中讲述了自己是如何在民间歌手的口中发现了这部史诗，认为《梅葛》包括史诗、婚事、恋歌三个部分，记录了白彝族普通百姓的生活历史；在《大理的"大本曲"和"绕三灵"》中，他认为"大本曲"和"绕三灵"是白族民间特有的深受民众喜爱的艺术；在《漫谈云南民族文学》中，他将1949年以后搜集整理的民族文学分为六类，认为它们具有口头流传、可和乐演唱、感情真挚等特点。遗憾的是，受到当时社会氛围的影响，徐嘉瑞民族民间文学研究的论文带有较强的政治色彩，多从政治角度考察民族民间文学作品的内容和思想，认为其中反映生产劳作的内容具有进步意义，而忽略了其民族的特殊性。

---

① 徐演：《徐嘉瑞略传》，云南民族出版社2013年版，第345页。
② 同上书，第347页。

第三章 基于"平民文学"思想的文学实践

相比前一时期民间文学搜集整理时系统理论的缺乏,徐嘉瑞在这一时期形成了较完备的思想,包括搜集的目的、原则、方法和态度。

首先,从目的来看,徐嘉瑞强调了搜集整理工作与政治的关系,认为搜集整理云南民族民间文学与新中国社会主义建设紧密相关。这个总体目标具体可分为三个方面,其一,有利于提高原被忽视的民族文学的地位。徐嘉瑞说发掘的民族文学作品"有力批判了过去文艺界存在的许多对民族民间文学蔑视的错误观点,也改变了兄弟民族的自卑之感"。① 其二,能够帮助人民群众了解该民族的历史,从中吸取斗争经验,丰富自己的知识文化。徐嘉瑞说"通过艺术可以了解各民族的历史;通过艺术可以听见他们的声音;通过艺术可以看见他们的祖先如何的斗争、如何的劳动、如何的创造他们自己的文化与生活"。② 其三,有利于为"人民文学"的建设提供借鉴。徐嘉瑞看到通过搜集、整理工作,少数民族文学地位得以提升的同时,更认为要使其为社会主义新文学建设所用,他说:"在文艺方面,不只是批判地接受过去的文化遗产,而是在这文化以上的基础上,更进一步的创造新的艺术,反映各族人民在社会主义建设的过程中,所创造的生活,不断地改进和提高社会主义觉悟和艺术技艺水平"③,他还说"神话的时代已经过去了,社会主义的时代已经到来,要表现伟大的生活,伟大的时代,光辉灿烂、排山倒海的英雄事迹,正需要庞大的巨人似的诗型……要使古为今用,用民族形式来表现社会主义的世纪,创造劳动人民的英雄诗篇。"④ 可见,徐嘉瑞认为在中华人民共和国成立的背景下,开展搜集整理民族民间文学,有利于发掘民族文

---

① 徐嘉瑞著,马曜主编、徐演执行主编:《云南民族民家文学概略》,《徐嘉瑞全集》(卷二),云南大学出版社2008年版,第498页。
② 徐嘉瑞著,马曜主编、徐演执行主编:《对研究民族文艺的几点意见》,《徐嘉瑞全集》(卷二),云南大学出版社2008年版,第575页。
③ 同上书,第577页。
④ 徐嘉瑞著,马曜主编、徐演执行主编:《漫谈云南民族文学》,《徐嘉瑞全集》(卷二),云南大学出版社2008年版,第561页。

化资源，发展民族新文化。

其次，从原则来看，徐嘉瑞认为对民族文学的整理要尽量保持他的原貌，这一原则符合中国民间文艺研究会提出的采集民间文学作品要"尽量搜集完整"的要求。徐嘉瑞认为他们对彝族史诗《梅葛》的搜集整理就是按照这个原则进行的，他引用搜集工作合作者陈际平的来信说："梅葛翻译时遵照我们的公约，尽可能保持原始面貌，少用成语文言，必要时加以注释"①，认为即使由于少数民族语言译为汉语后，会存在语言不对等情况，但也要尽量保持原作口语化的风格。

再次，从方法来看，徐嘉瑞采用了"忠实记录，审慎整理"的方法。这个方法并非由徐嘉瑞首创，是来自1958年第一次全国民间文学工作代表大会上提出的"全面搜集、忠实记录、慎重整理、适当加工"的十六字方针，徐嘉瑞的贡献在于将这个理论方针实地运用于田野调查中。徐嘉瑞详细记录了他们运用这个方法搜集整理《梅葛》的过程："由老歌手歌唱，由白彝族的同志翻译……一字一句反复斟酌，照样记录下来的，其中有些是字的错讹，以及唱词的过分重复，在口头文学中，在广大的群众中说唱，不重复是听不清楚的。但是记录下来以后，重复太多，反而使主题间断、混淆，妨碍理解。……我们研究后，将不必要的重复加以删节，但第一种历史部分，开头是一句都没有动的，原样的保存口头的形式和风格，在中间和末尾，把重复太多的句子删去，必要的地方仍然保存，是全篇唱词集中和连贯一些，同时也保存了口头的风格。其他如次序颠倒，字句错落的地方，也加以校正……经过详细的整理以后，行数减去不少，但风格毫未变动，使全篇脉络贯通，便于阅读了。"②

---

① 徐嘉瑞著，马曜主编、徐演执行主编：《姚安白彝族史诗〈梅葛〉研究》，《徐嘉瑞全集》（卷二），云南大学出版社2008年版，第563页。

② 同上书，第562页。

从这段记录中可见，徐嘉瑞对民族民间文学整理的方法兼具了灵活性和慎重性。一方面，他强调要尽量忠实原作，还原全貌；另一方面，他既反对一字不改带来的语言重复和阅读困难，也反对随意篡改导致的原意流失。

最后，从态度来看，徐嘉瑞受到马克思辩证唯物主义思想的影响，认为对古代的民族民间文学的搜集应持"批判地继承"的态度，他说"我们对待神话应该如马克思所说的'抛去枷锁，摘取鲜花'"[1]，同时他还提出要用"政治的、劳动的、战斗的、乐观的观点"开展研究工作。

以上四个方面是徐嘉瑞在中华人民共和国成立后搜集整理研究云南民族民间文学的特点和成就。尽管不可避免地受到政治影响，徐嘉瑞还是延续了他"平民文学"思想中一贯的对民间文学的重视和认可，在对部分民族文学研究时，也不乏较有学术价值的观点。中华人民共和国成立后，徐嘉瑞对民族民间文学搜集整理工作中存在的一些问题，主要是对有的文学作品进行了过度的政治化解读，如认为《阿诗玛》中的"回声"，《紫勒织阿曼》中的"月亮花"等意象是"暗示人民的希望和光明"；又如认为"《蛇骨塔》中暴风，是象征统治阶级的剥削（剥落石灰）和'塔'的坚强搏斗"[2]；还如认为《望夫云》中的暴风，是"象征了反封建的战斗精神"，这样解读民间文学，有的是符合原作之意，但更多的则有牵强附会之嫌，完全忽略了其中的审美价值。

值得注意的是，民间文学的搜集整理工作不能在书斋中完成，如第一章第一节所述，徐嘉瑞的"平民文学"思想中的"关切民间"的主张在尊重民间文学的同时，更愿意在行动上深入民间调研。徐嘉

---

[1] 徐嘉瑞著，马曜主编、徐演执行主编：《漫谈云南民族文学》，《徐嘉瑞全集》（卷二），云南大学出版社2008年版，第548页。

[2] 同上书，第552页。

瑞无论在搜集整理工作的前期或后期，他都注意深入民间进行田野考察。自20世纪20年代的北京大学歌谣学运动以来，学者们都重视对民间文学的整理和搜集，他们对民间歌谣的搜集，或有如顾颉刚等学者实地搜集的工作，或是依靠通讯征集的方式开展工作。徐嘉瑞与这些学者相比，他生活在云南，对于在自己家乡实地搜集民间文学作品有极大的便利。徐嘉瑞在1940年出版的《云南农村戏曲史》中整理的新旧花灯，这些花灯的搜集是有的来自他在昆明郊外福海村观剧的亲身经历，有的来自他对农村花灯演员的采访，他在该书的结论中富有诗意地描述了在农村观剧的亲身感受："海村是海边的一个村落，舞台是用大石臼做柱脚，船桅做台柱，篙子做梁，风帆做幕，船篷做墙，用农家结婚的喜图贺对装饰。登台的角色，是农村妇女的弟兄和丈夫。看戏的人，是生旦净丑们的家属，这是生活的艺术，不是职业的戏剧。看灯的人，有从一二十里以外来的，当月明之夜，弦子的声音在台上响着，灯光和月光互相辉映，海边河边，停下许多的船。船桅在月光中静静地站着，海水在月光的下面，发出银色的光辉。舞台对面有许多谷堆，小孩们爬在谷堆上面看戏，一直唱到月亮偏西。这是农村中最欢乐的日子，从此以后，他们要去田里辛苦的劳作去了。"[1] 20世纪40年后，徐嘉瑞在研究大理文化时，邀请了多位学者到大理各乡村实地考察，就大理民间的宗教、居住、服饰、文学、艺术和习俗等文化形态，搜集到了珍贵的第一手资料，他在1947年出版的《大理古代文化史》中简略记录了当时考察情况："瑞于民国三十三年六月，应大理人士之邀，与罗常培、郑天挺、游国恩、张印堂诸先生来游大理，续纂县志，征集资料。云大缪鸾和、李俊昌偕来，往太和村摩挲古碣"[2]。中华人民共和国成立后，徐嘉瑞更有意识地

---

[1] 徐嘉瑞著，马曜主编、徐演执行主编：《云南农村戏曲史》，《徐嘉瑞全集》（卷四），云南大学出版社2008年版，第55页。
[2] 徐嘉瑞著，马曜主编、徐演执行主编：《大理古代文化史》，《徐嘉瑞全集》（卷二），云南大学出版社2008年版，第341页。

在党的文艺政策的指导下,积极地深入民间采录云南民间文学。在深入民间的过程中,徐嘉瑞与当地农民同吃、同住、同劳动,他提到搜集彝族史诗《梅葛》时的情况,"一九五七年三月,我到楚雄专区姚安县,参加农业生产大丰收运动,住在姚安县……龙岗乡……工作之余,访到彝族的史诗《梅葛》,还存在龙岗乡附近的马游乡的老年人口中"。①

---

① 徐嘉瑞著,马曜主编、徐演执行主编:《姚安白彝族史诗〈梅葛〉研究》,《徐嘉瑞全集》(卷二),云南大学出版社2008年版,第562页。

结　　语

　　徐嘉瑞作为云南的一代文学大家，在诗歌、戏剧等文学创作，中国文学史研究，中西文学理论研究等诸多领域均有创建。云南著名作家黄尧评价徐嘉瑞是："中国著名的文史学家、教育家、剧作家和诗人。先生是'五四'运动以来在云南倡导新文化运动的主要代表、是中国古代文学史著名史家、民族民间文学研究的先驱、伟大的爱国主义者和英勇的斗士。"① 徐嘉瑞在20世纪上半期的"人的文学"思潮中，受到胡适、周作人、陈独秀和李大钊等学者的影响，开始关注、研究"平民文学"，并且他对"平民文学"思想的开拓和建设并没有被同时代学者的光芒掩盖，形成了具有徐嘉瑞特色的内涵丰富的"平民文学"思想。遗憾的是，徐嘉瑞作为中国现代文学史和云南现代文学史上的重要学者，不仅是展现其思想的《徐嘉瑞全集》直到近年才得以出版，而且学界至今未对其学术思想的价值充分认识，尤其未对其以"平民文学"思想为核心的文学思想予以整理和认可。同时，笔者通过资料搜集可见，以往的研究者在涉及作为"人的文学"具化的"平民文学"时，多是讨论"五四"新文学背景下之"平民文学"，未关注到"平民文学"思想在不同学者的阐述下的发展嬗变，及其丰富的内涵。

　　从徐嘉瑞的文学思想发展来看，对"平民文学"概念的理解需要放

---

① 黄尧：《徐嘉瑞略传序》，《徐嘉瑞略传》，云南民族出版社2013年版，第1页。

在具体的历史语境下,将其发展视为一个不断发展、变化的过程。笔者将徐嘉瑞的"平民文学"观形成分为早、中、晚三个时期进行阐说。"平民文学"思想萌发于他早年坎坷的求学时期,这为他的"平民文学"思想始终关注底层民间提供了切身的真实体验。徐嘉瑞最早是在"五四"新文学运动背景下写作的《中古文学概论》中提出的"平民文学",该书从文学作品的内容、形式、作者和音乐四个方面对其界定。这时"平民文学"的概念与民间文学相近,因为民间文学中具有与"平民文学"相通的民间精神,徐嘉瑞为了反对传统的"贵族文学"而关注底层民间,顺理成章地将民间文学纳入"平民文学"的研究视野中。在20世纪三四十年代的"文学大众化"运动中,徐嘉瑞将"平民文学"指代为民间文学的同时,更将"平民文学"的概念与政治色彩较浓的"大众文学"联系在一起,强调文学作品的意识形态。中华人民共和国成立后,徐嘉瑞的"平民文学"思想经历了一个曲折发展期,在外显话语表达的层面,"平民文学"为"人民文学"取代,"平民文学"思想以潜在方式在徐嘉瑞思想中延续,表现为对民族文学和人民大众的关注。可见,"平民文学"在徐嘉瑞学术思想中是一个独具特色的思想范畴,其概念不断发展而丰富。

通过对徐嘉瑞的"平民文学"思想的内涵分析,可见其思想来源多样,内涵丰富。先从思想渊源来看,徐嘉瑞的"平民文学"思想萌芽的早期主要受其困窘的家境、儒家"民本"思想和云南民间文化的影响;"五四"时期受到传入中国的新思想的影响,如人道主义、民粹主义和进化论等;20世纪20年代后期至20世纪三四十年代,徐嘉瑞结合当时的左翼文学思潮、抗战文学思潮和政治革命运动的实际深化了自己的"平民文学"思想;中华人民共和国成立后,徐嘉瑞的"平民文学"思想主要受到成为新中国文艺方针总纲领的毛泽东的《在延安文艺座谈会上的讲话》的影响。通过对"平民文学"思想渊源梳理可见,徐嘉瑞的"平民文学"思想具有包容性,在把握"平民文学"思想核心的基础上,能兼容并包地将中国20世纪上半叶的不同时期的文学思想融汇于其中。徐嘉瑞的"平民文学"思想经历了"五四"新文化运动、左翼文学大众化运动、抗战文学运动和新中国文学运动的潮起潮落,确立了社会转型期的选择和定位,可以说徐嘉瑞的"平民文学"思想的发展见证了中国现代文学的发展,是现代文学史发展的一个缩影,也可以看出云南现代文学是中国现代文学发展的一个重要组成部分。再从思想内涵来看,徐嘉瑞的"平民文学"思想内涵具体包含关切民间、注重阶级性、强调真实和旨在实用四个方面,可贵的是,在徐嘉瑞的"平民文学"思想内涵并非一成不变,随着社会局势的变化,以及徐嘉瑞学术活动和革命活动的开展,思想内涵在不断拓展和变化。笔者认为在这四个方面中,关切民间是相对稳定的思想内核,主要表现在徐嘉瑞一以贯之地对民间文学和民间文人的重视和认可,认为民间文学"虽然他们——平民、外夷——作品的光耀,被'贵族文学'掩盖埋没,很少人知;但是经过的年代越久,才慢慢地放射出最新奇的光焰来"[1],认为民间文人是"中国文学的创造者,中国文学的权威者"。笔者在阐述中认为其他三个方面的内涵随时代发展而变化、丰富,在注重阶级性中,徐嘉瑞在思想的前后期对文学主体、受众的阶级性质有不同认识,在注重实用性中,徐嘉瑞在不同历史阶段强调的文学的社会作用不同。这个层面的内涵相互影响,随着社会变化不断发展,进行形成系统的徐嘉瑞的"平民文学"思想。

  笔者认为徐嘉瑞的"平民文学"思想对中国"五四"以来的文学史论思想有重要影响。徐嘉瑞的文学史观是以"平民文学"思想为指导,大胆地提出中国文学史的主流是"平民文学"。徐嘉瑞最早于1923年在《中古文学概论》提出了"平民文学"思想,在当时学界具有创新性,胡适曾盛赞该书:"云南徐嘉瑞先生的这部《中古文学概论》,很大胆地采用上文所说的见解,认定中古文学史上最重要

---

[1] 徐嘉瑞著、马曜主编、徐演执行主编:《中古文学概论》,《徐嘉瑞全集》(卷一),云南大学出版社2008年版,第33页。

的部分是在那时的'平民文学',所以他把'平民文学'的叙述放在主要地位,而这一千年的'贵族文学'只占了一个很不冠冕的位子……在我个人看来,徐先生的基本观念似乎是很不错的。无论如何,他这部书总是一部开先路的书。"[①] 现在有学者研究提出徐嘉瑞的《中古文学概论》是最早把中国文学分为"正统文学"和"平民文学"的著作。如本书第二章开篇所述,"五四"以后许多学者在写作文学史时,都不同程度受到徐嘉瑞基于"平民文学"思想的文学史观影响。谭正璧的《中国文学进化史》在序言中说明受到徐嘉瑞影响;赵景深的《中国文学小史》借鉴了徐嘉瑞的文学分类法;曹聚仁的《平民文学概论》在理论预设上也是继承了徐嘉瑞"平民文学"的观念;云南学者施章的《农民文学概论》在思想上受到徐嘉瑞文学史观的影响;蒋祖怡的《中国人民文学史》坚持将文人贵族文学与人民大众文学对立,也可见出徐嘉瑞基于"平民文学"的文学史观的影响。甚至今天的学者在进行"俗文学"研究、民间文学研究和中国文学史研究时,大多都会关注、借鉴徐嘉瑞的思想,如本书"导论"的研究综述中所述,刘波的著作《20世纪上半叶中国民间文艺学基本话语研究》认为徐嘉瑞提出的"三线文学观"更精细化地研究中国文学;戴燕的论文《从"民间"到"人民"——中国文学史上的正统论》对徐嘉瑞将中国文学分为"平民文学"和"正统文学"有较高评价;还有李英、段铃玲和郑萌等人的研究生学位论文也都关注到徐嘉瑞的"平民文学"思想。

通过对徐嘉瑞的文学实践活动分析,可以发现徐嘉瑞文学活动多样化,既有文学作品的创作和改编,也有文学作品的翻译,还有对民间文学的搜集和整理。笔者认为徐嘉瑞丰富的文学活动都是在其"平民文学"指导下展开的,反之亦可以说,徐嘉瑞通过自己的文学活动实践"平民文学"思想。在文学创作中,徐嘉瑞作为文学研究会的

[①] 胡适著,马曜主编、徐演执行主编:《中古文学概论序》,《徐嘉瑞全集》(卷一),云南大学出版社2008年版,第5页。

成员，吸取了文学研究会的与"平民文学"契合的"为人生"的创作思想，主张文学创作的题材应是与底层百姓密切相关的社会现实，关注政治的动态，同情民众悲苦的人生。由此拓宽了现代文学创作的题材，不再局限于传统的王侯将相、才子佳人。在文学翻译中，一方面，徐嘉瑞通过翻译西方文学作品和论著，为自己的"平民文学"思想寻找理论资源；另一方面，他也从自己的"平民文学"思想出发，有针对性地选择翻译对象，传播思想。在民间文学的搜集整理中，徐嘉瑞更从关切民间的"平民文学"思想出发，在自己学术活动的始终都注重对民间文学的搜集整理。

此外，还值得注意的是，徐嘉瑞的"平民文学"思想不是停留在书本上充满乌托邦色彩的文学思想，而是始终强调文学的社会实用价值，由此也对他本人的社会活动形成指导。徐嘉瑞不是一位书斋型学者，他是一位能将理论研究和实践活动结合起来的文学大家，他在专注于学术研究和文学创作的同时，更在国家和民族的危急时刻，积极投身于各项社会活动，具体包含以下三个方面：担任教职和兴办学校、排演戏剧和参加政治运动。

首先，从投身教育工作看，徐嘉瑞既在昆明各高校和中学任教，也自己创办学校。徐嘉瑞在1913年毕业于云南省立第一师范学校，一方面，他长期在昆明的各中学和高校担任国文老师，如他曾在云南大学、云南高等师范学校、云南省省立中学、成德中学和昆华女中等学校中任教职，把讲台作为传播他的"平民文学"思想的重要阵地。另一方面，在"平民文学"思想指导下，徐嘉瑞对底层民众具有深切同情，他深感于自己青年时期因家境窘迫读不起书的艰辛，希望能让与自己一样贫困的孩子能走进学堂，他于1919年与友人商定后，自筹经费，以昆明文庙为校址陆续创办了求实小学、求实中学。在从事学术研究和文学创作的同时，教师是徐嘉瑞另一个重要身份，教书是他传播自己"平民文学"思想的另一个重要途径。

其次，从排演戏剧来看，徐嘉瑞为扩大文学艺术对平民百姓的教育作用，使不识文字的妇孺亦能得到教育，他将自己创作的戏剧作品搬上了舞台，"他写好剧本后，亲自去看同学们的排练，对剧本的理解，演员的唱腔、表演，都一一进行指点"。① 1932年，在徐嘉瑞指导下，"话剧《我们的时代》由中学生们搬上舞台，在昆明几所学校上演，积极配合了抗日宣传，受到青年学生的欢迎"。② 在中华人民共和国成立后，徐嘉瑞继续创作了多部花灯戏，如《姑嫂拖枪》《立功回家》《金凤翻身》《驼子拜年》等，并指导云南大学学生花灯团进行排演，"学生们的演出不分场地，不收费用，服装道具也经常是从农村临时借来的，稍事化装就上场。许多工厂、农村和机关、学校，都争相邀请他们去演出"。③

最后，徐嘉瑞于1927年加入中国共产党后，"平民文学"思想有所发展和变化，他积极投入各项政治运动中，重视文学和政治的关系。如，徐嘉瑞在1937年与友人发起成立云南文艺工作者抗敌座谈会，1938年创办抗战诗刊《战歌》，1944年组织开展援助贫病作家的募捐活动，1948年与白小松一起积极营救被逮捕的进步师生等，在"平民文学"思想影响下，徐嘉瑞是兼具理论研究和社会实践的学者。

综上所述，徐嘉瑞的"平民文学"思想是在时代交替的激荡中产生的思想，受到云南民间文化、中国传统思想和西方现代文化的共同影响，是中西兼容并包的"平民文学"思想。徐嘉瑞的"平民文学"思想既建立在他独立思考的基础上，也具有鲜明的时代特征，还对其他学人产生一定影响，是内涵丰富、嘉惠他人的"平民文学"思想。徐嘉瑞的文学创作和学术研究不是高高在上的书斋式的闭门造车，更来自于他亲身的社会实践，可以说"平民文学"思想形成于徐嘉瑞真实生活的体悟和感知，是指导实践的"平民文学"思想。

---

① 徐演：《徐嘉瑞略传》，云南民族出版社2013年版，第308页。
② 马曜主编、徐演执行主编：《徐嘉瑞年谱》，《徐嘉瑞全集》（卷四），云南大学出版社2008年版，第647页。
③ 徐演：《徐嘉瑞略传》，云南民族出版社2013年版，第308页。

附录　徐嘉瑞小传[①]

徐嘉瑞字梦麟，生于1895年2月，病逝于1977年10月，是我国现代著名的文学大家，文学家、理论家、文史家、教育家。

1895年至1920年是徐嘉瑞求学和求职时期。这时的中国风雨飘摇、内外交困，伴随着1911年辛亥革命的炮声，中国近代史翻开了新的篇章，1919年的"五四"运动又为整个中国的思想界带来了崭新的风气。在动荡的19世纪末20世纪初，徐嘉瑞出生成长，国家的孱弱和家庭的贫困深深地冲击着这个年轻人的内心，这一时期的他努力地汲取着各种思想的营养，创作了不少的旧体诗词，也在相关报刊上发文介绍西方的先进思想，暂无学术专著问世，对"平民文学"的思想有了最初的直接的生活感受，这些为此后徐嘉瑞的学术研究活动奠定了基础。

1857年，作为对1851年的太平天国起义的呼应，云南爆发了近代史上著名的回民起义，回族领袖杜文秀带领云南迤西回族和其他各县的彝族、苗族、回族等少数民族举行了大规模的反清起义，并建立了大理政权，这场斗争坚持了18年之久。在这场起义中，徐嘉瑞祖

[①] 本书的研究重点是徐嘉瑞的"平民文学"思想，在对其生平经历进行梳理时，以关注"平民文学"思想形成、发展为核心，以他的主要学术活动为线索，分为积累期、成熟期和曲折发展期三个阶段，力图把徐嘉瑞还原在他生活的年代和特殊的历史背景下，看到个人思想在历史潮流中的发展，以期更全面探寻徐嘉瑞"平民文学"思想奠定、形成和变化的过程。由于关于徐嘉瑞生平经历的相关记录较少，本小传以徐嘉瑞的孙子徐演所写的《徐嘉瑞略传》为主要依据，辅以参考相关论文，对徐嘉瑞的学术经历进行梳理。

父一家作为普通百姓受到无辜牵连,在回族领袖马如龙围攻昆明时,一家七口为躲战乱竟全投河自尽,仅留下了在外务工的徐嘉瑞父亲一人,本就不富裕的徐家彻底败落了。没有了父辈兄长的扶持,徐父的一生既孤单又贫困。徐父早年在亲戚的杂货铺工作,后由于对读书的热爱,他参加了乡试,考中了第28名举人,并于1879年进京参加会试,被录取为大挑壹等,此后回乡任教职,靠着微薄的收入养活家人。徐父由北京回乡后,原配妻子杨氏病故,为了操持家庭生计,他于1883年到大理担任邓川州学正,并再娶了一位白族女子,这就是徐嘉瑞的生母。

1895年2月,徐嘉瑞出生,在家排行第五。云南大理不仅是云南文化发祥地,自古便是白族、彝族等少数民族的聚居地,徐嘉瑞出生、成长于此,自幼受到云南独特的民族文化的熏陶。这些都潜移默化地感染着徐嘉瑞,使他对来自民间的文学艺术有一种天然的喜爱,为他的"平民文学"思想的产生奠定了基础。

1899年,徐嘉瑞入学读书。年仅4岁的徐嘉瑞入读大理邓川学堂。幼年的苦读,为其后的学术研究奠定了基础,为他的古文研究打下了坚实的基础,为他的"平民文学"思想形成提供了资源。1909年,14岁的徐嘉瑞以中国古代三位名妃为题,写下了《虞姬》《明妃》《杨妃》三文。在求学过程中,徐嘉瑞通过学校教材开始接触到西方的知识文化。其中张士瀛的《地球匀言》是他最珍视的书籍。

1911年至1913年是徐嘉瑞离家求学的重要时期。1911年,徐嘉瑞考入云南工矿学堂。同年辛亥革命爆发,云南是辛亥革命的重镇,是最早响应的省份之一,也是战斗最艰苦的省份之一,林增平的《辛亥革命史》中写道:"云南省城起义,是除首义的湖北之外,独立各省革命党人组织的省城起义中,战斗最激烈,代价也最大的一次。"[①]辛亥革命后,云南成立了以蔡锷为首的"大中华国云南军都督府"。

---

① 林增平:《辛亥革命史》,人民出版社1980年版,第365页。

但刚成立的军政府财政紧张,《云南光复纪要》中记录:"云南故受协省,今协饷穷,岁减入款殊巨,而转顾中央财政,异常艰窘……滇系山国,素称贫瘠。当前清时,本省岁入不过三百余万两,而岁出年约需六百余万。故每年除由部库拨款及各省协济一百六十余万外,尚不敷一百余万。自辛亥反正,秩序如常,公私帑藏,幸未损失。然各省独立,协饷骤停,中央亦无力拨济。财政艰窘,转甚于前。而内戡匪乱,外固国防,加以援蜀、援黔、援藏,先后出师,供亿浩繁,所费百数十万。"① 为缓解财政的窘境,以蔡锷为首的军政府在省内进行了一系列的财政改革,如裁并机关中的闲散人员、政府各级官员节减薪资、遣散军队等。徐嘉瑞就读的学校在辛亥革命后改制,原来的工矿学堂改名为工矿学校,同时原来的公费生亦需开始缴纳各种学杂费、伙食费等,家庭经济的困窘让徐嘉瑞无力缴纳每月三元的伙食费,被迫退学。

1912年,徐嘉瑞考入云南省省立师范学校国文科。1913年,徐嘉瑞以国文课第一名的成绩毕业。徐嘉瑞在毕业后谋职过程中,因家庭贫困无力购买正式的服装,遭到教育次长的羞辱,以失败告终。徐父悲愤交集,于同年冬抱憾而终。父亲去世后,徐嘉瑞承担起家庭的重担,考入昆明陆军医院担任司药生。这段经历对徐嘉瑞的学术生涯看似是曲折,但此时的他刻苦自学,为日后成为学术研究的多面手积蓄着能量。徐嘉瑞在语言方面自学英语和日语,在文学方面,他广泛阅读、独立思考,同时因对国家时事有感而发创作了大量旧体诗歌。

1916年左右,在陆军医院工作三年的徐嘉瑞被调至唐继尧的督军公署秘书课工作。这段随军工作的经历,让徐嘉瑞对战争有了亲身感受,也亲睹了战争中普通百姓的苦难。

1917年7月,张勋复辟,溥仪任命刘存厚为四川巡抚,民主革命

---

① 周忠岳总纂、蔡锷审定:《云南光复纪要》,云南人民出版社2011年版,第32、44页。

的成果岌岌可危。唐继尧以护法之名，将滇军改称靖国军，讨伐刘存厚，发动了"靖国战争"。徐嘉瑞随军工作，期间写下了多首感怀的旧体诗词。

从1917年起，徐嘉瑞凭借诗文创作在学界小有名气，陆续在昆明的中小学任教，他先后在私立成德中学、昆华女子学校和省立第一中学兼职教授国文。

1919年，为了让家庭贫困的孩子能走进学堂，徐嘉瑞与友人商定，自筹经费，以昆明文庙为址陆续创办了求实小学、求实中学。此后，徐嘉瑞一直把讲台作为传播"平民文学"思想的重要平台。1919年是徐嘉瑞思想发展中最重要的一年，"五四"新文化运动席卷了云南，徐嘉瑞的爱国情结和对现实的个人感受找到了思想的契合点。"五四"新文化运动之前，徐嘉瑞的"平民文学"思想只属于个人主观感性的酝酿阶段，"五四"时期的学者们正式提出"平民文学"观，加之"人的文学"思潮的影响，使徐嘉瑞的"平民文学"思想的形成得到了理论的指导。

从1920年开始，徐嘉瑞一方面在宣传进步思想的报纸上积极投稿，另一方面和志同道合的朋友一起创办了多份报刊，如《均报》《救国日报》《澎湃》等。徐嘉瑞在这些报刊上发表了一批中国文学研究论文，同时也凭借自己扎实的外语基础，开始翻译介绍了一些外国进步文学作品。

1922年至1949年是徐嘉瑞学术研究的成熟期，他最主要的学术活动均在此期间开展。经过早年的积累，徐嘉瑞代表性的学术著作问世，发表了一系列古典文学研究的论文，积极地翻译、引介外国的文学作品，在"五四"白话运动的影响下开始进行新诗的创作，加入了中国共产党，并开展了更为丰富的学术活动。

1922年至1923年，年仅28岁的徐嘉瑞经过一年的写作，完成了开他第一部代表性的学术专著《中古文学概论》，该书是"五四"新文化思想影响下的产物，它的问世正式确立了徐嘉瑞"平民文学"

的思想。1923年，云南官书局出版该书，后云南新亚书社老板余新将此书带到上海，请胡适审阅。20世纪20年代初的胡适也正大力提倡"平民文学"。可以说，徐嘉瑞的"平民文学"思想与当时胡适的思想是高度契合的，胡适很欣赏徐嘉瑞的《中古文学概论》，主动为其作序。

1922年，徐嘉瑞发表了他的第一首新诗《农家生活》。"五四"新文化运动中的文学革命影响着全国，文学革命由"诗界革命""小说界革命"和"白话文运动"组成，其中"白话文运动"对文学语言的改革成为文学革命的基础。新文学运动的倡导者们认为语言与思想紧密联系，要废除封建思想，便需倡导一种活的，通顺易懂的白话语。在昆明，徐嘉瑞创办的《救国日报》是首先以白话文宣传民主思想的报刊，徐嘉瑞和好友刘尧民也是云南第一批进行白话诗创作的文学家。

1924年至1925年，徐嘉瑞在工作生活之余结交许多学界友人，也继续进行中国古典文学研究。1924年年末，徐嘉瑞到北京开会之余与北京的一批年轻学者结交认识，如游国恩、陆侃如等人，这些学者中多人后成为了徐嘉瑞终生的朋友。在他们的介绍之下，加入了北平述学社，并担任了该社学术刊物《国学月报》的编委和主编。从1924年至1930年间，徐嘉瑞在《国学月刊》发表了多篇中国古典文学的研究论文，如《外国乐曲输入中国译音的变化》《敦煌发现佛曲的疑点》《中国田园诗人陶潜》《南北曲以前的戏剧》等。1925年年初，徐嘉瑞赴日本治疗眼疾，并在日参观学习，期间他的日语水平得到了极大提高，也在日本接触到许多先进文化。回国后徐嘉瑞据日文翻译了一批文学作品和学术论文，如《宗教哲学概论》《印度之佛教美术》《春夕梦》等。1925年，徐嘉瑞由日本返回上海，与好友郑振铎、邹韬奋等人见面，并在郑振铎担任的主编的《小说月报》发表多篇文章，如《李太白研究》《岑参研究》等。同年5月30日，"五卅惨案"发生，徐嘉瑞的好友郑振铎是这场运动的学生代表和工人代表，徐嘉瑞当时跟随郑振铎参与了多场爱国集会，亲历了这场艰难的斗争，亲睹了帝国主义血腥的镇压，也看到共产党对这场斗争的领导。"五卅运动"激发了徐嘉瑞本就强烈的爱国主义情感，也为他的"平民文学"思想增加了民族主义的新内涵。作为有强烈社会责任意识的学者，徐嘉瑞的学术思想是不会只停留在象牙塔里，他此后不仅重视"平民文学"的价值，更认为要通过文学作品激发民众抵抗外敌的热情，"平民文学"思想有了更鲜明的现实指向性。

1924年至1927年，国共合作开展了国民大革命，这场反帝反封建斗争在北伐战争时期达到了顶峰。遗憾的是，革命的果实被国民党右派窃取了，在蒋介石发动"四·一二"政变和汪精卫发动"七·一五"政变后，国民革命宣告失败。1927年后的云南也笼罩在一片白色恐怖中，时任云南省政府主席龙云积极向蒋介石靠拢，在蒋介石的指示下，成立了"云南清共委员会"，开始搜捕、杀害云南的地下党人。徐嘉瑞的多个学生由于是地下党惨遭杀害，他亲历了国民党的血腥和残暴。此间，徐嘉瑞继续在省立女子中学、省立一中、成德中学和昆华女中等校任教，他的学生中有多人是地下党，在他们的介绍下徐嘉瑞于1927年加入了中国共产党。在白色恐怖的高压下，满怀爱国热忱的徐嘉瑞没有放弃斗争，一方面，他继续在《昆华读书杂志》上发表专论；另一方面，他创办了多份地下刊物，如《南焰》和《压榨》。龙云主政云南期间，卢汉任云南省财政厅厅长、全省团务督办，他创办了《民众日报》，聘请徐嘉瑞任该报主编。徐嘉瑞借机在开办了两个副刊《象牙塔里》和《杂货店》，冒着白色恐怖的危险，徐嘉瑞主办这两个副刊长达一年的时间。1930年前后的昆明笼罩在白色恐怖中，中共云南省委的领导机关完全被破坏，徐嘉瑞与党组织失去了联系，1945年才又联系上党组织，直至1956年3月才重新正式加入中国共产党。

1929年，徐嘉瑞在党组织的安排下前往上海避难，来到上海的徐嘉瑞经友人郑振铎介绍加入了中国文学研究会。文学研究会是中国现代文学史上与创造社并列的两大有影响的学术社团,文学研究会反对将文学作为消遣的游戏,认为"文学应当反映社会的现象,表现并且讨论人生的一般问题。"茅盾在《现在文学的责任是什么?》中说:"文学的任务是:积极的责任是欲把德谟克拉西充满文学界,使文学成为社会化,扫除贵族文学的面目,放出平民文学精神。"① 文学研究会的宗旨与徐嘉瑞的"平民文学"思想高度契合,徐嘉瑞在这里结交了更多思想投契的友人,与他们的交流坚定并深化了徐嘉瑞的"平民文学"思想。

1930年至1933年期间,徐嘉瑞在法国教育家柏西文的指导下,完成了多部文学作品的翻译,包括狄更斯的《双城记》和莎士比亚的《罗马大将恺撒》《仲夏夜之梦》《安东尼与克利阿巴特拉》。在柏西文的帮助下徐嘉瑞的英语水平大大提高,有能力阅读更多的西方著作,也系统地接受了欧洲文艺复兴时期的人文主义思想,这些都为徐嘉瑞的"平民文学"思想提供了更坚实的理论基础和思想资源。徐嘉瑞和柏西文合作翻译了多部欧洲的文学作品,这些作品后来成为柏西文英语学校学生学习的参考书。

20世纪30年代的中国内外交困,在内连年战争,在外日本虎视眈眈。1931年震惊中外的"九·一八"事件爆发,由于执行蒋介石的不抵抗政策,十六万的东北军面对仅两万的关东军,几乎都不战而退,1932年东北全境沦陷。抗日和抵御外敌成了这个时代有识之士们心中的主旋律。徐嘉瑞的"平民文学"思想此时开始强调文艺作品对普通百姓的教育作用,要激励民众积极投身抗战。

从1931年至1945年期间,作为知识分子的徐嘉瑞把自己手中的笔作为抗战的武器,创作了多部有现实教育意义的戏剧作品,如《飞机师》《倭文子》《伤逝》《我们的时代》《炮声响了》《台湾》等。徐嘉瑞的这些戏剧作品并非是只供桌边阅读的案头剧,它们多数由学

---

① 茅盾:《现在文学的责任是什么?》,《东方杂志》,第17卷第1号,1920年1月。

生排练后,搬上了舞台表演。由此可见,徐嘉瑞的"平民文学"思想注重文艺作品对现实生活的反映,注重它们的社会实用功能。

1935年,经历三年的写作,徐嘉瑞的又一部中国古典文学研究的力作——《近古文学概论》问世了,该书与《中古文学概论》间隔十一年时间,思想却仍延续了徐嘉瑞的"平民文学"思想。

1935年,徐嘉瑞赴定县参观当时的平民教育,大大地激发了徐嘉瑞将"平民文学"思想付诸实践的信心。

1937年7月7日,"七·七事变"爆发,中国全面抗战的大幕揭开。在抗日战争期间,徐嘉瑞在戏剧创作之外,也把诗歌作为宣传抗战的武器。1938年,徐嘉瑞在抗日战争全面爆发的第二年自筹经费,与志同道合的朋友罗铁鹰、雷溅波合作,创办了抗战诗刊《战歌》,罗铁鹰负责编辑工作。"《战歌》的出现,成为全国唯一的一个专业的诗歌刊物。该刊稿约明确提出'本刊为抗战诗歌刊物',只刊登反映和宣传抗战的稿件。"[①] 在抗日战争艰难的环境下,顶着巨大的经济压力,该刊物在四年的时间里,共出版了两卷9期。同时,徐嘉瑞还是一些进步报刊的主要作者,如《文艺季刊》《战时知识》《文化岗位》《侨光报》《西南文艺》等,他经常在这些报刊上发表进步的诗歌评论。

在抗日战争期间,徐嘉瑞担任了更多的社会工作。1938年,他担任了云南大学文史系主任;自1940年起,他担任了"中华全国文艺界抗敌协会云南分会"主席,同时继续在昆明的中学和大学中任教,期间积极为抗战开展募捐活动等。

1940年,《云南农村戏曲史》完稿,并于1943年正式出版。该书是徐嘉瑞"平民文学"思想的具体体现,他的研究对象不是传统的经典戏曲,而是流行在田间地头的民间小戏,徐嘉瑞对它专书论述,正体现了其对民间艺术的重视。

---

① 徐演:《徐嘉瑞略传》,云南民族出版社2013年版,第124页。

1944 年,由国民党军官马崇六和大理商人董澄隆资助,徐嘉瑞邀请了一批学者到大理考察,包括费孝通、罗常培、冯友兰、方国瑜等人。考察结束后,徐嘉瑞根据搜集的资料完成了《大理古代文化史》初稿,后经多次修改该书于1947年正式出版。该书又是徐嘉瑞一部代表性著作,该书时间跨度从史前到段氏时期,对大理古代的历史、文化艺术、宗教等进行了全面论述。

1946 年至 1948 年,徐嘉瑞受好友陆侃如等人邀请,到武汉华中大学任教。在此期间,徐嘉瑞的古典文学研究又上了一个新台阶。徐嘉瑞利用假期对屈原故里进行实地考察,也为他的楚辞研究找到一手资料。在调研和课堂讲解的基础上,徐嘉瑞完成了《离骚统笺》和楚辞研究的系列论文。前者是集各名家之观点,对《离骚》中各篇的全面注解,做到了客观全面,后者表现了徐嘉瑞对楚辞的独特观念。在对《离骚》的研究中,同样体现出了徐嘉瑞的"平民文学"思想,徐嘉瑞认为楚辞的多数篇章来自湖北的民间歌谣,屈原的诗歌具有极强的现实性和人民性。1948 年,出于文学大众化的目的,为了让更多普通百姓能读懂《离骚》,徐嘉瑞写作了《离骚说唱》,用简洁明了的语言翻译了《离骚》,并每节配以说明辅助阅读。

1948 年,徐嘉瑞对戏剧研究的又一力作问世——《金元戏曲方言考》。此书从写作对象看就体现出徐嘉瑞的"平民文学"思想,他研究的不是繁缛复杂的曲辞,而是戏曲中的民俗方言。徐嘉瑞的《金元戏曲方言考》又开拓了他的新的学术研究领域——在训诂学方面有重要意义,该书成了我国研究元曲中方言俗语的第一本工具书。

1949 年,徐嘉瑞"连续在报纸上发表了《怎样否定自己》《堂吉诃德和解放了的堂吉诃德》等进步文章。还发表了暗示欢迎解放的新花灯剧《欢迎新太阳》"。①

1950 年至 1977 年是徐嘉瑞文学思想的曲折发展期。1949 年 12

---

① 徐演:《徐嘉瑞略传》,云南民族出版社2013年版,第124页。

月云南解放，随着中华人民共和国的成立，整个社会面貌有了全新改变，这为徐嘉瑞的"平民文学"思想注入了新的内涵。受到时代风气的影响，徐嘉瑞此时的"平民文学"思想较之前一时期，有了更浓厚的政治色彩，也更加注重文学的实用性。由于中国已经建立人民民主政权，普通百姓成了社会的新主人，徐嘉瑞在1949年后就不再直接使用"平民文学"一词，但他的"平民文学"的思想仍在延续。

中华人民共和国成立后，徐嘉瑞先后担任了西南军政委员会、西南行政委员会委员，云南省人民政府委员，省文教厅、省教育厅厅长，省文联主席，第一、二、三届全国人大代表，全国文联及中国民间文学研究会常委，云南省民族文艺研究委员会委员，《文学研究》和《学术研究》编委，中国人民保卫世界和平大会云南分会主席，中越友好协会云南分会副主席，云南省人大代表，云南省政协第三届委员等职。

1957年3月，徐嘉瑞到楚雄专区的姚安县深入生活，参加农业生产大丰收运动，住在姚安县北20里的龙岗乡。工作之余，他到龙岗乡附近的马游乡，采访、记录了彝族的史诗《梅葛》。此外，徐嘉瑞还与其他一些少数民族作家合作整理了多部民族诗歌和民间故事。

20世纪50年代后，徐嘉瑞看到社会生活发生的巨变，开始在忙碌的公务中参与了许多重大的社会活动，创作了十余篇短小精简的社评，如《志愿军归国代表在滇西各地传达纪略》《伟大的日子——"九一三"》《庆祝中华人民共和国建国两周年》《人类历史中最辉煌的一页》《热爱我们的祖国，加强我们的学习》等。

在这一时期，除了继续写作一些短小的诗歌和戏剧作品外，徐嘉瑞有三部重要的长诗问世——《望夫云》《多沙阿波》《何振古歌》，这三部长诗有一个共同点，均将主人公定位为云南少数民族的普通的劳动人民。1949年后，受到国家主流意识形态的影响，徐嘉瑞的文学创作多以社会主义工农兵为创作的主角，但同时社会中的普通百姓也仍是徐嘉瑞"平民文学"思想关注的主要对象。

中华人民共和国成立后，徐嘉瑞根据新中国的文艺方针政策和自己思想的变化，重新修订出版了自己主要的著作。1956年专著《金元戏曲方言考》重新出版，1977年3月，徐嘉瑞和家人根据中华书局来信，整编《大理古代文化史》原稿，并将修改和补充了的稿子寄给中华书局。

1966年，徐嘉瑞被作为"资产阶级反动学术权威"被打倒，此后徐嘉瑞中风病倒失语，缠绵病榻多年，其间多次病重抢救。

1977年10月，徐嘉瑞病情恶化，与世长辞，享年82岁。

参考文献

一 徐嘉瑞著作

马曜主编，徐演执行主编：《徐嘉瑞全集》，云南出版集团公司，晨光出版社云南大学出版社 2010 年版。

二 国内著作（按姓氏首字母排序）

艾晓明：《中国左翼文艺思潮探源》，湖南人民出版社 1991 年版。

卜召林：《中国现代新文学批评研究》，山东大学出版社 2003 年版。

陈伯海：《文学史与文学史学》，北京大学出版社 2012 年版。

陈国恩：《浪漫主义与二十世纪中国文学》，安徽教育出版社 2000 年版。

陈恒、耿相新主编：《科林伍德的历史思想》，大象出版社 2004 年版。

陈洪：《结缘：文学与宗教——以中国古代文学为中心》，北京师范大学出版社 2009 年版。

陈明主编：《中国传统文化中的人道主义》，华夏出版社 1996 年版。

陈思和、王德成主编：《建构中国现代文学，多元共生体系的新思考》，复旦大学出版社 2013 年版。

成复旺：《中国古代的人学与美学》，中国人民大学出版社 1992 年版。

程国赋、蔡亚平主编：《唐代小说学术档案》，武汉大学社 2015

年版。

程凯：《革命的张力》，北京大学出版社 2014 年版。

党圣元、夏静选编：《文学史理论》，中国社会科学出版社 2011 年版。

丁帆：《文学史与知识分子价值观》，人民文学出版社 2014 年版。

段从学：《"文协"与抗战时期文艺运动》，北京大学出版社 2012 年版。

范伯群：《中国现代通俗文学史》（插图本），江苏教育出版社 2013 年版。

方立天：《中国佛教与传统文化》，中国人民大学出版社 2012 年版。

方习文：《五四文学思想论稿》，合肥工业大学出版社 2008 年版。

冯宪光：《"西方马克思主义"美学研究》，重庆出版社 1997 年版。

冯肖华：《现实主义文学的时代张力》，中国社会科学出版社 2011 年版。

付祥喜：《20 世纪前期中国文学史写作编年研究》，北京师范大学出版社 2013 年版。

傅修海：《时代觅渡的丰富与痛苦——瞿秋白文艺思想研究》，中国社会科学出版社 2011 年版。

高力克：《五四的思想世界》，学林出版社 2003 年版。

葛红兵主编：《20 世纪中国文艺思想史论》，上海大学出版社 2006 年版。

赫雨：《中国现代文化的发生与传播——关于五四新文化运动的传播学研究》，上海大学出版社 2002 年版。

洪治钢主编、梁启超著：《梁启超经典文存》，上海大学出版社 2003 年版。

侯外庐：《中国古代思想学说史》，岳麓书社 2010 年版。

胡适：《白话文学史》，上海古籍出版社 2009 年版。

胡适：《国语文学史》，安徽教育出版社 2006 年版。

胡适:《胡适文集(文论)》,人民文学出版社1998年版。

胡适:《中国章回小说考证》,北京师范大学出版社2013年版。

胡言会:《李大钊文艺思想研究——兼论中国马克思主义与启蒙现代性的关系》,上海社会科学院出版社2015年版。

黄擎:《20世纪40—70年代文艺批评话语研究》,中国社会科学出版社2011年版。

黄修己:《中国新文学史编纂史》,北京大学出版社2007年版。

季羡林:《中印文化交流史》,中国社会科学出版社2008年版。

贾植芳:《中国现代文学的主潮》,复旦大学出版社1990年版。

江锡铨:《中国现实主义新诗艺术散论》,北京大学出版社2005年版。

姜荣刚:《晚清小说的变革:中西互动与传统的内在转化——以梁启超为中心》,中国社会科学出版社2014年版。

姜异新:《互为方法的启蒙与文学——以20世纪中国文学史上的三次启蒙高潮为例》,中国社会科学出版社2010年版。

蒋述卓:《佛教与中国古典文艺美学》,岳麓书社2008年版。

李玮:《政治文化语境下的文体矫正——论中国二十世纪三十年代文学的审美演进》,人民出版社2011年版。

李小荣:《敦煌变文》,甘肃教育出版社2013年版。

李小荣:《佛教与中国文学散论——梦枕堂丛稿初编》,凤凰出版社2012年版。

李晓峰、刘大先:《中华多民族文学史观及相关问题研究》,中国社会科学出版社2012年版。

李泽厚:《中国近代思想史论》,天津社会科学出版社2003年版。

连燕堂:《20世纪中国翻译文学史》,百花文艺出版社2009年版。

梁启超:《中国佛学研究史》,吉林人民出版社2013年版。

林伟民:《中国左翼文学思潮》,华东师范大学出版社2005年版。

林贤治评注、鲁迅著:《鲁迅选集(评论卷)》,湖南文艺出版社2004

年版。

刘波：《20世纪上半叶中国民间文艺学基本话语研究》，人民出版社2014年版。

刘卫国：《中国现代人道主义文学思潮研究》，岳麓书社2007年版。

卢洪涛：《中国现代文学思潮史论》，中国社会科学出版社2005年版。

马奔腾：《禅境与诗境》，中华书局2012年版。

马龙闪、刘建国：《俄国民粹主义及其夸世纪影响》，广西师范大学出版社2013年版。

毛泽东：《毛泽东选集》，人民出版社2009年版。

梅启波：《作为他者的欧洲：欧洲文学在20世纪30年代中国的传播》，华中师范大学出版社2008年版。

梅绍农：《奢格的化石》，楚雄州文联1983年版。

蒙树宏：《浅耕续集》，香港文化传播事物所有限公司2012年版。

蒙树宏：《五十四年集》，云南大学出版社2000年版。

蒙树宏：《云南抗战时期文学史》，云南教育出版社1998年版。

潘正文：《"五四"社会思潮与文学研究会》，新星出版社2011年版。

钱理群：《中国现代文学三十年》，北京大学出版社2001年版。

任淑坤：《五四时期外国文学翻译研究》，人民出版社2009年版。

邵伯周：《人道主义与中国现代文学》，上海远东出版社1993年版。

石凤珍：《文艺"民族形式"论争研究》，中华书局2007年版。

释慧莲：《东晋佛教思想与文学研究》，四川出版集团、巴蜀书社2008年版。

谭正璧：《中国文学进化史》，上海古籍出版社2012年版。

谭正璧：《中国小说发达史》，上海古籍出版社2012年版。

陶东风主编：《文学理论基本问题》，北京大学出版社2008年版。

王风、蒋朗朗、王娟编：《对话历史：五四与中国现当代文学》，北京大学出版社2014年版。

王凤、蒋朗朗、王娟编：《解读文本：五四与中国现当代文学》，北京大学出版社2014年版。

王凤、蒋朗朗、王娟编：《重回现场：五四与中国现当代文学》，北京大学出版社2014年版。

王光东等：《20世纪中国文学与民间文化》，复旦大学出版社2007年版。

王光东等：《20世纪中国文学与民间文化》，复旦大学出版社2007年版。

王鸿生：《语言与世界》，山东友谊出版社2007年版。

王卫东：《现代艺术哲学引论》，中国文联出版社2001年版。

王文宝：《中国俗文学发展史》，北京燕山出版社1997年版。

王瑶主编：《中国文学研究现代化进程》，北京大学出版社2005年版。

王瑜：《重审与重构——现代文学史观与中国现代文学史编写问题研究》，中国社会科学出版社2014年版。

王智慧：《二十世纪二十年代"革命文学"研究》，中国社会科学出版社2013年版。

王中江：《20世纪西方哲学东渐史：进化主义在中国》，首都师范大学出版社2002年版。

魏崇新、王同坤：《观念的演进——20世纪中国文史观》，西苑出版社2000年版。

温儒敏、陈晓明等：《中国文学新传统及其当代阐释》，北京大学出版社2010年版。

伍启元：《中国新文化运动概观》，黄山书社2008年版。

徐演：《徐嘉瑞略传》，云南民族出版社2013年版。

许志英、邹恬：《中国现代文学主潮》，南京大学出版社2013年版。

杨慧：《思想的行走——瞿秋白"文化革命"思想研究》，商务印书馆2012年版。

姚涵：《刘半农对五四新文学的贡献》，上海社会科学院出版社 2015 年版。

叶嘉莹：《叶嘉莹说杜甫诗》，中华书局 2008 年版。

云南省政协文史委员会编：《云南文史集粹》，云南人民出版社 2004 年版。

张宝明：《20 世纪：人文思想的全盘反思》，安徽教育出版社 2004 年版。

张福贵等：《文学史的命名与文学史观的反思》，北京大学出版社 2014 年版。

张均：《中国现代文学与儒家传统（1917—1976）》，岳麓书社 2007 年版。

张先飞：《人的发现——五四人道主义思想探源》，人民出版社 2009 年版。

张志建：《严复学术思想研究》，商务印书馆 1995 年版。

张志平：《建构"五四"以来中国文学的理论范式》，中国社会科学出版社 2013 年版。

张中行：《佛教与中国文学》，北方文艺出版社 2011 年版。

郑阿才：《敦煌佛教文学》，甘肃教育出版社 2013 年版。

郑振铎：《插图本中国文学史》，当代世界出版社 2009 年版。

郑振铎：《中国俗文学史》，商务印书馆 2013 年版。

中国李大钊研究会编：《李大钊全集》，人民出版社 2006 年版。

周扬：《中国新文学大系（1927—1937）》，上海文艺出版社 1987 年版。

周振甫译注：《诗经译注》，中华书局 2014 年版。

周忠元：《20 世纪上半叶的"俗文学研究"》，山东人民出版社 2012 年版。

周作人：《周作人自编集：艺术与生活》，北京十月文艺出版社 2011 年版。

朱德发、赵佃强：《国语的文学与文学的国语——五四时期白话文学文献史料辑》，人民出版社 2013 年版。

朱居易：《元剧俗语方言例释》，商务印书馆 1957 年版。

朱谦之：《中国音乐文学史》，上海人民出版社 2006 年版。

庄锡华：《文化传统与中国文学理论的现代历程》，上海三联书店 2013 年版。

三　国外著作（按英语字母先后排序）

［德］格罗塞：《艺术的起源》，蔡慕晖译，商务印书馆 2010 年版。

［德］莱辛：《拉奥孔》，朱光潜译，安徽教育出版社 2006 年版。

［德］马丁·海德格尔：《林中路》，孙周兴译，上海译文出版社 2010 年版。

［德］尼采：《悲剧的诞生》，周国平译，上海人民出版社 2011 年版。

［俄］普列汉诺夫：《普列汉诺夫美学论文集》，曹葆华译，人民出版社 1983 年版。

［荷］佛克马、易布思：《二十世纪文学理论》，林书武、陈圣生等译，生活·读书·新知三联书店 1988 年版。

［加］诺思罗普·弗莱：《批评的解剖》，陈慧等译，百花文艺出版社 2008 年版。

［美］保罗·库尔兹：《21 世纪的人道主义》，肖峰等译，东方出版社 1998 年版。

［美］M-H. 艾布拉姆斯：《镜与灯：浪漫主义文论及批评传统》，郦稚牛译，北京大学出版社 2004 年版。

［美］弗雷德里克·杰姆逊：《后现代主义与文化理论》，唐小兵译，陕西师范大学出版社 1987 年版。

［美］哈罗·德布鲁姆：《影响的焦虑——一种诗歌理论》，徐文博译，江苏教育出版社 2006 年版。

［美］勒内·韦勒克、奥·沃伦：《文学理论》，刘象愚等译，江苏教

育出版社2005年版。

[美] 勒内·韦勒克：《近代文学批评史》，杨自武译，上海译文出版社1987年版。

[美] 勒内·韦勒克：《批评的概念》，张金言译，中国美术学院出版社1999年版。

[美] 浦嘉珉：《中国与达尔文》，钟永强译，江苏人民出版社2009年版。

[日] 坂井洋史：《忏悔与越界——中国现代文学史研究》，复旦大学出版社2011年版。

[日] 荒见泰史：《敦煌变文写本的研究》，中华书局2010年版。

[英] 阿伦·布洛克：《西方人文主义传统》，董乐山译，生活·读书·新知三联书店1998年版。

[英] 赫胥黎：《进化论与伦理学》，宋启林等译，北京大学出版社2010年版。

[英] 凯蒂·索珀：《人道主义与反人道主义》，廖申白译，华夏出版社1999年版。

四 期刊论文（按姓氏首字母排序）

白振奎：《鲁迅早期文学史观与方法论研究》，《辽宁师范大学学报》2001年第1期。

陈国庆、刘惠娟：《严复对进化论的选择与创新》，《西北大学学报》2003年第1期。

陈丽：《毛泽东〈在延安文艺座谈会上的讲话〉的美学意义》《内蒙古农业大学学报》2005年第4期。

单继刚：《社会进化论：马克思主义哲学在中国的第一个理论形态》，《哲学研究》2008年第8期。

刁世存：《20世纪中国文化运动中的人道主义》，《青岛师范大学学报》2006年第2期。

董国炎：《市民文学与平民文学》，《吉林师范大学学报》2014 年第 7 期。

董秀团：《学术史视界中的白族大本曲》，《思想战线》2004 年第 4 期。

傅修海：《中国现代文学革命史观的兴起与反思》，《文艺研究》2014 年 11 月年版。

黄小丽：《文学研究会对"民众文学"的探讨》，《南京社会科学》2009 年第 8 期。

江巨荣：《元杂剧"常言""俗语"谈》，《复旦大学学报》1983 年第 6 期。

蒋中礼：《杜文秀起义研究综述》，《云南民族学院学报》1990 年第 3 期。

蓝华增：《云南文学研究八十年（1912—1990）》，《思茅师范专科学校学报》1994 年第 5 期。

蓝华增：《云南现代作家，文学社团和期刊 1012—1949（一）》，《楚雄师范专科学校学报》1989 年第 4 期。

梁胜：《"大众语"问题讨论的前奏与发轫》，《云南师范大学学报》2011 年第 5 期。

林木：《郑振铎文学思想论析》，《宁德师专学报》1996 年第 1 期。

刘波：《胡适论"活的文学"——民间文学之文学性探析》，《四川师范大学学报》2007 年第 2 期。

刘锡诚：《新中国民间文学理论研究和学科建设》，《广西民族学院学报》2003 年第 1 期。

刘志权：《从"写平民"到"平民写"——试论 20 世纪末"平民文学"研究的新思路》，《江苏社会科学》2007 年第 6 期。

陆卓宁：《人道主义在历史中的必然——对"五四"新文学与新时期文学人道主义的考察》，《广西民族学院学报》1997 年第 3 期。

罗耀九：《严复介绍的进化论思想》，《学术月刊》1985 年第 1 期。

罗益民、张雪梅:《20世纪中国文学史论,批评空间的开拓》,《外国语文》2014年第3期。

蒙树宏:《关于鲁迅的进化论思想》,《思想战线》1986年第5期。

孟丽、张永刚:《云南近现代报刊文学资料价值研究》,《思想战线》2014年第6期。

祁和辉:《白话文革命早在"五四"运动之前已经开始——近代文学中的白话文运动》,《西南民族学院学报》2003年第3期。

宋剑华:《五四文学精神资源新论》,《中国社会科学》2006年第1期。

孙晨、严学峰:《胡适的文学革命与进化论》,《徐州师范大学学报》2006年第2期。

孙玉石:《"人的发现"文学思潮的新探索——读张先飞〈人的发现——五四文学人道主义思潮源流论〉》,《鲁迅研究月刊》2009年第9期。

童龙超:《五四时期人言人殊的平民文学》,《华中科技大学学报》2007年第3期。

席云舒:《胡适"中国的文艺复兴"思想初探》,《文艺研究》2014年11月。

谢应光:《进化论思想与中国现代文学史观》,《社会科学研究》2004年第4期。

熊次江:《严复进化思想述评》,《湘潭大学学报》2005年第5期。

颜德如:《胡适与西方进化论》,《史学月刊》2001年第5期。

颜进:《"五四"新文学运动时期的进化论》,《云梦学刊》2005年第4期。

杨文昌:《"进化论"与五四新文学》,《北华大学学报》2014年第3期。

杨晓华:《郑振铎先生的敦煌文学研究》,《敦煌学辑刊》2009年第3期。

尹康庄：《二十世纪中国平民文学的研究与实践》，《山西师范大学学报》2005 年第 5 期。

于龙成：《〈天演论〉翻译的取舍及历史思考》，《湘潮》2012 年第 3 期。

曾峰：《朱谦之的音乐文学研究和理论》，《内江师范学院学报》2010 年第 7 期。

曾平：《文学革命与"平民文学"的意义重构》，《中华文化论坛》2009 年第 2 期。

詹艾斌、詹贵斌：《关于毛泽东〈在延安文艺座谈会上的讲话〉的若干思考》，《江西教育学院学报》2008 年第 1 期。

张先飞：《20 世纪初世界现代人道主义思潮的兴起——"五四"人道主义思潮背景探源》，《河南师范大学学报》2007 年第 5 期。

张永绵：《元曲语言研究述略》，《浙江师范学院学报》1984 年第 2 期。

张增一：《达尔文的方法论与进化论论争》，《自然辩证法研究》2003 年第 2 期。

周晓风：《新中国文艺政策的基本类型》，《重庆师范大学学报》2008 年第 1 期。

周晓风：《新中国文艺政策与中国当代文学》，《西南民族学院学报》2003 年第 2 期。

朱丕智：《文学革命的理论基石：进化论文学观》，《西南师范大学学报》2004 年第 1 期。

庄桂成：《进化论与梁启超的文学革命》，《江汉大学学报》2007 年第 4 期。

庄森：《胡适的文学进化论》，《华南师范大学学报》2005 年第 5 期。

五 学位论文（按姓氏首字母排序）

段铃玲：《徐嘉瑞民间文学、民族文化学术思想研究》，云南大学硕士学位论文，2007年。

惠萍：《严复与中国近代文学变革》，河南大学博士学位论文，2011年。

李英：《赵景深和20世纪俗文学研究》，复旦大学博士学位论文，2013年。

俞晓红：《佛教与唐五代白话小说》，上海师范大学博士学位论文，2004年。

郑萌：《〈金元戏曲方言考〉研究》，云南大学硕士学位论文，2012年。

朱云生：《清末民初翻译文学与中国文学现代性的发生》，山东大学博士学位论文，2006年。

后　　记

本书是在我博士论文的基础上，经过了几年思考、修改而成的。从读博到本书出版经过了漫长的 8 年。回望博士论文写作过程，虽然辛苦劳累，但终日与知识相伴，在写作中不断否定自己又不断超越自己，让我深感这是一段充实、愉快的读书时光。

读博的过程好似一次奇妙的登山探险。旅程开始，站在山脚仰望顶峰，内心兴致高昂，充满斗志；行至山间，尽是蜿蜒迂回的小路，不知前路在于何方，此刻最为艰难的是对自己不断的质疑和否定；终登山顶，回望来路，方感到到一片豁然。幸运的是，我在艰难的攀登过程中，并非独自一人。我要感谢一路以来指导、支持和陪伴我的老师、领导、学友、同事及家人。

首先，要特别感谢的，是我的导师王卫东先生。2005 年，我拜在王先生门下，开始了硕士研究生的学习。2011 年，我再次考上王先生的博士研究生。我先后跟随王先生学习的时间已超过 10 年，能在求学的道路上遇到王先生，是我莫大的荣幸。在学期间，王先生在课堂上，以其深厚的学养、宏阔的理论视野和敏锐的思辨功力，为我展开了一个流光溢彩的学术世界。在课堂外，王先生因豁达的人品、宽厚的性格和对学生的关心，成为我的楷模。今天也身为教师的我，深感教授给学生的不仅是知识，无形的身教更是宝贵的财富。不善言谈的我始终抱着学生的胆怯，因为内向也失去了很多聆听王先生教诲的机会，但求学多年来所得到的王先生的指导和帮助，我是终生不能忘记的。

其次，我要向张文勋先生表达最衷心的谢意。我早在硕士阶段就因毕业论文的缘故，得以与张先生相识，当时屡次登门打扰张先生，但都得到张先生耐心接待和悉心指导。毕业后，我每次去拜访张先生，他不仅会以最新著作相赠，并时时关心我的工作情况，结合工作内容，为我指明学术研究的方向，督促我切不可放松学术研究。在我开始攻读博士学位后，张先生经常关心我的学习情况，就我的研究论题予以指导。当了解了我的论文选题方向后，张先生不仅鼓励、支持我的研究，更将家中藏书《徐嘉瑞略传》题字相赠，为我的论文写作提供了极大帮助。在本书的出版阶段，张先生更应我的请求欣然写序相赠。

在这里，还要感谢前不久去世的蒙树宏先生。与蒙先生相识，亦因论文之故，经由导师介绍得以拜访蒙先生。我清楚的记得，当我和同学在约定时间到达蒙先生家楼下时，85岁高龄的蒙先生因为担心我们找不到路，已专门在楼下等我们。当我们爬了6层楼进入蒙先生家后，他早已为我们准备好了论文所需资料，这些资料全是他当年跑遍全国各高校图书馆，用笔一点点手抄下来的。蒙先生在我们离开之后，还专门打电话询问我们是否在图书馆里借阅到他所介绍的书籍。

与张先生和蒙先生的相识、相交，使身为晚辈的我沐浴到高洁、谦和的长者之风，深深感到先生们的学问与人品的伟大。对于先生们的学问，晚辈难以逮及，对于先生们的人品，晚辈当时时学习。

再次，我还要真诚地感谢从论文开题到答辩的过程中，给予我指导和帮助的各位先生，谢谢对我的论文提出宝贵意见的谭君强先生、段炳昌先生、施惟达先生、何明先生、张国庆先生、黄泽先生、吴卫民先生、李立先生、董秀团先生，等等，在此向各位先生表示最诚挚的感谢！诸位先生中肯的意见和严谨的治学态度，鼓励我踏实地完成论文的写作，尤其是阅读论文时看到先生们细致的点评，拜访时得到先生们耐心的接待，作为学生的我，感激之情难以言表。本书如尚有可读之处，都要归功于各位先生的指点和帮助。

我也要感谢我在云南艺术学院艺术文化学院的领导和同事，在我攻读博士和本书出版期间给予我工作上的帮助和支持。我还要感谢我的同门曾静、高健、李云涛、芦坚强、刘颖、李玟兵、闫怀兰和司马倩，在求学中有志同道合的朋友相互砥砺、交流切磋，使学术的道路充满了乐趣。

最后，感谢我的家人无私的奉献和默默的支持。我与丈夫相恋、相伴 16 年，在这 16 年中，我一直都坚信自己遇到了那个对的人。我们这些年里遇到不少困难，对于爱情和责任，我们始终相信并坚守，谢谢你支持我在学术的道路上不断前进。在本书修改和出版过程中，适逢我的女儿出生，一个小生命的降临和成长，让我深深体会到了初为人母的幸福和责任，谢谢女儿为我带来的甜蜜和欢乐。我更需要感谢自己的父母，爸爸妈妈的支持是我敢于在学术上不断攀登的最大动力，他们用爱和包容为我营造了最温暖的港湾，总是无怨无悔地承担起各项家务，保障我的学习和工作时间，要是没有父母的协助，本书肯定是完成不了的，希望女儿能成为你们的骄傲。

本论著的出版得到云南艺术学院学术出版资助专项经费资助，特此致谢！

最后，对出版本书的中国社会科学出版社和责任编辑郭鹏老师致以我最真挚的感谢！

吴婉婷
2019 年 7 月